Mareike Albracht

ERZÄHL MIR VOM TOD

Das Buch

Sagenhafte Morde auf dem Mittelaltermarkt

Weil Kommissarin Anne Kirsch ihre Befugnisse bei ihrem letzten Fall überschritten hat, wird sie von ihrem Vorgesetzten zu einer Teambildungsmaßnahme ins Sauerland geschickt. Durch Zufall erfährt sie dabei von seltsamen Vorfällen auf dem Mittelaltermarkt in Obermarsberg. Ein Mann wird von einem historischen Brandeisen geblendet aufgefunden. Kurz darauf entdeckt die Polizei eine Leiche. Anne wird als Vertreterin der Mordkommission offiziell zu den Ermittlungen hinzugezogen. Sie bekommt den Tipp, dass die Fälle verschiedenen Sagen aus der Region ähneln. Doch plötzlich verschwinden zwei weitere Menschen, und Anne und ihr Team geraten unter Zeitdruck …

Von Mareike Albracht sind in der »Ein-Fall-für-Anne-Kirsch«-Reihe erschienen:

Katz und Mord
Dornentod
Erzähl mir vom Tod
Mordskälte

Die Autorin

Mareike Albracht wurde 1982 geboren. Sie lebt mit ihrer Familie im Sauerland, schreibt leidenschaftlich gern Kriminalromane, betreibt einen Buchblog und veranstaltet regional Krimi- und Dinnerabende. Sie ist Mitglied der Mörderischen Schwestern.

Mareike Albracht

ERZÄHL MIR VOM TOD

Ein Sauerland-Krimi

Bibliografische Information der Deutschen Nationalbibliothek: Die Deutsche Nationalbibliothek verzeichnet diese Publikation in der Deutschen Nationalbibliografie; detaillierte bibliografische Daten sind im Internet über dnb.dnb.de abrufbar.

© 2026 Mareike Albracht, Marsberg
Verlag: BoD · Books on Demand GmbH, Überseering 33, 22297 Hamburg, bod@bod.de
Druck: Libri Plureos GmbH, Friedensallee 273, 22763 Hamburg

Covergestaltung: Traumstoff Buchdesign traumstoff.at

ISBN: 978-3-7568-3699-4

Prolog

Die Vitrine steht offen, und es brennt kein Licht im Heimat-museum. Doch ich muss nichts sehen, um mich orientieren zu können. Oft genug war ich mit Vater hier, musste mir die Beine in den Bauch stehen und ruhig sein, während er mit anderen Erwachsenen sprach.

Heute Nacht ist er nicht da. Niemand ist da.

Ich trete näher, betrachte das Schwert einen Moment, um den Augenblick hinauszuzögern, bevor ich die Hand ausstre-cke und mit den Fingerspitzen über die kalte Klinge fahre. Ich habe mir vorgestellt, wie es sein wird, doch reicht meine Vorstellung nie an die Wirklichkeit heran.

Ich muss Dinge berühren. Fühlen.

Das war schon immer so.

Das ist auch der Grund, warum ich die Geschichtsbücher meines Vaters verbrannt habe. Ich wusste, welche ihm die liebsten waren. Danach verteilte ich die verkohlten Reste auf seinem Schreibtisch. Ich wollte sehen, wie er weiß vor Zorn wurde, wollte ihn brüllen hören, aber noch mehr wollte ich seine Hand auf meinem Gesicht spüren. Ich wollte, dass er mich endlich sah. Und tatsächlich wurde er weiß, so weiß wie unsere gehäkelten Gardinen. Doch er schlug mich nicht, sondern packte mich nur und schleifte mich ins Gästebad. Dort schloss er mich ein.

Ich streiche noch einmal über die Klinge, dann greife ich nach dem goldenen Heft. Ich wusste, dass das Muster rau-tenförmig ist, doch erst jetzt wird es unter meinen Händen Wirklichkeit. Das Schwert Karls des Großen.

Ich schließe meine Finger um den Griff und hebe es aus der Vitrine. Ich werde das Schwert. Werde er.

Ich denke an Hannah Wicke und ihre Geschichten.

Ich weiß alles über Karl den Großen. Als Kinder haben wir immer in Hannahs Laden gesessen und die Bonbons gelutscht, die sie uns geschenkt hat. Dann erzählte sie uns Sagen und Legenden. Sie erzählte von der Burg auf dem Eresberg. Einer großartigen Festung, die das Heiligtum der Sachsen beheimatete, die Irminsul. Sie erzählte von einer großen Belagerung, von erbitterten Kämpfen und einer gnadenlosen Schlacht. Von Karl dem Großen, der mit seiner Streitmacht den Berg bezwang und die Festung belagerte.

Tagsüber waren wir viele Kinder. Abends schlich ich mich oft alleine aus dem Haus. Dann klopfte ich an die Fenster von Hannahs Zimmer, das über dem Laden lag. Dafür musste ich auf eine Mauer klettern.

Kurz darauf öffnete sie mir und ließ mich zu ihren Füßen sitzen, wenn sie Socken strickte. Dabei erzählte sie, und manchmal legte sie ihr Strickzeug beiseite und strich mir mit der Hand über den Kopf. Um dieses Streicheln zu spüren, kam ich Abend für Abend wieder.

Ich umschließe die Klinge mit meiner Hand, fahre an ihr entlang. Ganz leicht nur, bis ich das Brennen spüre. Auch das Blut ist dunkel. Aber das macht nichts. Ich fühle es.

Bald werde ich aus dem Schatten hervortreten und dir zeigen, wer ich wirklich bin. Meine Vision offenbaren. Ich denke an das, was kommen wird.

Ich denke an dich, und mein Körper bebt vor Erregung. Du liegst auf dem Bett, und dein rotes Haar fällt wie ein Vorhang auf deinen Rücken. Du bist nackt, drehst dich um und siehst mich an. Deine Augen sind meine Einladung.

Du hast mich verhext. Bist in meinen Kopf gekrochen wie eine Schlange und hast meine Gedanken vergiftet, damit ich nur noch an dich denken kann.

Du denkst, du hättest mich um den Finger gewickelt.

Glaubst, ich sei dir hörig. Aber du täuschst dich in mir, Schätzchen, und wie du dich täuschst! Du siehst nur das, was ich die Welt sehen lasse.

Eine Rolle, die ich spiele, die ich in einer kalten Kindheit erlernt habe, bis zum Erbrechen.

Du hebst die Hand und streichelst dich, dabei siehst du mich unverwandt an. Du hältst meinen Blick fest. Denkst, du würdest mich gefangen nehmen.

Doch das Gegenteil ist der Fall.

Aber das wirst du noch sehen.

Kapitel 1

Mittwoch, 30. August

Die letzten Zeilen des Stundenliedes verklangen, und Finn setzte sein Horn an die Lippen, um zusammen mit den anderen ein letztes Mal hineinzustoßen. Der Ton hallte weit durch die Nacht, durch die Straßen und Gassen von Obermarsberg. Ein Gruß an eine vergangene Zeit. An die Geschichte, die hier auf dem Eresberg so gegenwärtig war wie an keinem anderen Ort, den er kannte.

Die dreizehn Nachtwächter standen im Halbkreis um das Haus von Winfried Raschke, bekleidet mit schwarzen Mänteln, Leinenhemden, schwarzen Hosen und Hüten und leuchtend roten Strümpfen. Die Lichter ihrer Laternen erhellten die Straße.

Als der Hörnerton verklungen war, trat Finns Vater Norbert vor. Es gab keinen Anführer unter den Zunftbrüdern, doch hätte es ihn gegeben, dann wäre er es gewesen. Wenn er sprach, lauschten alle. Wo er stand, gruppierten sich die anderen im Kreis um ihn.

Norbert gratulierte Winfried zum sechzigsten Geburtstag. In einer kurzen Rede sagte er den Zunftbrüdern, wie viel es ihm bedeutete, wenn sie zusammen waren und die Traditionen aufrechterhielten.

»Noch vor einigen Jahren kamen die Leute auf die Straße, um die Nachtwächter zu hören. Heute lassen sie die Rollläden herunter.« Er deutete auf ein Haus, dessen Fenster verrammelt waren, als erwarteten die Bewohner eine Heuschreckenplage.

»Manche sehen nicht ein, wie wichtig es ist, die eigene Geschichte am Leben zu erhalten. Sie ist es, was die Oberstadt einzigartig macht. Unsere Identität, unser Lebenselixier.«

Er erzählte noch einiges mehr, aber Finns Aufmerksamkeit ließ schlagartig nach, als sich die Haustür hinter Winfried öffnete und Kanea herauskam. Fast hätte er sie nicht wiedererkannt und starrte sprachlos auf den modernen Kurzhaarschnitt mit den einrasierten Mustern am Hinterkopf. Was zum Teufel hatte sie gemacht?

Das letzte Mal, als er sie gesehen hatte, war sie noch blond gewesen. Ihre neue Frisur gefiel ihm nicht, nein, ganz und gar nicht.

Trotzdem klopfte sein Herz unvernünftig schnell, als sie mit einem Tablett vorbeikam.

»Magst du eine Cola trinken? Oder Bier? Das gibt's da hinten bei meinem Vater.«

»Eine Cola ist gut, danke.« Für einen kurzen Moment berührten sich ihre Fingerspitzen. Eine peinliche Pause entstand. Dann hob Winfried Raschke seine Bierflasche. »Auf euch, Zunftbrüder!«

Finn sah seinen Vater in einer fröhlichen Runde stehen und gesellte sich dazu.

Norbert gab eine Anekdote zum Besten: »Damals suchten die Nachtwächter die Wohnungen von Frischverheirateten heim. Jede Stunde versammelten sie sich vor den Häusern, wenn möglich unter dem Schlafzimmerfenster. Dann tuteten sie, damit die neuen Eheleute in ihrer Hochzeitsnacht nicht einschliefen. Schließlich sollten in Obermarsberg Kinder geboren werden. Ich finde, wir sollten diese Tradition wiederaufleben lassen.«

Die anderen lachten, und Finn stimmte mit ein, obwohl er wusste, dass das Thema einen ernsten Hintergrund hatte. Norbert machte sich Sorgen, da viele junge Leute die Oberstadt verließen und wie überall in Deutschland zu wenig Kinder geboren wurden. Vor ein paar Jahren hatte die Grundschule deswegen schließen müssen.

Die Nachtwächter tranken aus und traten den Heimweg an. Nur Finn blieb zurück und half Kanea und ihrem Vater, die Gläser und Flaschen einzusammeln. Die ganze Zeit hoffte er, Winfried würde endlich ins Haus gehen. Aber als es so weit war, wusste er nicht, worüber er reden sollte.

»Du hast noch gar nichts zu meiner neuen Frisur gesagt.« Sie lächelte und drehte den Kopf. »Gefällt es dir?«

»Ist mal was anderes.«

Was sollte er sonst auch sagen? Es war passiert und nicht mehr zu ändern. Jetzt musste man zweimal hinsehen, um die Kanea zu erkennen, mit der er aufgewachsen war. Ein wildes Mädchen mit blonden Zöpfen wie kleine Rattenschwänze. Die Knie ständig aufgeschürft. Im Sommer hatte sie für sich und Finn Eis aus der gut gefüllten Kühltruhe ihrer Eltern geklaut. Eine gute Zeit, an die er sich gern erinnerte.

»Du kommst nicht mehr so oft ins Sauerland.«

»Das Studium«, seufzte Kanea.

»Ja, das verstehe ich«, sagte Finn, obwohl er nicht verstand, warum sie ihr Studium in Kassel davon abhielt, an den Wochenenden nach Hause zu kommen.

Er nahm seine Hellebarde und die Laterne, die er an der Hauswand abgestellt hatte. »Sehen wir uns morgen?«

»Bestimmt. Jessica und ich haben einen Stand auf dem Markt, und bisher steht noch nicht mal die Hütte. Vielleicht kannst du uns beim Aufbauen helfen?«

»Das mache ich«, versprach Finn und ging zurück zum Zunftraum, um sein Kostüm abzulegen. Die anderen Nachtwächter waren bereits nach Hause gegangen. Finn zog den Schlüssel ab, der im Schloss steckte, und machte sich auf den Heimweg.

Holzhütten und Zeltgerüste säumten die Eresburgstraße zu beiden Seiten und ließen bereits erahnen, wie die Oberstadt am Samstag, dem großen Markttag, aussehen würde, wenn alles fertig war. Noch fehlten Dekoration und Beleuchtung, und die Straße war menschenleer.

Die Helfer, die jeden Tag bis spät in die Nacht arbeiteten, hatten sich vor einigen Stunden am Dorfbrunnen versammelt, um ein Feierabendbier zu trinken und die gemeinsame Vorfreude zu genießen. Der historische Markt, der alle drei Jahre in Obermarsberg stattfand, war der Höhepunkt aller Veranstaltungen in der Umgebung. Im Gegensatz zu anderen Mittelaltermärkten wurde dieser durch die Dorfgemeinschaft gestemmt, die sich selbst stolz die Oberstädter nannten. Hier in Obermarsberg, das auf der Spitze des Eresbergs thronte, verschmolz die Geschichte mit der Gegenwart. Und an keinem Tag im Jahr war das so spürbar wie zur Marktzeit.

Finn ging am Skelett eines großen Festzeltes vorüber, das nicht mehr zu Ende aufgebaut worden war. Daneben standen Bänke, Bierkästen und Bretter. Sie hatten heute schon viel geschafft, aber morgen würde ein weiterer arbeitsreicher Tag werden. Die Brandhütte musste noch errichtet werden, und für das große Ritterzelt brauchten sie ein Dutzend Helfer. Und dann Kaneas und Jessicas Hütte.

Finn war so in Gedanken versunken, dass er das Geräusch erst wahrnahm, als er es zum zweiten Mal hörte. Ein dumpfes Stöhnen und Knarren. Es kam von rechts aus einer Seitenstraße vom ehemaligen Rathaus. Wo der Schandpfahl stand.

Wie alle Obermarsberger war Finn an den Anblick des historischen Prangers gewöhnt, sodass er ihn kaum mehr als etwas Besonderes wahrnahm. Ein Eisenkäfig umschloss eine kreisförmige Plattform, die auf einer dicken Steinsäule ruhte. Im Mittelalter waren hier Verbrecher zur Schau gestellt worden. Der Pranger war eins der Wahrzeichen der Oberstadt, tausendmal fotografiert. Ein Highlight der Stadtführungen, zu dem es unzählige Geschichten gab.

Jetzt stand jemand oben auf der Plattform. Eine dunkle Gestalt. Sie bewegte sich nicht.

Aber Finn hörte wieder dieses dumpfe Geräusch, das ihm sagte, dass dies keine Einbildung war. Die Wicke und ihr irres Gebrabbel kamen ihm in den Sinn.

11

Er hatte die alte Frau heute Morgen im Dorf getroffen, als er beim Aufbauen des Marktes geholfen hatte. Sie hatte sich auf ihre Gehhilfe gestützt und war bei ihm stehen geblieben.

»Dieb, Dieb, Dieb«, hatte sie vor sich hin gemurmelt wie ein Mantra und ihn mit trüben Augen angestarrt.

Finn, der wusste, wie verwirrt Hannah Wicke war, ignorierte sie für gewöhnlich. Aber jetzt kamen ihm ihre Worte wieder in den Sinn: »Der Deibel wird dich holen, Theile. Der Deibel steht beim Kaak.«

Sie hatte Kaak gesagt und nicht Pranger, aber es bedeutete dasselbe. Ein altes Wort für den Schandpfahl.

Der Teufel steht am Pranger?

Finn hob den Blick. »Wer ist da?« Seine eigene Stimme klang fremd in seinen Ohren.

Die Gestalt auf dem Pranger antwortete nicht, aber Finn hatte das Gefühl, dass sie sich kaum merklich bewegte. Er fragte sich, ob das hier ein Scherz sein könnte. Ein Streich, den ihm seine Zunftbrüder spielen wollten. Doch ihm war nicht nach Lachen zumute. Dafür war die Situation zu eigenartig, und hinzu kam die Warnung der verrückten Alten.

Vielleicht sollte er einfach weitergehen. Doch was, wenn er dem Teufel den Rücken zukehrte? Würde er dann vom Pranger herunterkommen?

Finn wischte die Vorstellung ärgerlich beiseite. Das war Fantasterei und hatte nichts mit der Wirklichkeit zu tun. Wer oder was auch immer dort oben stand, war ganz sicher irdischen Ursprungs. Vielleicht eine der Puppen aus dem Heimatmuseum. Oder doch ein Mensch?

Finn griff kurz entschlossen nach den unteren Streben des Eisenkäfigs und kletterte an der Säule empor. Es gelang ihm, sich hochzuziehen, indem er den Fuß zwischen den Streben einhakte.

Die Gestalt bewegte sich nicht von der Stelle, als Finn sich über den Rand auf die Plattform hievte. Er näherte sich, berührte die dunklen Umrisse. Es war ein Mensch, und er war an den Handgelenken mit etwas Dünnem an den Eisenring gefesselt. Vielleicht Kabelbinder. Ein Sack bedeckte den Kopf. Es roch durchdringend nach Urin und etwas Süßlichem. Der Gefesselte stöhnte und atmete schnaufend durch die Nase.

»Halt still! Dann mache ich dich los.«

Finn griff den Sack und zog ihn herunter. Ein kalkweißes Gesicht kam zum Vorschein. Es war Grufti-Thomas, der Bäckergeselle. Ein Tuch war um seinen Mund gebunden, und er atmete hektisch durch die Nase.

Finn versuchte den Knebel zu lösen, der fest an Thomas' Hinterkopf verknotet war. Dabei stieß er gegen etwas Großes, Weiches, das vor der Brust des Gesellen hing.

Der Knoten öffnete sich, und Thomas würgte etwas aus seinem Mund heraus. Dann rang er nach Atem und schluchzte gleichzeitig heftig.

»Mach mich los, mach mich los!«

»Ja, sofort.« Finn stellte fest, dass es tatsächlich Kabelbinder waren, die Thomas' Hände festhielten. »Die krieg ich so nicht ab. Ich brauche eine Schere.«

Thomas keuchte. »Beeil dich!«

»Ich klingle bei den Nachbarn. Dauert nicht lange.«

»Da hängt was um meinen Hals. Was ist das?«

Finn fand das Seil, das um Thomas' Nacken hing, an dem das weiche, große Etwas befestigt war. Als er es in den Händen hielt und erkannte, wurde ihm schlecht vor Ekel. Es war ein Laib Brot, über und über mit Schimmel bedeckt.

Die Nachbarin, Frau Henne, lieh Finn eine Schere und half ihm, den Bäckergesellen von der Plattform des Prangers herunterzuheben.

Unten sackte Thomas in sich zusammen. Am Boden kauernd rieb er seine Handgelenke und stöhnte leise.

»Dass ihr's aber auch immer übertreiben müsst, Jungs!«, bemerkte Frau Henne mit verschränkten Armen. Über ihren Pyjama hatte sie eine ockerfarbene Strickjacke gezogen.

Finn beugte sich zu Thomas hinunter.

»Kannst du aufstehen? Was ist überhaupt passiert?«

Der Geselle griff nach seinem Arm und erhob sich mühevoll. Auf Finn gestützt konnte er stehen.

Frau Henne schüttelte den Kopf. »Ihr solltet vor den Markttagen nich' so viel saufen, woll? Das wird noch anstrengend genuch.«

Thomas würgte trocken, und sie schreckte auf. »Reier mir nich' in den Vorgarten, Junge!« Energisch kam sie die Stufen herab und schob die beiden in Richtung Straße. »Geht mal lieber schnell nach Hause. Und trinkt nich' so viel Schnaps, sach ich immer. Bringste deinen Freund nach Hause, Finn? Und nächstes Mal bisschen langsamer gehen lassen, woll? Finger wech vom Schnaps!«

Er ist nicht mein Freund, dachte Finn, sagte aber nichts. Genau genommen mochte er Thomas nicht einmal besonders gern, aber hierlassen konnte er ihn auch nicht.

Frau Henne hatte recht, der Geselle war ordentlich blau. Sie kamen nur langsam vorwärts, wobei Thomas sich schwer auf Finns Schulter stützte. Er musste sich bepinkelt haben, denn seine Sachen stanken zum Gotterbarmen.

Finn lebte in einer Dachgeschosswohnung im Haus seiner Eltern. Er hatte dort eine kleine Küche, benutzte sie aber selten. Wenn er mit der Ausbildung zum Industriemechaniker fertig war, wollte er für ein paar Jahre weg. Einmal etwas anderes sehen, bevor er nach Obermarsberg zurückkehrte. Denn zurückkommen würde er, das hatte er sich selbst und seinem Vater versprochen. Es reichte, wenn sein Bruder Ralf in Frankfurt lebte.

»Wenn die jungen Leute nicht zurückkommen, wird Obermarsberg vor die Hunde gehen«, hatte Norbert einmal in einer düsteren Stimmung gesagt.

Finn war tief bestürzt gewesen. Selten hatte er seinen Vater so niedergeschlagen erlebt. An diesem Tag hatte er beschlossen, dass die Oberstadt nicht vor die Hunde gehen würde. Nicht, wenn er es verhindern konnte.

Diese und nächste Woche hatte Finn sich Urlaub genommen. Viele seiner alten Schulfreunde waren jetzt im Ort. Denn jeder, der irgendwelche Verbindungen zu Obermarsberg hatte, reiste zum historischen Markt ins Sauerland. Auch Ralf, sein zehn Jahre älterer Bruder. Er hatte gestern sein altes Zimmer bezogen, das oben in Finns Wohnung lag. Als er angekommen war, hatte Finn die Tür hinter ihnen beiden geschlossen. Für einige Minuten nur hatte er Ralf ganz für sich haben wollen.

»Hier ist ja alles wie immer.«

Normalerweise ärgerte sich Finn, wenn Ralf so etwas sagte. Schließlich bedeutete es, dass sich hier nie etwas änderte, dass sein Bruder allein das Recht auf Neuigkeiten hatte.

Aber gestern hatte Finn nur zufrieden genickt. *Alles wie immer – zum Glück!* »Alle sind in heller Aufregung wegen Samstag. Im ganzen Dorf wird über nichts anderes geredet, und wir schuften jeden Tag von morgens bis abends. Aber das kennst du ja.«

Ralf hatte den rechten Teil seines Kleiderschrankes geöffnet. Seine Ritterrüstung, das hellgrüne Wams und die Leinenwäsche hingen dort. Von ihrer Mutter Eva vor Tagen sorgfältig gewaschen und gebügelt. Und das Langschwert mit glänzendem Silbergriff.

Als Kind hätte Finn alles dafür gegeben, einmal zusammen mit seinem Bruder als Ritter auftreten zu dürfen. Doch die Zeiten waren lange vorbei. »Wollte Sandra nicht mitkommen?«

»Und mit Toni in meinem alten Kinderzimmer wohnen? Ist das dein Ernst?«

»Ihr könntet noch ein Zimmer haben …«

»Klar«, hatte Ralf ihn unterbrochen. »Aber die anderen Jungs und ich müssen für den Schaukampf üben. Ich hätte kaum Zeit für die beiden. Da sind sie zu Hause in Frankfurt besser aufgehoben. Außerdem, wenn ich schon mal hier bin, möchte ich mit meinen alten Freunden feiern. Und nicht hier sitzen und babysitten.«

15

Als Finn am nächsten Morgen in die Küche kam, saß sein Vater am Frühstückstisch und seine Mutter Eva hatte frischen Kaffee gekocht. Ralf war noch nicht heruntergekommen.

»Ich habe im Zunftraum auf dich gewartet«, sagte Norbert beiläufig. »Du hast dir schön lange Zeit gelassen.«

Finn täuschte er damit nicht. Er schüttelte lächelnd den Kopf. »Was du wieder denkst. Es ist nichts passiert. Kanea und ich sind nur Freunde. Nein, ich habe Thomas gefunden. Jemand hatte ihn an den Schandpfahl gefesselt. Er konnte nicht sagen wer.«

Finn erzählte in knappen Worten, was am Abend zuvor passiert war. »Es ist, als hätte jemand die Sage vom Bäcker nachgestellt. Die steht doch auf der Schautafel am Pranger. Ein Bäcker hatte zu leichtes Brot gebacken und wurde deshalb mit einem Brot um den Hals durch die Stadt getrieben und hinterher am Schandpfahl zur Schau gestellt.«

Norbert sah ernst drein. »Besonders witzig finde ich das nicht. Aber es passt zu diesen komischen Freunden von ihm. Scheele Typen sind das. Grüßen nicht auf der Straße und lungern auf Spielplätzen herum.«

»Als wir gestern am Brunnen gesessen haben, waren Thomas und seine Clique auch da. Vielleicht weiß Ralf, was passiert ist. Er war noch dort, als wir uns im Zunftraum getroffen haben.«

»Willst du nicht warten?«, fuhr Eva Norbert an, der schon zu essen begonnen hatte. »Was ist mit Ralf?«

»Lass den Jungen doch in Ruhe. Der ist bestimmt froh, wenn er mal ausschlafen kann.« Er sah Finn an, als er weiterredete. »So ist das Leben mit kleinen Kindern. Ab sechs Uhr morgens hopsen sie auf einem herum. Das hört erst auf, wenn sie zur Schule gehen. Und manchmal nicht mal dann.«

»Ich frage Ralf, ob er mit uns frühstücken möchte.« Eva ging hoch, kam aber unverrichteter Dinge wieder herunter. »Er ist nicht da. Das Bett sieht aus, als hatte er heute Nacht nicht darin geschlafen.«

»Vielleicht hat er bei Till übernachtet«, sagte Finn.

Das Gesicht seines Vaters verfinsterte sich. »Jessica war gestern da, nicht wahr?«

»Ja.«

»Du hast die beiden zusammen gesehen?«

Finn antwortete nicht. Er hatte einen bitteren Geschmack im Mund und schluckte mehrmals, um ihn loszuwerden. Jessica war Ralfs Exfreundin. Die beiden waren seit Jahren getrennt, trotzdem verging kaum ein Fest, an dem sie nicht miteinander flirteten. Auch gestern hatten sie wieder nahe beieinandergesessen.

»Er sollte nicht immer allein kommen.« Finn biss in sein Brötchen und kaute, doch er schmeckte kaum etwas.

»Ich glaube, ich muss mal ein ernstes Wort mit ihm reden«, knurrte Norbert. Um seinen Mund lagen tiefe Falten.

Finn musste an das letzte Mal denken, als Ralf und sein Vater ein ernstes Wort miteinander geredet hatten. Beinahe eine Stunde lang hatten sich die beiden angebrüllt, um dann mehrere Tage lang nicht mehr miteinander zu sprechen. So ein Streit war das Letzte, das sie jetzt brauchen konnten – zwei Tage vor dem Markt.

»Lass mich mit ihm sprechen.«

Norbert wirkte überrascht. »Dich?«

»Bitte.«

Sein Vater zögerte, nickte aber dann. »Gut. Dann rede du mit ihm.«

Kapitel 2

Nach dem Frühstück ging Finn ins Dorf und machte sich auf die Suche nach seinem Bruder. Die ersten Oberstädter waren schon wieder bei den Marktvorbereitungen. Holzstände und Zelte wurden geschmückt, Pavillons aufgebaut.

So etwas geht nur hier, dachte Finn. Dass ein kleines Dorf auf einem Berg so etwas Großartiges auf die Beine stellte. Einen Mittelaltermarkt, der weit über die Landesgrenzen hinaus bekannt war. Knapp zweitausend Einwohner zählte Obermarsberg offiziell, wobei nur die Hälfte davon tatsächlich auf dem Eresberg wohnte. Die anderen lebten unten im Tal. Rechtlich gehörten sie dazu, räumlich gesehen waren sie jedoch Niedermarsberg näher als der Oberstadt.

An dem Gemeinschaftsprojekt Mittelaltermarkt beteiligte sich fast das ganze Dorf. Viele der Einwohner unterhielten Buden oder Stände. Manche musizierten oder liefen als Gaukler und Marketender durch die Straßen, denn jeder hier besaß ein mittelalterliches Gewand. Vom Kleinkind bis zum Greis, die Begeisterung kannte keine Grenzen. Nicht umsonst hieß das Dorf »Historisches Obermarsberg«. Die Oberstädter waren nicht nur stolz auf ihre Geschichte, sie lebten sie.

Als Finn zum Ritterzelt kam, das noch in Einzelteilen am Boden lag, traf er dort nur Till, den Freund seines Bruders.

»Hast du Ralf gesehen?«

»Noch nicht«, keuchte Till und mühte sich an zwei Eisenstangen ab, die er zusammengesetzt hatte, die aber offenbar nicht richtig zueinanderpassten. »Verfluchtes Zelt! Dieses Jahr müssen wir die Teile beim Abbauen ordentlich beschriften.«

Finn half ihm, die Stangen wieder voneinander zu lösen.

»Packst du mal mit an, Finn?« Mirko, der dickbauchige Dirigent des Spielmannszugs der Freiwilligen Feuerwehr, stand mitten auf der Straße und gestikulierte mit einem Akkuschrauber in den Händen. Finn half ihm und zwei anderen, die Wände der Holzhütte aufzurichten, die Mirko anschließend zusammenschraubte.

»Packt wieder Stroh aufs Dach«, befahl Mirko und rieb sich die Hände. »Das wird ein schönes Feuerchen.«

Danach machte er ein großes Getue um die Brandanlage, die an der Hütte installiert wurde. »Damit es ordentlich qualmt und raucht, wenn unsere historische Feuerwehr kommt.«

Finn tauschte einen amüsierten Blick mit seinem Nachbarn, als jemand hinter ihm seinen Namen rief.

Erst jetzt bemerkte er Thomas. Der Bäckergeselle war aschfahl, und seine schwarz gefärbten Haare sahen ungewaschen aus. »Kommste kurz mit?«

Finn unterdrückte einen spontanen Widerwillen. Er hatte wenig Lust, seine oberflächliche Bekanntschaft mit Grufti-Tommy zu vertiefen. »Ich habe zu tun.«

»Dauert nicht lang.« Thomas' Mund zuckte, und er war kaum zu verstehen.

»Gut, gehen wir ein Stück.«

Thomas verließ die Eresburgstraße und bog in eine unbelebte Seitengasse ein. Finn wäre lieber auf der Marktmeile gegangen, um zu sehen, wo Ralf steckte. Aber der Bäckergeselle sah richtig schlecht aus.

»Wie geht es dir?«

»Ja, ja, passt schon.« Thomas drehte sich um, als erwartete er Verfolger. Unruhig fingerte er an seiner Hosentasche herum. »Wem hast du's erzählt?«

»Was? Oh!« Finn zuckte mit den Schultern.

»Meinen Eltern heute Morgen. Sonst noch keinem.«

»Okay. Ich wollt dich bitten, dasste das nicht an die große Glocke hängst. Irgendwie ist mir das peinlich.«

»Klar. Ich finde aber, es war 'ne Scheiß-Aktion, und du solltest dir das nicht gefallen lassen.«

Thomas' Hand glitt in seine Hosentasche, und er klaubte ein Päckchen Tabak heraus. Dann steckte er sich eine Selbstgedrehte in den Mund. Sein Zeigefinger war gelb von Nikotin, und als er hektisch auf dem Feuerzeug herumdrückte, zitterte seine Hand.

»Ich weiß nicht mehr, was passiert ist. Alles weg, totaler Filmriss. So was hatte ich noch nie. Nicht seit meinem achtzehnten.« Er sog heftig an seiner Zigarette. »Hab mich heute krankgemeldet. Cheffe war ziemlich sauer. Aber ich steh total neben mir. Ich halt's nicht aus. Hab das Gefühl, alle wissen Bescheid.«

»Nein«, entgegnete Finn. »Ich habe noch niemanden darüber reden hören. Aber willst du nicht wissen, wer es gewesen ist? Ich hatte vor, Ralf zu fragen. Er war doch gestern Abend auch dabei.«

»'kay.«

Thomas schniefte lautstark und nahm wieder einen tiefen Zug, als wollte er die Zigarette leer saugen.

»Ralf wird's nicht weitertratschen, woll?«

»Nein.« Was stimmte. Sein Bruder hatte seine Fehler, aber Geschwätzigkeit gehörte nicht dazu.

»Gut. Wenne was hörst, sag mir Bescheid, ja? Wenne hörst, wer's war?«

»Klar.«

»Wenn ich mir vorstelle, dass meine Kumpels …« Thomas schniefte noch einmal und wischte sich mit dem Ärmel über die Nase. »Dass meine Kumpels das waren. Ich weiß, dass ich nie richtig dazugehören werde. Weil ich aus Schmallenberg komme. Bin keiner von euch, kein echter Oberstädter. Das denkt ihr doch alle.«

»Das ist Blödsinn«, widersprach Finn heftig.

»Ich werd nie einer von euch sein.«

»Für mich bist du das.«

Thomas sah ihn von der Seite an, lauernd. »Meinste das im Ernst?«

»Klar«, bekräftigte Finn und fand sich plötzlich in einer hastigen, nach Tabakrauch stinkenden Umarmung wieder.

Kapitel 3

Anne Kirsch stolperte über eine Wurzel und verlor auf dem unebenen Bergpfad das Gleichgewicht. Sie ruderte mit den Armen, doch der lange Marsch forderte langsam seinen Tribut. Sie konnte sich fangen, stieß aber trotzdem gegen Kaestners breites Kreuz. Es war, als würde man gegen einen Betonpfeiler prallen. Der große Mann gab ein Grunzen von sich, und sein Arm schoss vor und packte sie am Handgelenk. »Pass auf, wo du hintrittst!«

»Danke! Du kannst mich wieder loslassen.«

Kaestner sah sie an und blickte dann bedeutungsvoll den waldigen Berghang hinunter, der zu ihrer Linken steil abfiel. Ein Abgrund, der zwar mit Laub und Buschwerk gepolstert war, aber höllisch tief hinunterging. Wenn man unglücklich stürzte, konnte man sich das Genick brechen.

Dann wandte er sich um, und sein Rücken versperrte wieder die Sicht nach vorne. Er musste schon um die sechzig sein. Das verrieten das Grau seiner kurz geschorenen Haare und die tiefen Falten im Gesicht, trotzdem war er der Kräftigste aus ihrer Gruppe.

Sie folgten einem schmalen Pfad, der sich in schier endlosen Serpentinen den Berg emporwand. Das allein hätte kein Problem für Anne dargestellt. Sie ging jeden Tag joggen und geriet nicht so leicht außer Atem, aber das ständige Bergaufgehen war etwas völlig anderes.

Seit heute Morgen waren sie unterwegs, ohne Proviant und vor allem: ohne Wasser.

Die ersten Stunden hatten sie sich noch unterhalten. Das Einzige, was Anne von sich erzählt hatte, war, dass sie aus

Dortmund kam. Niemand brauchte zu wissen, dass sie Polizistin war, und erst recht nicht, warum sie an diesem Kurs teilnahm. Von Kaestner wusste sie, dass er bei einer Sicherheitsfirma angefangen hatte. Sein neuer Arbeitgeber habe von ihm die Teilnahme an einem Seminar in Kooperationstraining verlangt. Anne hatte nur genickt und gemurmelt, sie sei aus einem ähnlichen Grund hier.

Saskia war Sekretärin, Daniel ein Malocher aus einem Callcenter, und Benno Grundmann hatte eine eigene Firma, wie er allen mehrfach erläutert hatte. Anne war vom ersten Moment an klar gewesen, dass er unausstehlich werden würde.

Seit Stunden sagte sie nur noch das Nötigste. Annes Kehle war trocken und fühlte sich an wie Schmirgelpapier. Sie hatte das Gefühl, seit Tagen nichts getrunken zu haben, obwohl ihre letzte Wasserration erst eine Stunde zurücklag. Die kleine Flasche hatte in einer Frischhaltebox gelegen, etwa zur Hälfte gefüllt, nur wenige Schlucke der kostbaren Flüssigkeit für jeden.

Bei der Erinnerung daran wurde Anne ganz schwach. Sie versuchte zu schlucken, fand aber, dass zu wenig Speichel in ihrem Mund war. Jeder Schritt jagte Stiche durch ihre schmerzenden Oberschenkel. Bergauf ging es, immer nur bergauf. *Dieses verdammte Sauerland! Dieser verdammte Berg!* Wie hoch war er noch? Anne hatte es vergessen. Von Weitem hatte er nicht so hoch ausgesehen. Jetzt fühlte sie sich, als würde sie die Alpen ersteigen. Wieso hatte sie sich nur darauf eingelassen?

Dabei hatte alles wie eine gute Idee geklungen:

»Ich kenne jemanden«, hatte Heiko gesagt, »der veranstaltet Outdoorseminare und Workshops hier im Sauerland und ganz in der Nähe von mir. Mal mit Gruppen, aber auch mit Einzelpersonen. Ich bin sicher, er würde mir ein Freundschaftsangebot für dich machen. Und wir könnten uns zwischendurch sehen.«

»Klingt nicht schlecht. Geht es um Teamfähigkeit?«

»Ja, unter anderem. Soweit ich weiß, hat er ein breites Angebot. Motivationstraining, Teamwork, Vertrauensbildung und Managerkurse.«

Anne dachte nach. Die Idee war zu schön, um wahr zu sein, und könnte sie aus ihrer misslichen Lage befreien.

Ihr Chef, Thorsten Seidel, plante, sie zur Polizeischule zurückzuschicken. Nicht obwohl, sondern gerade weil er ihr Freund war, sagte er. Niemand sollte ihm eine Vorzugsbehandlung vorwerfen, und dazu gab es aus Annes Sicht auch absolut keinen Grund. Dabei wusste sie natürlich, dass es ihre eigene Schuld war. Sie hatte auf eigene Faust gehandelt und gegen die simpelsten Regeln im Polizeidienst verstoßen.

Polizeischule, diese Drohung hing über ihrem Kopf wie ein Damoklesschwert.

Sie konnte es sich bereits vorstellen: die Blicke der Schüler und Lehrer; das Getuschel hinter ihrem Rücken. Jeder würde wissen, wer sie war: die Dortmunder Kommissarin, die ein Autoritätsproblem hatte. Die unfähig war, im Team zu arbeiten, die Eigensicherung lernen sollte. Bei dem Gedanken drehte sich Anne der Magen um.

Wenn Thorsten nur Heikos Vorschlag akzeptieren würde. Es wäre die Rettung. Die frische Sauerländer Luft, ein wenig Bewegung im Freien, Motivations- und Gruppenspiele. Das kann nicht so übel werden. Vielleicht wird es sogar Spaß machen. So hatte sie gedacht.

Heiko hatte ihr einen Prospekt mitgegeben. Abgebildet war ein Bergsteiger, der an einem Seil vor einer Felswand hing. *Micha Bannenbergs Teamwochen im Sauerland.*

Mit einem bangen Gefühl hatte sie Thorsten den Prospekt gezeigt. »Diese Seminare hat mir Heiko empfohlen. Er kennt den Organisator. Micha Bannenberg hat Soziologie und Psychologie studiert und schreibt momentan an seiner Doktorarbeit über Gruppendynamiken oder so. Ein Kurs dauert zwei Wochen und findet in kleinen Gruppen mit bis zu acht Teilnehmern statt.«

»Die eigenen Grenzen austesten. Motivieren. Teamfähigkeit erlernen. Zu neuem Selbstbewusstsein finden. Ha! Ich glaube wirklich nicht, dass du das Letzte nötig hast.«

»Bitte, Thorsten. Das klingt doch gut. Ich würde es selbst bezahlen. Lass mich den Lehrgang wenigstens ausprobieren. Und wenn er nicht das gewünschte Ergebnis bringt, kannst du mich immer noch zur Polizeischule schicken.«

»Das gefällt mir nicht. Urlaub bei deinem Freund im Sauerland, statt ...«

»Es ist kein Urlaub! Dort steht die Nummer von Micha Bannenberg. Ruf ihn an und überzeuge dich! Bitte!«

Er hatte lange geschwiegen und endlich genickt. »Ich rufe dort an. Aber wenn er mich nicht überzeugt, gehst du nach Selm zur Polizeischule, und dann will ich keine Widerrede mehr hören.«

Anne war erleichtert gewesen. Ihre letzte Chance. Mit diesem Lehrgang würde sie signalisieren, dass sie wirklich etwas ändern wollte. Und sie hatte tatsächlich gute Vorsätze. Natürlich war es wichtig, auf die eigenen Instinkte zu hören, doch Thorsten hatte recht: Sie durfte sich nicht wieder selbst in Gefahr bringen. Damit hatte sie ihn tief verletzt, und das würde sie nie vergessen.

Wenn sie sich nicht änderte, würde Thorsten ihre Versetzung veranlassen. In der Abteilung für Todesermittlungen würde sie bestenfalls noch im Innendienst mithelfen dürfen. Das durfte unter keinen Umständen geschehen.

»Jetzt geben Sie mir mal den GPS-Empfänger!«, befahl Grundmann und baute sich in seiner Jack-Wolfskin-Kombination vor Kaestner auf. Stimme und Haltung signalisierten, dass er es gewohnt war, Anweisungen zu erteilen, aber bei Kaestner biss er auf Granit.

Der große Mann erwiderte seinen Blick ungerührt. Anne nutzte den Streit für eine Verschnaufpause und sah sich keuchend nach den beiden Nachzüglern um. Saskia und Daniel kämpften mit den letzten Hundert Metern, die extrem steil gewesen waren. In Annes Ohren rauschte es, und ihr schwindelte. Was war nur mit ihrer Kondition los? Die sauerländische Topografie machte sie vollkommen fertig.

Saskia erreichte sie schnaufend und mit hochrotem Kopf. Ihr streng frisierter blonder Dutt war in Auflösung begriffen. Anne bemerkte, dass sie zu schnell und zu oberflächlich atmete und riet ihr, durch die Nase Luft zu holen. Dann schob sie sich auf dem schmalen Pfad vorsichtig an Saskia vorbei und streckte die Hand nach Daniel aus, um ihm hochzuhelfen. Doch der schlaksige Typ hielt den Blick vor Erschöpfung starr auf den Boden gerichtet, und sie musste ihn mehrmals ansprechen, bevor er ihre Hand bemerkte.

Grundmann wiederholte derweil seine Forderung an Kaestner mit drohender Stimme, und die Anspannung in der Luft war fast greifbar. Einen Moment lang befürchtete Anne, die beiden Männer würden sich prügeln, aber dann zuckte Kaestner nur seine massigen Schultern und reichte Grundmann den GPS-Empfänger. »Können Sie überhaupt damit umgehen?«

»Mit Sicherheit besser als Sie!«

Grundmann starrte einige Zeit auf das Gerät, dann hob er triumphierend den Kopf. »Das nächste Cache ist nicht mehr weit entfernt.« Er deutete auf den steilen Berghang vor ihnen. »Nur noch wenige Meter.«

»Das hätte ich euch auch sagen können«, knurrte Kaestner. Anne scherte sich nicht weiter um die beiden. *Wasser.* Bei dem Gedanken sammelte sich wieder ein wenig Speichel in ihrem Mund, und sie fühlte neue Kraft in ihren Beinen. Im nächsten Cache würde mehr Wasser sein, genug für alle. Zumindest hoffte sie das. Wenn Micha ihnen nicht etwas mehr Flüssigkeit zugestand, würde der Erste bald umkippen. Und das würde er doch nicht riskieren, oder?

Der Punkt, an dem laut GPS-Koordinaten das nächste Cache versteckt lag, befand sich unter einem großen Stein.

»Nun grabt schon«, befahl Grundmann ungeduldig.

Anne ging sein Befehlston auf die Nerven, aber sie fühlte sich zu schwach und ausgedörrt für Diskussionen. Mit bloßen Händen kratzten sie Laub und weiche Erde zur Seite.

Sie war am Ende. Wenn sie jetzt kein Wasser bekam, würde sie nicht mehr aufstehen. Jemand stöhnte vor Erleichterung, als sie auf den Plastikdeckel der Dose stießen, die dort vergraben war.

Anne begann an den Seiten zu buddeln, um die Dose zu befreien, doch Grundmann konnte nicht warten. Er riss den Deckel auf, sodass Erde in die Dose rieselte. Dann schnappte er sich die kleine Mineralwasserflasche, die darin lag, und trank in gierigen Schlucken. Es war die einzige Flasche. Anne wurde schwindelig. Panisch sah sie das kostbare Nass in Grundmanns Schlund verschwinden. Mit einem Schrei kam sie auf die Füße, aber Kaestner war schneller. Er stürzte sich auf Grundmann und drückte den kleineren Mann mit seinem Gewicht zu Boden.

In einem einzigen schrecklichen Moment sah Anne die Flasche fallen und das kostbare Wasser in den Waldboden sickern, doch Kaestner hielt sie mit eisernem Griff und presste Grundmann mit dem anderen Arm die Luft ab. Der Unternehmer wurde blau im Gesicht.

»Lass ihn los!«, rief Anne.

Kaestner stand tatsächlich auf, und Grundmann röchelte und spuckte einen Teil der Flüssigkeit aus. Der große Mann scherte sich nicht mehr um ihn. Mit einem abschätzigen Blick maß er den Inhalt der Flasche und reichte sie dann Saskia. »Jeder trinkt zwei Finger breit. Wer sich nicht dran hält, den schlage ich windelweich.«

Niemand widersprach. Anne war als Vorletzte dran, und sie musste ihr ganzes Maß an Selbstbeherrschung aufbringen, um die Flasche an Kaestner weiterzureichen, der sie leerte. Die wenigen Schlucke linderten den Durst nur einen Moment lang.

Grundmann rappelte sich stöhnend auf. Sein Outfit war derangiert, und ihm klebte Erde in den Haaren.

»Das wird noch Folgen haben«, schimpfte er. »Hirnloser Idiot. Ich hätte die Flasche schon noch weitergegeben.«

Kaestner würdigte ihn keiner Antwort und zerquetschte die leere Plastikflasche in der Faust.

»Das kann er doch nicht ernst meinen«, flüsterte Daniel entsetzt und starrte auf den Zettel, den er in Händen hielt.

»Hast du den aus dem Cache?«, fragte Grundmann. »Los, lies vor, mach schon!«

Daniel schluckte mehrmals. Dann las er mit angespannter Stimme: »Meinen Glückwunsch! Ihr habt den Hauptteil der Strecke mit Bravour gemeistert, und nur ein kleines Stück liegt noch vor euch. Wir nähern uns einem historischen Ort. Den Eresberg, den ihr gerade erklimmt, hat Karl der Große vor über tausendzweihundert Jahren mit seinem Heer bestiegen. Und wenn ihr jetzt glaubt, eure Wanderung sei beschwerlich, dann stellt euch vor, ihr müsstet diesen Steilhang mit einer fünfundzwanzig Kilogramm schweren Rüstung hinaufklettern. Auf der Bergspitze erwartete den Feldherrn und sein Heer die Eresburg, eine Festung der Sachsen. Karl der Große belagerte und eroberte sie. Dann zerstörte er die Irminsul, das Heiligtum der Sachsen, und ließ auf dem Standort des Weltenbaumes ein Kloster errichten.

Dieser Ort, das historische Obermarsberg, ist einzigartig im Sauerland. Hier ist die Geschichte lebendig und das werdet ihr am eigenen Leib zu spüren bekommen. *Smiley.* – Aber jetzt macht euch auf den Weg! Die Koordinaten des nächsten Ziels sind N 51.449430° O 8.845999°.

Wichtig: Für diesen Streckenabschnitt habe ich eine Aufgabe für euch: Stellt euch vor, das leichteste Teammitglied ist verletzt und kann nicht mehr laufen. Trotzdem müsst ihr gemeinsam zum Ziel gelangen. Wenn ihr diese Aufgabe erfüllt (und nur dann), erwarte ich euch am Rittersprung mit einer Stärkung. Wohlan, werte Recken und holde Frowelein. Gehabt euch wohl und guten Weg!«

Einen Moment lang herrschte entgeistertes Schweigen.

Grundmann war der Erste, der seine Sprache wiederfand.

»Das geht zu weit! Ich werde mich mit meinem Anwalt in Verbindung setzen, die ganze Vereinbarung auflösen und auf Schadensersatz und Schmerzensgeld klagen. Das hier ist Schikane und Körperverletzung.«

Saskia war blass geworden.

Annes Gedanken rotierten. Eine Stärkung, das bedeutete Nahrung und vor allem Wasser. Konnten sie es drauf ankommen lassen und die Aufgabe nicht erfüllen? Dann würde Micha ihnen vermutlich wieder nur eine kleine Wasserflasche zugestehen. Sie sah, dass Kaestners Gedanken in die gleiche Richtung gingen, denn er taxierte Saskia und sie. Plötzlich hatte sie eine Vision davon, von dem großen Mann wie ein Sack Kartoffeln über die Schultern geworfen zu werden. Die Vorstellung war so entsetzlich, dass Anne sofort auf Saskia zeigte. »Sie ist leichter.«

Kaestner runzelte zweifelnd die Stirn. Anne war einen halben Kopf größer als Saskia, aber ihr fehlte das, was ihre Mutter weibliche Rundungen nannte. Was die andere Frau zur Genüge besaß.

»Ich weiß nicht«, murmelte Saskia erschöpft und strich sich ein paar wirre blonde Strähnen aus dem Gesicht.

»Natürlich«, behauptete Anne. In Wahrheit wusste sie ihr Gewicht nicht, schätzte aber, dass sie tatsächlich nicht allzu leicht war, weil sie viel Sport trieb.

Saskia stieß einen erschrockenen Schrei aus, als Kaestner sie kurzerhand um die Hüften packte und wie ein Kind auf seine Schultern setzte. Der große Mann schwankte kurz, und Anne sah ihn schon auf dem schmalen Bergpfad abrutschen. »Bist du sicher ...?«, begann sie zweifelnd.

Kaestner drückte ihr den GPS-Empfänger in die Hand. »Du gehst vor.«

Anne sah, dass Grundmann den Mund zum Protest öffnete, und beschloss, ihm keine Gelegenheit dazu zu bieten. Kurz entschlossen drehte sie sich um und marschierte voraus. Hinter sich hörte sie den Unternehmer vor sich hin murmeln.

Er würde Micha Bannenberg verklagen. Dem würde es noch leidtun. Doch Anne wusste, dass Grundmann seinen Anwalt nicht anrufen würde. Keiner von ihnen würde telefonieren. Dafür hatte Micha gesorgt.

Das Seltsame war, dass Anne sich gerade erst daran gewöhnt hatte, ein Smartphone zu besitzen. Heiko hatte es ihr im Januar zu ihrem einunddreißigsten Geburtstag geschenkt. Davor hatte sie nur ein gewöhnliches Handy besessen und war damit zufrieden gewesen. Das Smartphone hatte sie nicht gewollt, seine Vorteile aber schnell schätzen gelernt. Vor allem bei ihrer Arbeit in der K11, der Abteilung für Delikte gegen Leib und Leben in Dortmund, hatte es sich als nützlich erwiesen.

Jetzt, in den tiefsten Wäldern des Sauerlands, hätte ihr ein einfaches Handy genügt. Sie wollte Heiko anrufen und ihn bitten, ein paar Flaschen Wasser und etwas zum Essen herzubringen. Einen Burger vielleicht. Und fettige Pommes. Bei dem Gedanken daran wurde ihr fast schlecht vor Hunger.

Wie spät mochte es sein? Die Mittagszeit war bestimmt lange vorüber. Ihre letzte Mahlzeit war ein hastiges Frühstück bei Heiko gewesen. Dann hatte er sie zum Treffpunkt, einer Waldhütte in der Nähe von Bredelar, gefahren. Anne war guter Dinge gewesen und hatte sich sogar ein wenig auf das Seminar gefreut.

Der Kursleiter Micha Bannenberg entpuppte sich als Althippie von etwa vierzig Jahren in bunter Leinenhose und Flipflops. Als Erstes schickte er die Partner weg und sammelte alle Teilnehmer in einer Gruppenumarmung. Dort, im engen Kreis, redete er von Motivation und Gruppendynamik.

»Ihr müsst voll und ganz dabei sein«, schwor er sie ein. »Ihr müsst mir vertrauen. Für die Zeit, die wir zusammen verbringen, gibt es nur die Gruppe. Ich will keine Besuche, keine Einmischungen von außerhalb. Nur so können die Prozesse innerhalb der Gemeinschaft richtig wirken.«

Sie machten ein paar Lockerungsübungen, die Anne albern fand. Dann sollten sich alle vorstellen. In der Zeit sammelte Micha ihre Handys, Smartphones und Tablets ein. Niemand protestierte, nicht mal Grundmann, der drei Geräte bei sich trug.

»Nach Ende des Seminars bekommt ihr sie wieder«, versprach Micha. Dann holte er einen GPS-Empfänger heraus. »Jetzt kommen wir zu dem Teil, der mir immer besonders viel Spaß macht. Ihr seid alle gesund, wie ihr mir auf dem Anmeldebogen versichert habt. Ihr haltet eure Kondition für gut, ich werde dafür sorgen, dass sie noch besser wird. Am Ende unserer gemeinsamen Zeit werdet ihr euch selbst nicht wiedererkennen.«

Er grinste, und Anne verdrehte innerlich die Augen.

»Der Ort, an dem wir unser Lager aufschlagen werden, ist noch geheim, und es ist eure Aufgabe, ihn zu finden. Dabei wird euch dieses Gerät helfen. Hat jemand von euch schon einmal Geo-Caching gemacht?«

Er sah erwartungsvoll in die Runde. »Niemand? Solltet ihr aber. Das macht den Kopf frei und ist besser als jede Psychotherapie. Aber kein Problem. Dies hier ist kein richtiges Geo-Caching, sondern von mir privat für euch organisiert. Es ist ganz einfach. Ihr müsst weiße Plastikboxen finden, die sogenannten Caches. Von mir bekommt ihr die Koordinaten des ersten Verstecks. Dort findet ihr die Koordinaten des zweiten Cache und so weiter. D'accord? Fein. Euer Gepäck müsst ihr nicht mitnehmen, denn ihr werdet euren Proviant in den Caches finden. Ich werde mit dem Auto euer Gepäck zum Zielort bringen. Ganz einfach, oder?«

Erstes vorsichtiges Nicken in der Runde. Anne war zufrieden. *Ein wenig wie eine Schatzsuche. Das könnte sogar Spaß machen.*

Sie trat aus der Blockhütte und blickte sich um. Die Morgenluft war kühl, und Nebelfelder hingen wie feuchte Wattebäusche über den Wiesen. Darüber strahlte ein klarer blauer Himmel und versprach bestes Spätsommerwetter.

Schade war nur, dass Micha keine Besuche wünschte. Heiko hatte geplant, sie spätestens am Wochenende zu besuchen. Er hatte von einem bekannten historischen Markt gesprochen, der in der Nähe stattfand und den er ihr zeigen wollte. Aber bestimmt würde sich irgendwo Gelegenheit ergeben zu telefonieren. Vielleicht konnten sie sich auch heimlich treffen. Sie glaubte nicht, dass Micha sie rund um die Uhr beschäftigen würde.

Es würde ein nettes kleines Abenteuer werden – hatte sie gedacht.

Kapitel 4

Finn lehnte sich gegen die Stange des Ritterzelts, das sie in einer Gemeinschaftsaktion aufgebaut hatten, und der Ärger auf seinen Bruder wuchs. »Ich verstehe nicht, wo er bleibt.«

Till legte seine ledernen Beinschienen an und band sie um die Waden. »Hilfst du mir mal mit dem Brustpanzer?«

Finn hielt ihn fest, während Till hineinschlüpfte.

»Er hätte wenigstens helfen können, sein eigenes Zelt aufzubauen.«

»Na, du kennst doch deinen Bruder. Der lässt nichts anbrennen.«

»Wie meinst du das?«

Till zuckte mit den Schultern. »Ach, egal. Er müsste jeden Moment kommen. Wenn er die Proben versäumt, kriegt er es mit mir zu tun.« Er schwang seinen Zweihänder ein paar Mal probehalber durch die Luft.

»Weißt du, wo Ralf übernachtet hat? Er war heute Morgen nicht zu Hause.«

Till machte ein Gesicht, das Finn das Schlimmste vermuten ließ. »Dein Bruder ist schon groß. Er muss wissen, was er tut.«

Finn verkniff sich eine böse Bemerkung. Till hatte Ralf mit Sicherheit nicht ermutigt, mit Jessica nach Hause zu gehen. Als er das Zelt verlassen wollte, stieß er mit Ralf zusammen.

Sein Bruder trug dieselbe Kleidung wie am Vortag und sah genervt aus. »Ach du bist's. Schnell, lass mich rein, die alte Hexe verfolgt mich.«

Finn blieb im Türspalt stehen und sah in die bösartige Miene der alten Wicke, die draußen vor dem Zelt stand.

»Dieb«, zischelte sie. »Diebespack.«

»Die spinnt doch!« Ralf schimpfte im Inneren, und Till machte spöttische Bemerkungen dazu.

Finn bedeutete der alten Frau, dass sie verschwinden solle, und machte Anstalten, ins Zelt zurückzukehren.

»Der Bäcker hängt am Kaak.« Die Wicke kicherte.

Finn gefror mitten in der Bewegung. Dann drehte er sich noch einmal um. »Was hast du gesagt?«

»Der Bäcker hängt am Kaak. So steht es im Buch. Der Teufel! Ha!«

»Hast du etwas gesehen?«

Die Alte starrte ihn mit trüben Augen an. »Spuckt auf ihn, spuckt auf ihn! Man darf ihn nicht losmachen.«

»Hast du etwas gesehen?«, wiederholte er lauter.

Sie riss die Augen auf und zog eine Grimasse. »Dieb! Der Deibel soll dich holen, Theile. He, he, he!«

Wütend über sich selbst kehrte Finn ihr den Rücken zu und ging ins Zelt zurück. Hatte er wirklich geglaubt, von ihr irgendetwas Vernünftiges zu erfahren?

»Die Alte wird immer schlimmer«, beschwerte sich Ralf. »Die sollte mal jemand ins Heim stecken.«

Finn wusste, dass die Wicke bei ihrer Schwester lebte und der mobile Pflegedienst täglich zu ihr kam. Dort wurde sie ausreichend versorgt. Allerdings geisterte sie immer öfter zu Tages- und Nachtzeiten durchs Dorf. Wenn sie sich mal im Wald verirrte und stürzte, konnte das gefährlich werden.

»Es macht mich traurig, was aus ihr geworden ist«, sagte Finn. »Weißt du noch, dass sie uns immer Geschichten erzählt hat, als wir noch klein waren?«

»Trotzdem ist sie einfach nur nervig.« Ralf warf die Tasche mit seinem Kostüm achtlos in die Ecke und griff nach seinem Schwert. »Jetzt lass uns endlich anfangen zu üben, Till. Wir haben nur noch zwei Tage bis Samstag.«

»Ich warte seit einiger Zeit auf dich, Junker Theile.«

Finn setzte sich und beobachtete die beiden eine Weile. Beim Klirren der Schwerter dachte er an seine eigenen Träume. Dumme Kindheitsfantasien von Rittern in glänzender Rüstung. Er selbst war der Herr vom Burgenland gewesen. Ein tapferer Kämpfer und der beste Turnierreiter des Landes.

»Es ist nichts passiert«, behauptete Ralf, als sie endlich unter sich waren. Till war duschen gegangen, und Ralf hockte mit nacktem und verschwitztem Oberkörper auf einem Schemel.

Finn fiel es schwer, ihm zu glauben. »Du meinst, du hast bei Jessica geschlafen, und ihr habt nicht …?«

»Was denkst du denn? Du weißt doch, dass ich verheiratet bin und jetzt Toni habe. Denkst du, das setze ich leichtfertig aufs Spiel? Das zwischen Jessica und mir ist vorbei. Aber wir sind befreundet. Wir waren drei Jahre lang zusammen, und sie bedeutet mir viel. Verstehst du das?«

Finn zuckte mit den Schultern. Er fand, dass Ralf zu weit ging, wenn er allein bei ihr übernachtete. Selbst wenn es stimmte, was er sagte.

»Wir haben ein Glas Wein getrunken und alte *King of Queens*-Folgen geguckt. Irgendwann bin ich vorm Fernseher eingeschlafen, und als ich mitten in der Nacht aufgewacht bin, war ich zu groggy, um nach Hause zu gehen. Okay?«

»Okay.« Finn atmete langsam aus. Um nichts in der Welt wollte er zusehen, wie Ralfs kleine Familie zerbrach. »Hast du heute Nacht mitbekommen, dass jemand Grufti-Tommy an den Schandpfahl gebunden hat?«

Ralf lachte leise. »Echt jetzt?«

»Ja, ich habe ihn gefunden und befreit. Er sah jämmerlich aus. Wahrscheinlich hat er sich besinnungslos gesoffen und wurde dann festgebunden. Heute Morgen habe ich mit ihm gesprochen. Die Sache hat ihn ziemlich mitgenommen.«

»Das tut mir leid. Ich habe gar nicht mitbekommen, dass der sich so abgefüllt hat. Aber Jess und ich sind relativ früh gegangen.« Er stand auf. »Ich muss jetzt auch duschen. Ich stinke wie ein Bär.«

Sie verließen zusammen das Zelt, und Finn sah mit Erleichterung, dass die Wicke verschwunden war.

»Weißt du«, sagte Ralf, als sie zusammen heimwärts gingen, »es war einfach schön, mit Jess zu reden. Wie in alten Zeiten. Zuhause ist mein ganzer Alltag durchgetaktet. Sandra und ich sind nur noch am Arbeiten oder mit Toni beschäftigt. So ein Abend wie gestern, das erlebe ich nicht oft.«

♦

Unter Annes Führung quälte sich die Gruppe den Bergpfad empor. Der Hang zu ihrer Linken wurde immer steiler, und Anne wagte nicht, sich vorzustellen, was geschehen würde, wenn Kaestner einen falschen Schritt tat.

Seit fünfzehn Minuten trug er Saskia auf seinen Schultern. Er beklagte sich nicht, doch Anne hörte sein Schnaufen. Sicher war er stark und sportlich, aber langsam machte sich sein Alter bemerkbar. Wie alle aus der Gruppe hatte er zu wenig gegessen und getrunken und war am Ende seiner Kräfte.

Wenige Sonnenstrahlen fielen auf den Waldboden. *Wenigstens haben wir hier Schatten*, dachte Anne.

Sie stieg über eine dicke Wurzel, die sich über dem Boden wölbte, und rief Kaestner eine Warnung zu, damit er nicht stolperte. Sie drehte den Kopf und sah, dass sein Gesicht rot angelaufen war und ihm das T-Shirt am Oberkörper klebte. Er würde nicht mehr lange durchhalten.

»Jemand muss Kaestner ablösen.« Anne sah erwartungsvoll zu Grundmann. Der schüttelte mit düsterer Miene den Kopf, anscheinend zu schwach zum Protestieren. Seine Lippen waren trocken und rissig, und er schwankte leicht. Kaestner lud Saskia stöhnend ab und knurrte Grundmann an: »Was ist los, du Weichei?«

Durch den Körper des Unternehmers ging ein Ruck. Er ballte die Fäuste und machte einen Schritt auf Kaestner zu.

»Ich kann laufen«, wandte Saskia schnell ein. »Bis kurz vor das Ziel. Niemand wird es merken. Dann behaupten wir, dass ihr mich das ganze Stück getragen habt.«

»Kommt nicht infrage.« Kaestner atmete schwer und wischte sich den Schweiß von der Stirn. »Wir müssen damit rechnen, dass Micha uns beobachtet. Willst du essen und trinken oder nicht?«

Anne gefiel sein Ton nicht, doch seine Einschätzung teilte sie. Bestimmt saß Micha irgendwo mit einem Fernglas und beobachtete, wie sie sich abkämpften. *Wahrscheinlich geht ihm einer ab dabei.*

»Du bist vollkommen irre«, schnaubte Grundmann. »Das alles ist vollkommen irre. Bannenberg kann uns nicht einfach Wasser und Nahrung verweigern und uns den ganzen Tag durch die Wildnis irren lassen. Das ist menschenverachtend. Wir gehen jetzt weiter, und Saskia läuft. Ihr werdet schon sehen, was ich mit diesem Kerl mache, wenn wir ihn treffen.«

»Du nimmst jetzt Saskia auf die Schultern, du Spacko«, zischte Kaestner.

Grundmann schnaubte. Er stieß den großen Mann vor die Brust. »Sonst was?«

Der Stoß ließ Kaestner leicht schwanken. Dann packte er Grundmanns Arm, bis der vor Schmerz in die Knie ging. »Du trägst sie jetzt«, sagte er mit gefährlich leiser Stimme.

Kaestner hatte Anne den GPS-Empfänger abgenommen und ging voraus. Danach folgte Grundmann mit Saskia auf den Schultern, dann Anne. Bei jedem Schritt schwankte er bedrohlich, und mehr als einmal musste Anne zupacken und von hinten anschieben, damit Grundmann eine Steigung hochkam. Saskia starrte mit schreckgeweiteten Augen auf den Boden und stieß leise Laute der Panik aus, wenn der Unternehmer zu schwanken begann. Anne versuchte, ihn beim Gehen an den Schultern zu halten und seine Bewegungen zu stabilisieren.

»Ich kann nicht mehr«, jammerte Saskia. »Ich möchte runter. Wenn wir stürzen, dann brechen wir uns beide das Genick.«

Kaestner drehte den Kopf. Seine starren Augen und der beinharte Gesichtsausdruck machten Anne Angst. *Er wird niemals aufgeben. Und wenn er uns alle opfern muss, er gibt niemals auf.* Der große Mann wandte sich mit einem Ruck ab und zeigte auf Daniel. »Du trägst sie jetzt.«

Der schlaksige junge Mann begann zu zittern. Er öffnete den Mund und schloss ihn wieder. Als er versuchte, Saskia zu packen, stellte er sich so ungeschickt an, dass sie panisch zurückwich.

»Nein«, keuchte sie und schlug seine Hand zur Seite.

Anne sah, dass sie kurz davor war, in Tränen auszubrechen. Fieberhaft dachte sie nach. Gab es einen Ausweg aus dem Dilemma? Ihr Blick fiel auf ein kleines Schild, das an einem Baum befestigt war. »Dort steht *Rittersprung.* Seht mal, wir sind ganz nah!«

Saskia atmete gehetzt und schüttelte vehement den Kopf. »Ich lasse mich keinen Schritt weiter tragen! Ich will mir nicht alle Knochen brechen.«

»Du …«, begann Kaestner drohend.

Anne trat schnell vor. »Warum tragen wir sie nicht gemeinsam? Wenn Saskia sich hinlegt und wir sie alle auf die Schultern nehmen, könnten wir uns sogar gegenseitig stabilisieren.«

»Endlich ein sinnvoller Vorschlag«, tönte Grundmann.

Kaestner starrte Anne an. Dann nickte er knapp. Aufgrund des abschüssigen Bodens sortierten sie sich nach Größe. Anne ging voraus. Dann folgten Grundmann, Daniel und Kaestner.

»Gott, ich hoffe, wir sind bald da«, flüsterte Saskia.

Anne konnte nur zustimmend nicken. Ihr Mund war staubtrocken, und das zusätzliche Gewicht presste auf ihre ohnehin schon schmerzenden Waden und Oberschenkel. *Wasser*, dachte sie bei jedem Schritt. *Wasser. Wasser. Wasser.*

Kapitel 5

Der Rittersprung war ein Aussichtspunkt mitten im Wald, ein Felsvorsprung aus Schiefer, unter dem ein Abhang beinahe senkrecht in die Tiefe führte, daher war der Platz mit einem Geländer eingezäunt. Unten ragten spitze Felsen durch die Baumwipfel. Die Aussicht, die von den dicht belaubten Eichen freigegeben wurde, war beeindruckend. Doch für Anne war der berauschendste Anblick die bunte Picknickdecke, die auf dem Boden ausgebreitet lag.

Mit letzter Kraft wankten sie zum Rittersprung und luden Saskia ab. Micha begrüßte jeden von ihnen mit einem Schulterklopfen und einer Flasche gekühlter Apfelschorle. Daniel sackte erschöpft auf der Decke zusammen.

»Trinkt langsam«, mahnte Micha. Er verteilte Frikadellenbrötchen und Kartoffelsalat und riss lockere Sprüche.

Anne zog sich auf eine Holzbank zurück, die in der Nähe stand. Der erste Schluck aus der Flasche war das Köstlichste, das sie je getrunken hatte. Auch die anderen aßen und tranken, und Grundmann schien versöhnt. Er erwähnte seinen Anwalt mit keinem Wort.

»Ihr könnt stolz auf euch sein«, betonte Micha. »Heute seid ihr an eure Grenzen gegangen und habt Hunger und Durst getrotzt.« Er schwadronierte über Askese, die Beherrschung körperlicher Bedürfnisse und höhere Bewusstseinsebenen. Anne begann sein Getue auf die Nerven zu gehen.

»Hungern und Sport ist eine Sache«, sagte sie scharf, »aber bei einem Gewaltmarsch zu wenig zu trinken, ist gefährlich. Was hättest du denn getan, wenn einer von uns kollabiert wäre?«

Micha klopfte selbstgefällig auf seine geknüpfte Strand-tasche. »Ich habe euch natürlich durch ein Fernglas beob-achtet und hatte die Situation jederzeit unter Kontrolle. Im Notfall hätte ich schnell eingreifen können.«

»Ich finde, du gehst mit unserer Gesundheit ganz schön leichtfertig um«, zischte Anne.

Micha lächelte nachsichtig, doch in seinen Augen sah sie Wut aufblitzen. »Das tue ich nicht. Eure Gesundheit ist mir wichtig. Ihr seid mir wichtig. So wichtig, dass ich mich vierundzwanzig Stunden am Tag auf euch einlasse. Aber ich verspreche euch, dass so etwas wie heute nicht noch einmal stattfinden wird. Ab sofort werden wir alles gemeinsam ma-chen, dann könnt ihr mir auch nicht vorwerfen, ich würde euch etwas zumuten, was ich nicht selbst zu tun bereit bin. In Ordnung?« Er sah alle der Reihe nach an und schenkte Saskia einen intensiven Blick.

»Ja«, seufzte sie.

»Der Wassermangel war wirklich ein Problem«, setzte Grundmann hinzu. »Das sollte nicht wieder vorkommen.«

Micha nickte. »Großes Indianerehrenwort.«

»Ich bin wahnsinnig stolz auf das, was wir geschafft ha-ben«, sagte Saskia. Sie stand am Geländer und blickte auf das Meer aus Bäumen hinab. Sanft gewellte Berglandschaf-ten, abgemähte Wiesen und Äcker erstreckten sich bis zum azurblauen Himmel, über den einige wenige Wolkenfetzen strichen. »Es ist einfach wunderschön hier!«

Micha trat dicht neben sie. »Dieser Ort ist magisch. Ein verzauberter Berg. Ein Fenster in eine andere Zeit. Kommt alle her und lasst die Landschaft auf euch wirken.«

Anne hatte keine Lust aufzustehen, aber als die anderen sich am Geländer versammelten, kam sie auch dazu.

Micha hob die Stimme. »Ihr seid jetzt eine Gemeinschaft. Ihr habt zusammen einen Gewaltmarsch überstanden. Ihr habt zusammen gegessen. Heute Nacht werdet ihr zusam-men schlafen – damit meine ich natürlich gemeinsam, nicht miteinander.« Er lächelte erwartungsvoll in die Runde, und einige lachten pflichtschuldig. Anne verzog keine Miene. Sie hatte den Verdacht, dass er diesen Witz öfter brachte.

»Im Laufe unserer gemeinsamen Zeit werdet ihr Aufgaben von mir bekommen«, fuhr Micha fort. »Aufgaben, die ihr nur zusammen lösen könnt. Das Ziel ist, Teamarbeit und Kommunikation zu fördern. Und soweit ich weiß, müssen einige von euch genau daran arbeiten.« Jetzt sah er Anne direkt an, und sie wurde rot.

Was hatte Thorsten ihm erzählt?

Micha wandte sich um und breitete die Arme aus. »Gemeinsam etwas zu erreichen und Erfolg zu haben, sind wichtige Erfahrungen, die wir im Verlauf des Kurses wieder und wieder vertiefen werden.«

Sein bunter Poncho und die Lockenmähne, die er mit einem Tuch zusammengebunden hatte, flatterten im Wind. Er sah aus wie ein Guru. »Ich habe ja schon angedeutet, dass unser Kurs eine Zeitreise werden wird. Und zwar führe ich euch ins Mittelalter. Bald werden wir das Ziel unserer Wanderung erreichen. Auf der Bergspitze liegt nämlich das historische Obermarsberg, oder Eresburg, wie es früher genannt wurde. Der Felsvorsprung, auf dem wir stehen, heißt Rittersprung. Es gibt ihn nicht nur hier, sondern bei vielen alten Burgen. Ein Ort, um den sich Geschichten und Sagen ranken.«

Er sah sie der Reihe nach an, stellte sicher, dass er ihre Aufmerksamkeit hatte, und senkte die Stimme zu einem Raunen. »Stellt euch vor, es ist finstere Nacht. Ein junger Ritter jagt mit seinem Pferd durch den Wald, auf der Flucht vor den Raubrittern von Padberg.«

Anne sah zu dem steilen Bergpfad, auf dem sie gekommen waren. Bei der Vorstellung, dort auf einem Pferd entlangzureiten, wurde ihr schwindelig.

»Der Ritter ist am Ende seiner Kräfte. Doch er reitet weiter. Sein Ziel ist das Kloster auf dem Eresberg. Er will dort Schutz suchen, und nicht nur das. Denn in dem Kloster verbirgt sich seine heimliche Geliebte. Sie versteckt sich dort vor ihrem Ehemann.«

Micha warf Saskia einen langen Blick zu, und sie errötete. »Der Ritter hetzt durch die Dunkelheit, doch die Raubritter sind ihm dicht auf den Fersen. Da steht plötzlich ein Reiter vor ihm. Es ist der gehörnte Ehemann mit seinen Mannen, und er brennt darauf, seinen Nebenbuhler zu töten.«

Unwillkürlich hielt Anne die Luft an. Sie musste zugeben, dass Micha ein gewisses Talent für dramatische Erzählungen besaß.

Saskia sah mit hungrigem Blick zu ihm auf. »Und dann? Kämpfen sie?«

»Der Ritter ist am Ende seiner Kräfte«, fuhr Micha fort, »und er weiß, dass er in diesem Zustand keine Chance gegen seinen Feind hat. Er wendet sein Pferd und prescht auf dem Pfad zurück, auf dem er gekommen ist. Doch dieser Weg ist ihm abgeschnitten, und hinter sich hört er das Schlagen der Hufe seiner Verfolger. Er kann nicht entkommen. In seiner Verzweiflung treibt er sein Tier zu einem wahnsinnigen Galopp an und stürzt sich mitsamt seinem Ross den Felsen hinab.« Micha deutete auf den Abgrund vor ihnen.

Saskia öffnete den Mund und bedeckte ihr Gesicht mit den Händen.

»Der Sage nach überlebt er durch ein Wunder Gottes und entkommt unverletzt.«

Anne schnaubte. So einfach machten es sich also die alten Geschichtenerzähler. Einen Sturz diesen Abgrund hinunter hätte niemand überlebt, dessen war sie sich sicher.

Vom Rittersprung war es nicht mehr weit bis zum Ziel ihrer Wanderung, dem Dorf Obermarsberg. Durch das Picknick gestärkt, bewältigten sie den letzten Abschnitt mit Leichtigkeit. Sie erreichten einen schmalen Weg, der kreisförmig um das Dorf herumführte.

Der alte Stadtwall, erklärte Micha, von dem man leider nichts mehr sehen konnte, da Obermarsberg im Dreißigjährigen Krieg komplett zerstört worden war. Das Erste, was Anne von dem Ort sah, war die große Schützenhalle.

Typisch Sauerland. Ein Ort konnte noch so klein sein, weder Bankautomat noch Bäcker, noch Lebensmittelgeschäft haben, eine Schützenhalle gab es überall.

Hinter der Halle parkte ein eckiger alter VW, offenbar Michas Wagen, in dem sie die Reste des Picknicks verstauten. Dann führte Micha sie ins Dorfinnere. *Eresburgstraße,* las Anne. Der ganze Weg war mit Holzhütten und Ständen gesäumt. Ihr fielen Heikos Worte ein. Er hatte mit ihr am Wochenende den historischen Markt von Obermarsberg besuchen wollen. Allem Anschein nach waren sie schon da.

Zwischen den unfertigen Ständen herrschte reges Treiben. »Was wird hier für ein Großevent geplant?«, fragte Grundmann.

Micha tat geheimnisvoll. »Ich habe euch doch gesagt, dass die Geschichte hier lebendig ist.«

»Ein Mittelaltermarkt«, sagte Anne und erntete einen giftigen Blick von Micha. Offenbar hatte sie seinen Spannungsbogen zerstört.

»Ein großer und weithin bekannter historischer Markt«, betonte er. »Zu dem ihr euren Teil beitragen werdet.«

An einem rot geklinkerten Gebäude, an dem *Heimatmuseum* stand, empfing sie ein freundlich lächelnder älterer Herr, der sich als Norbert Theile vorstellte. Er war der Leiter des Heimatmuseums, führte sie hinein und begann ihnen die Geschichte des Dorfes zu erzählen, die Anne wenig interessierte. Da er eine angenehme Stimme hatte und offensichtlich ein geübter Erzähler war, bekam sie dennoch das meiste seines Vortrags mit.

Im Museum befand sich eine erstaunlich große Sammlung von historischen Gegenständen: stählerne Fuß- und Halsfesseln, die früher bei der Hexenverfolgung eine Rolle gespielt hatten, alte Rüstungen und Waffen, Schmiedewerkzeug und viele weitere Gerätschaften sowie das vollständige Skelett eines Höhlenbären. Ein ganzer Raum war dem Bergbau gewidmet, und Anne betrachtete staunend das Modell einer Erzgrube mit unzähligen farbigen Schächten und Stollen, das die ganze Breite des Raumes einnahm.

»... werdet ihr den Markt aktiv mitgestalten«, sagte der Museumsleiter gerade, und Anne hatte das Gefühl, etwas Wichtiges verpasst zu haben.

Sie trat neben Saskia. »Was sollen wir machen?«

»Für unser kleines Dorf ist das ein großartiges Ereignis, auf das wir monatelang hingearbeitet haben«, fuhr der Museumsleiter fort. »Die Obermarsberger haben viele Darbietungen eingeübt, aber wir freuen uns auch über Gastbeiträge und neue Ideen, die den Markt jedes Mal einzigartig werden lassen.«

Gastbeiträge? »Was meint er denn?«, zischte Anne.

»Wir sollen ein mittelalterliches Stück vorführen«, raunte Saskia.

Vorführen? Anne hatte als Kind schon nicht gern auf der Bühne gestanden. Mit Grauen dachte sie an die Blockflöte-AG in der Grundschule zurück.

»Es gibt hier in der Umgebung viele historische Denkmäler, die ich euch zeigen möchte«, sagte Norbert Theile.

»Heimatgeschichte hat mich immer schon interessiert«, warf Grundmann ein. »An der Uni habe ich einige Vorlesungen dazu gehört.«

»Sie haben Geschichte studiert?«

»Angefangen ja, leider nicht beendet.«

Der Museumsleiter räusperte sich. »Sehenswert sind die alten Wehrtürme, der Schandpfahl und der Judenfriedhof, die Drakenhöhlen.«

»Die Drakenhöhlen! Soll dort nicht ein Schatz versteckt sein?«

»So heißt es, ja. Ich würde euch gerne selbst im Ort herumführen, aber ich werde bei den Vorbereitungen für den Markt gebraucht. Wir haben nur noch zwei Tage und viel zu tun. Aber ich habe Karlchen gebeten, das zu übernehmen. Er hilft mir im Museum und kennt die historischen Orte fast noch besser als ich.« Er lächelte, als hätte er einen Scherz gemacht, und winkte einen untersetzten Mann herbei, der schon eine Weile an der Tür gestanden hatte und sich nun mit stolz geschwellter Brust vor ihnen aufbaute. Seine kleinen Augen glänzten in einem runden, rotwangigen Gesicht.

Norbert klopfte Karlchen auf die Schulter. »Du zeigst ihnen alles, nicht wahr? Kann ich mich auf dich verlassen?«

»Na dann, kommt mit!« Karlchen eilte ihnen voraus, und Anne sah, dass es Grundmann gar nicht passte, von einem Assistenten herumgeführt zu werden. Er zog ein finsteres Gesicht und machte abfällige Bemerkungen, worüber Anne sich ärgerte. Als Karlchen vor dem historischen Pranger stehen blieb und die Funktionsweise erläuterte, hörte sie aufmerksam zu, obwohl der rotgesichtige Mann nicht annähernd über die gleichen rhetorischen Fähigkeiten verfügte wie der Museumsleiter.

»Hier wurden früher tatsächlich Leute angebunden und hingerichtet?«, fragte Saskia mit einer Mischung aus Faszination und Abscheu in der Stimme.

»Dies ist das ehemalige Rathaus. Am Pranger wurden Verbrecher zur Schau gestellt, und hier wurde Gericht über sie gesprochen«, erklärte Karlchen. »Hingerichtet wurden sie an einem Galgen außerhalb der Stadt.«

Micha trat neben Saskia. »Sollen wir dich dort festbinden, damit du einen besseren Eindruck davon bekommst?«

Anne gefiel weder der Ton seiner Stimme noch sein Blick. Saskia schüttelte hastig den Kopf und lächelte nervös.

Sie gingen weiter zur Stiftskirche Peter und Paul, die von Karl dem Großen errichtet, im Jahre 1646 aber zerstört worden war.

»Dann wurde sie wieder aufgebaut«, sagte Karlchen. Er begann in einem eintönigen Tonfall über die barocke Inneneinrichtung zu reden, und obwohl Anne sich vorgenommen hatte, ihm ihre Aufmerksamkeit zu schenken, drifteten ihre Gedanken ab.

Sie fragte sich, was Heiko gerade tat. Wunderte er sich, dass sie nicht anrief? Vielleicht hatte er irgendwie herausgefunden, wo sie waren, und würde sie besuchen kommen. Anne würde ihm von dem Gewaltmarsch erzählen, den sie hinter sich hatten. Sie wollte ihn fragen, wie gut er diesen Micha wirklich kannte.

Ihr Seminarleiter stand neben Karlchen, machte eine Show daraus, ihm zuzuhören, und hatte zugleich ein ironisches Grinsen auf den Lippen. Hin und wieder warf er Saskia seltsame Blicke zu. Er wurde Anne immer unsympathischer.

Der Pfad, den Karlchen sie hinabführte, glich dem, auf dem sie nach Obermarsberg gekommen waren. Dieses Mal jedoch ging es bergab. Anne fühlte sich müde und verschwitzt. Sie hätte die Stadtführung gerne abgekürzt und eine Dusche genommen. Dann hörte sie Grundmann, der sich laut fragte, auf welcher Sonderschule ihr Führer wohl gewesen sei. Ob er überhaupt einen Abschluss habe und ob man für die Arbeit in einem Museum nicht höher qualifiziert sein müsse. Sie zischte ihm zu, er sei ein blasiertes Arschloch, und kehrte ihm demonstrativ den Rücken zu.

Karlchen hielt an einem rechteckigen, kompakten Turm auf einer Lichtung zwischen hohen Bäumen. Wieder konnte man auf das weite, grüne Tal sehen. Dieses Mal erstreckte sich unter ihnen die Kleinstadt Marsberg, und Anne erblickte im Tal das Gebäude der forensischen Psychiatrie. Der Anblick weckte Erinnerungen.

»Der Buttenturm«, unterbrach Karlchen ihre Gedanken, »ist im Gegensatz zu vielen Aussichtstürmen, die aus touristischen Gründen gebaut wurden, tatsächlich ein historischer Wehrturm. Früher war er doppelt so groß. Er stand außerhalb der Stadtmauern, und von hier wurde die Quelle in den Drakenhöhlen bewacht. Wasser war eines der wichtigsten Güter im Mittelalter, vor allem bei einer Belagerung. Eigentlich ist der Turm für Besucher gesperrt, weil das Geländer oben nicht hoch genug ist. Noch vor dem Markt wird es auf

Initiative des Heimatvereins ausgetauscht werden, aber ausnahmsweise dürfen wir jetzt schon hinauf. Ihr müsst mir nur versprechen, vorsichtig zu sein.«

Kaestner erklomm mit kraftvollen Schritten die steinernen Stufen und musste Kopf und Schultern einziehen, um durch den engen Eingang zu passen. Saskia zögerte, und Anne bemerkte, dass sie sich unruhig umsah.

»Komm schon.« Anne griff nach ihrem Arm. »Die Aussicht von oben ist bestimmt super.«

»Das glaube ich«, sagte Saskia nervös. Sie zögerte. »Ich habe ein wenig Platzangst.«

Zusammen betraten sie das düstere Innere des Turms, und Saskia hielt Annes Arm fest umklammert.

Beim nächsten Schritt flammte unter ihren Füßen ein Licht auf, und Anne wich unwillkürlich zurück. Durch ein altes schmiedeeisernes Gitter im Boden blickte sie in ein fünf Meter tiefes Kellerverlies.

Schnell gingen sie weiter und kletterten auf die Spitze des Turmes.

Micha breitete die Arme aus, und sein buntes Leinenhemd flatterte im Wind. »Ist das nicht fabelhaft? Jetzt müsste man einen Paragleitschirm haben, springen und über das Tal segeln.«

Als sie wieder nach unten kamen, war das Gitter zum Verlies im Turm aufgeklappt, und eine Leiter lehnte darin.

»Hier unten wurden feindliche Raubritter und Verbrecher festgehalten«, erklärte Karlchen. »Und Frauen, die man für Hexen gehalten hat.« Grundmann trat interessiert vor und blickte in das Loch. Micha sah herausfordernd in die Runde. »Na, wer traut sich als Erster?«

Anne merkte, wie Saskia neben ihr den Atem anhielt.

»Ich möchte, dass wir hinuntersteigen«, sagte Micha. »Ihr sollt einen Eindruck davon bekommen, wie das damals für die Betroffenen war. Eine einmalige Gelegenheit, Geschichte hautnah zu erleben. Oder habt ihr Angst?«

Er blickte herausfordernd von Kaestner zu Grundmann, und es war klar, dass sich keiner der Männer eine Blöße geben würde. Daniel sah unsicher aus.

Anne spürte Saskia neben sich vor Panik vibrieren. »Warum wartest du nicht so lange draußen?«

Als Micha das hörte, drängte er sich sofort zwischen sie und nahm Saskias Hand. »Auf keinen Fall! Wir stehen das gemeinsam durch. Ich bin die ganze Zeit bei dir, ja?«

Anne konnte es kaum glauben, doch Saskia ließ sich bequatschen und stieg mit Micha ins Kerkerloch hinab.

Das Erste, was Anne spürte, als sie ihnen folgte, war die Kälte, die durch ihre dünne Jacke drang. Der Kerkerraum war erstaunlich groß. Glatte, fünf Meter hohe Felswände. Keine Fenster, keine Türen. Nur das winzige Loch in der Mitte der Decke. Obwohl Anne mit Platzangst eigentlich keine Probleme hatte, merkte sie, wie sich ein Druck auf ihre Brust legte. Wenn man hier eingesperrt war, wäre ein Entkommen tatsächlich unmöglich.

Dann sah sie den Plastikeimer, und mit einem Mal regte sich eine Befürchtung in ihr, die sie nicht sofort in Worte fassen konnte. Irgendetwas stimmte nicht.

Die Leiter quietschte metallisch. Annes Blick suchte Micha. Er stand unten im Kerker und hielt die Leiter in den Händen.

»Das wagst du nicht!« Sie stürzte auf ihn zu.

Kaestner reagierte erstaunlich schnell und packte Michas Arm, doch der machte keine Anstalten, hochzusteigen, im Gegenteil. Er hatte einen Schritt zurück getan und hielt die Leiter in den Händen, die jetzt nicht mehr im Inneren des Schachtes lehnte. Über ihnen schlug mit einem dumpfen Poltern das Gitter zu.

Micha lächelte. »Wir stehen das gemeinsam durch, nicht wahr? Das habe ich euch versprochen.«

Kapitel 6

Saskia stand mit dem Rücken zur Felswand. Da es in dem Kerkerverlies stockfinster geworden war, konnte Anne sie nicht sehen. Nur ihr hektischer Atem und das Klappern ihrer Zähne waren zu hören.

Der Bewegungsmelder, der das Licht einschaltete, funktionierte hier unten nicht.

»Du musst versuchen, langsamer zu atmen. In den Bauch. Versuch nach jedem Atemzug die Luft anzuhalten. Und dann langsam rauslassen. So.« Anne war sich nicht sicher, ob Saskia sie verstand oder ob sie einfach nur zu panisch war, um Annes Vorschlag umzusetzen.

Neben ihnen knurrten sich die Männer wie bissige Raubtiere an. Micha schien den Grund der Aufregung nicht zu begreifen.

»Saskia hat Platzangst«, versuchte Anne die Streitenden zu übertönen. »Wir müssen hier raus!«

Sie hörte Micha neben sich. »Tut mir leid.« Sein Bedauern klang beinahe ehrlich. »Ich fürchte, es bleibt uns nichts anders übrig, als zu warten. Ich habe kein Handy bei mir. Abgesehen davon würde es hier unten sowieso nicht funktionieren. Aber Karlchen wird in drei Stunden zurückkommen und uns herausholen.«

Anne keuchte. »Drei Stunden?«

Saskia wimmerte leise vor sich hin.

»Das hält sie nicht durch!«, fauchte Anne. »Was hast du dir nur dabei gedacht?«

»Sie wird sich schon wieder beruhigen. Wir sind doch zusammen hier unten.«

Anne spürte das beinahe überwältigende Bedürfnis, ihn zu schlagen. Doch es würde nichts bringen. Kaestner war Micha bereits an die Gurgel gegangen und hatte ihn angebrüllt. So laut, dass es Anne noch minutenlang in den Ohren geklingelt hatte.

Micha war davon unbeeindruckt geblieben »Sei vorsichtig! Oder willst du deinen guten neuen Job verlieren?«

Jetzt stand Kaestner unter dem Loch. Er und Grundmann hatten die Leiter gepackt und versuchten damit das Gitter nach oben zu drücken. Anne sah sie nicht, hörte nur das metallische Kratzen und Kaestners hilfloses Fluchen. Grundmann hatte wieder begonnen von seinem Anwalt zu reden.

»Ihr werdet mir für diese Erfahrung noch dankbar sein«, sagte Micha ungerührt. »Das ist wie bittere Medizin. Die schmeckt nicht gut, hilft aber trotzdem.«

Anne hörte, wie Saskias Atem hektischer wurde. In Ermangelung einer Tüte oder etwas Ähnlichem nahm sie ihre Hände und formte damit einen Trichter vor ihrem Mund.

»Atme da rein. Ja, so ist es gut.«

Sie versuchte, die Hände ruhig zu halten, obwohl sie vor Wut zitterte. Ihr Zorn galt nicht nur Micha, sondern auch Karlchen, der sie hier eingeschlossen hatte. Er musste ihre Hilferufe doch gehört haben.

»Wenn ihr jetzt denkt, dass es euch schlecht geht«, meinte Micha, »dann stellt euch mal vor, dass Menschen im Mittelalter tage- und wochenlang in diesem Verlies ausharren mussten. Nicht nur Verbrecher, sondern auch Bauern, die ihren Frondienst nicht leisten konnten, und Frauen, die unschuldig der Hexerei bezichtigt wurden.«

Anne beherrschte sich nur mit Mühe. Was würde Thorsten sagen, wenn sie Micha verprügelte und er sie anschließend aus dem Seminar warf? Würde er ihre Entschuldigung gelten lassen? Vielleicht ja. Er würde ihr glauben, würde Michas Aktionen zutiefst verurteilen. Trotzdem würde sie ihn in der Annahme bestätigen, dass sie sich nicht an Regeln halten konnte und wollte. Und das bedeutete Polizeischule.

Es würde keine zweite Chance geben, denn dieser Kurs war ihre zweite Chance. Sie war gefangen.

Das Licht flammte ohne Vorwarnung auf, und Anne hatte das Gefühl, als würden sich zwei gleißende Lanzen durch ihre Augen bis ins Hirn bohren. Sie kniff die Lider zusammen und streckte die Arme aus. Jemand war im Turm. Dort oben erklangen Schritte.

»Hallo! Hier sind wir! Können Sie uns helfen? Hier unten!« Sie riefen alle durcheinander.

Saskia schluchzte. Über ihnen quietschte etwas. Anne versuchte mit ihren brennenden Augen etwas zu erkennen.

»Was macht ihr denn da unten?«, ertönte eine Bassstimme. Kaestner hatte bereits die Leiter gepackt, und als sich das Gitter öffnete, stellte er sie mit einem Ruck auf. Dann hielt er Grundmann zurück, der als Erster hochklettern wollte.

»Schaffen wir zuerst Saskia hoch. Ich klettere vor und nehme sie von oben an.«

Anne zog die blonde Frau auf die Füße. Sie schwankte und hielt sich an der Leiter fest, als wollte sie sie nie wieder loslassen. Anne und Daniel halfen ihr bei den ersten beiden Stufen, dann schien sie neue Kraft zu gewinnen und erreichte Kaestners ausgestreckten Arm.

Bevor Anne hochstieg, warf sie Micha einen letzten bösen Blick zu. »Ich hätte Lust, dich hier unten verrotten zu lassen. Aber ich bin nicht so wie du.«

»Flüchtest du dich immer in Aggressionen, wenn du Probleme nicht lösen kannst?«, gab er zurück.

Anne beachtete ihn nicht weiter. Sie stieg aus dem Loch und konzentrierte sich stattdessen auf ihren Retter. Es war ein Bär von einem Mann, der einen schmutzigen Blaumann trug und sich als Gunnar Braun vorstellte. Er hielt die zitternde Saskia an der Hand, und als Micha aus dem Loch kam, versetzte er ihm zur Begrüßung einen deftigen Kinnhaken.

Anne wankte nach draußen und ließ sich auf die sonnenbeschienene Wiese fallen. Um sie herum brummte und summte es. Sie atmete genussvoll die frische Luft ein und genoss es, einfach nur dazuliegen. Saskia saß neben ihr im Gras, den Kopf zwischen den Beinen.

Micha kam heraus. Er schien es eilig zu haben, doch Gunnar Braun war schneller. Er packte Micha an der Gurgel und hielt ihn auf Armeslänge von sich.

»Pass jetzt gut auf, Freundchen! Wenn ich so was noch mal erlebe, stopf ich dir 'nen Knebel rein und bind dich nachts an den Pranger! Dann kannst du mal erleben, wie es ist, stundenlang hilflos in der Dunkelheit auszuharren.«

Micha röchelte.

Mit einer abrupten Bewegung ließ der kräftige Mann ihn los, und ihr Seminarleiter stolperte die wenigen Stufen runter und fiel auf den Boden.

Gunnar erklärte, dass er nun das Geländer tauschen müsse, und verschwand wieder im Turm. Micha starrte ihm mit hasserfüllter Miene hinterher und rieb sein Knie. Dann bemerkte er, dass sie ihn beobachteten.

»Es tut mir leid.« Er rutschte zu Saskia herüber. »Ich habe einen Fehler gemacht. Entschuldige! Ich wollte zu schnell zu viel. Manchmal geht die Begeisterung einfach mit mir durch. Ich dachte, wenn ich bei euch bin, dann werden wir alles zusammen meistern.« Er griff nach Saskias Hand und drückte sie. »Ich hoffe nur, dass ihr mir glaubt, dass ich das Beste wollte. Euch stärker machen. Euch etwas bieten, an dem ihr wachsen könnt.«

»Es war zu viel«, sagte Saskia. Ihr Ton klang beinahe entschuldigend.

»Das habe ich jetzt begriffen.«

Er wickelt sie ein, dachte Anne. *Wie eine Spinne, die ihre zuckrigen Fäden um die Fliege wickelt.*

Sosehr er es auch beteuerte, sie bezweifelte, dass er wirklich sein Verhalten ändern würde. Wenn Micha etwas daraus ge-

lernt hatte, dann bestimmt nur, beim nächsten Mal sicher-
zugehen, dass niemand sie fand.

Aber Anne würde auf der Hut zu sein. Noch einmal würde er sie nicht in eine solche Situation bringen.

Sie ging noch einmal in den Turm zurück, fand Gunnar
Braun oben auf der Aussichtsplattform und streckte ihm die
Hand entgegen. »Ich wollte mich bedanken. Danke, dass Sie
da waren! Sonst hätten wir noch eine Weile da unten fest-
gesessen.«

Er wischte sich die Hand an seiner Hose ab, bevor er ihre
nahm. »Ihr habt Schwein gehabt. Eigentlich wollte ich das
Geländer erst morgen austauschen, aber dann habe ich heute überraschend Urlaub gekriegt.«

»Dann haben wir wirklich Glück gehabt.«

Von der Spitze des Turmes aus sah sie, dass Micha die anderen um sich geschart hatte und unwillig zu ihr hochblick-
te. »Macht er das öfter? Solche Sachen wie heute?«

Gunnar legte seinen Schraubenschlüssel beiseite und
nahm einen anderen aus seinem Werkzeugkasten.

»Nicht, dass ich wüsste. Aber zutrauen würd ich es ihm.«

Er blinzelte zu Anne hoch. »Passen Sie auf sich auf! Und
auf das andere Mädel.«

Kapitel 7

Finn und Ralf hatten sich beeilt, um rechtzeitig zum Abendessen zu Hause zu sein. Nun saßen sie alle zusammen am Tisch. Eva hatte Schweinelendchen in Champignon-Rahmsoße gemacht, und Ralf erzählte von Frankfurt und von seinem stressigen Job. Auf seinem Smartphone hatte er Fotos und Videos von Toni, die er während des Essens herumzeigte. Finn sah den kleinen Jungen im Fußballtrikot durch die Wohnung rennen und auf einem Bobbycar um die Ecke flitzen. Dann lief er auf die Kamera zu und grapschte mit seinen kleinen, speckigen Händchen danach.

»Ich ziehe mir die Aufnahmen heute Abend auf den Laptop«, sagte Eva.

Niemand erwähnte Jessica mit einem Wort. Finn hatte seinen Eltern von Ralfs Beteuerung berichtet, dass nichts passiert sei, und jetzt bemühten sich alle, den wackligen Familienfrieden aufrechtzuerhalten.

»Die anderen wollen sich noch am Brunnen treffen«, sagte Ralf nach dem Essen zu Finn. »Kommst du auch mit? Vielleicht ist Kanea da.«

»Das ist mir egal«, erwiderte Finn, schloss sich seinem Bruder aber doch an.

Kanea war nicht da, aber ihr Vater Winfried rückte zur Seite, legte den Arm um Finns Schultern und sagte ihm, wie sehr er sich über das Geburtstagsständchen gefreut habe. Er schien nicht mehr ganz nüchtern zu sein.

»Du bist ein guter Junge, Finn. Ein guter Junge. Ich bin froh, dass wir dich als Zunftbruder dabeihaben. Dein Vater kann stolz auf dich sein.«

Henning, ein sonst kahlköpfiger Rechtsanwalt, kam herbeigewankt und stützte sich von hinten auf die Schultern der Sitzenden. Auf dem Schädel trug er eine blonde Lockenperücke. »Kommt zur W-Wasserguillotine, meine Freunde. Geschätztes Publikum! Kommet und sehet, wie auf dem Eresberg Recht gesprochen wird.«

Finn konnte seinen alkoholgeschwängerten Atem in zwei Metern Entfernung riechen.

»Los. Kommt schon!« Henning rüttelte an allen Schultern, die er mit den Armen erreichen konnte.

Gunnar Braun faltete seine ölverschmierten Pranken auf dem Tisch und seufzte genervt. »Wir wollen jetzt nicht mitkommen. Kann man nicht mal in Ruhe sein Feierabendbier trinken?«

Henning rüttelte an Maiks Schulter und leierte seinen Text herunter, den er an den Markttagen zum Besten geben würde. »Komm, elender Wurm. D-Du bischt angeklagt, beim Kampf der Geschlechter verloren zu haben, gegen ein W-Weib!« Das letzte Wort bellte er und erntete amüsierte und genervte Blicke. Karlchen hielt sich vergnügt den Bauch.

Finn musste über Hennings Anblick lachen. *Die Vorfreude macht uns alle ganz irre.*

Winfried Raschke erhob sich. »Geht ins Bett, Jungs. Morgen wird noch ein langer Arbeitstag. Ihr habt schon wieder viel zu viel geschluckt.«

Henning breitete mit beleidigter Miene die Arme aus. »Komm schon, alter Mann. Wir haben die G-Guillotine noch nicht ausprobiert. W-Was ist, wenn sie klemmt?«

»Die funktioniert, glaub es mir.« Er gab Karlchen einen Klaps auf die Schulter. »Komm, Abmarsch nach Hause. Vater wartet bestimmt schon auf dich.«

Der schüttelte störrisch den Kopf. »Ich will nicht nach Hause.«

»Komm jetzt bitte, Karlchen.«

Der verschränkte die Arme und wandte den Kopf ab. »Nein.«

»Na dann. Sauft nicht mehr so viel, Jungs!«

Finn sah ihm nach. *Wenn man es nicht weiß, ahnt man nicht, dass Karlchen und er Brüder sind.* Fünf Söhne hatten Ernst und Mia Raschke damals gehabt. Die vier älteren, die nun teilweise selbst erwachsene Kinder hatten, und Karl, der zehn Jahre später als Nachzügler gekommen war. *Kaneas Onkel.*

Er richtete seine Aufmerksamkeit auf Ralf, der aufgestanden war und einen Arm um Hennings Schulter gelegt hatte. »Ich hab eine gute Idee«, erklärte er dem betrunkenen Rechtsanwalt. »Wie wäre es, wenn wir *dich* einmal zu Übungszwecken auf die Guillotine setzen? Das wäre mir sogar einen Kasten Bier wert.«

Henning verzog nachdenklich das Gesicht.

»Du meinscht schu Ü-Übungschwecken?«

»Man kann niemals genug üben.«

In dem Moment kam Micha Bannenberg angeschlendert. Finn erkannte ihn schon von Weitem an seinem bunten Poncho und den wilden Haaren. »Was brüllt ihr hier so rum? Man kann euch unten in Niedermarsberg hören.« Er begrüßte Ralf mit Handschlag. »Lange nicht gesehen.«

»Alles gut bei dir?«, fragte Ralf. »Was macht die Doktorarbeit?«

»Es wird, es wird.« Micha tat geheimnisvoll.

Finn sah, dass Gunnar Braun abfällig den Mund verzog.

»Wir wollten gerade zur Wasserguillotine«, verkündete Ralf. »Henning möchte sich seiner eigenen Gerichtsbarkeit unterwerfen.«

Die Guillotine bestand aus einem großen Zuber voll Wasser, über dem ein Gerüst mit einer Schaukel hing. Zahlreiche Schnüre waren daran befestigt, von denen eine die Halterung des Sitzes löste, sodass der Delinquent ins Wasser stürzte. Am Samstag, auf dem Markt, würde Henning den Henker geben, heute kletterte er selbst auf die schmale Schaukel und klammerte sich an den Seilen fest.

Finn trat an den Zuber und steckte eine Hand ins Wasser. Voll Schadenfreude stellte er fest, dass es empfindlich kalt war. Ein Sturz hinein würde nicht angenehm sein.

Henning schien zu demselben Schluss gekommen zu sein. »W-Wart doch mal, Ralf. Moment noch. Ein Kischte Bier sagst du? W-Warte ... warte ... ich hab es mir anders überlegt ... ich komm erst wieder runter ... ich ...«

Micha lachte höhnisch. »Keine Bewegung«, befahl er und packte das Bündel Schnüre, von denen eines die Guillotine auslösen würde. »Nicht so schnell, Henning. Was ist es dir wert, trocken wieder herunterzukommen?«

Er hatte kaum ausgesprochen, als Gunnar ihn plötzlich von hinten packte und mit einem kräftigen Ruck in den Wasserzuber warf. Niemand hatte Zeit zu reagieren. Der Ruck löste auch Hennings Schaukel aus, der oben draufstürzte.

»Sag mal, spinnst du, Gunnar?«, schrie Micha. Aus seinen Haaren rann das Wasser, und seine Kleidung klebte wie eine zweite Haut am Körper. »Das war verdammt gefährlich!«

Henning, der nur bis zu den Knien im Wasser gelandet war, da Micha seinen Sturz abgefangen hatte, lag lachend auf der Erde. »Endlich hat es den R-Richtigen getroffen, J-Justitia hat gesiegt.«

Auch von den anderen teilte niemand Michas Entrüstung. Im Gegenteil. Es wurde gelacht und gejohlt. Micha verschwand wutschnaubend, um sich umzuziehen.

Finn grinste. »Gut gemacht, Gunnar.« Sie unterhielten sich eine Weile, bis Gunnars Aufmerksamkeit sich auf Jessicas Ausschnitt konzentrierte, die sich immer wieder tief über den Tisch beugte und ihn anlächelte. Auch Ralf schien das nicht zu entgehen, denn er sah mit einem Mal gar nicht mehr gut gelaunt aus.

Als Finn nach Hause gehen wollte, bemerkte er, dass Gunnar still und mit hängendem Kopf dasaß und sich nicht mehr bewegte. Seine Sitznachbarn hatten sich von ihm abgewandt und führten andere Gespräche.

Jessica hatte Ralf in einer vertraulichen Geste den Arm um die Hüfte gelegt. Es war kurz nach eins, und schlagartig spürte Finn seine eigene Müdigkeit. Er rüttelte an Gunnars Schulter.

»Der ist voll wie 'n Pisspott«, bemerkte Simon.

Gemeinsam versuchten sie Gunnar auf die Beine zu helfen, aber der große Mann war schlaff und schwer wie ein Sack Reis. Jessica legte ihm die Hand unters Kinn und hob sein Gesicht an. Gunnars Mund stand offen, die Augen waren geschlossen. »Jemand muss ihn nach Hause bringen.«

Ralf erhob sich. »Ich mach das.«

Zusammen mit Till hievte er Gunnar hoch, und sie nahmen ihn zwischen sich. Sein Stand war wacklig, aber er blieb stehen.

»Und jetzt einen Fuß vor den anderen, Gunnar. Kriegen wir das hin?«

»Seid ihr sicher, dass er keinen Arzt braucht?«, fragte Jessica besorgt.

Ralf schüttelte bestimmt den Kopf. »So viel hat er doch gar nicht gehabt. Die paar Bier. Das wird schon wieder.«

Kapitel 8

Freitag, 1. September

Im Traum war Anne wieder im Wald und arbeitete sich einen schmalen Pfad empor. Sie hatte entsetzlichen Durst. In der Nähe erklang ein merkwürdiges Geräusch, heiser, dumpf. In einer Tonlage, die sofort höchste Alarmbereitschaft in ihr auslöste. Anne wusste, dass sie dem Geräusch folgen musste. Sie wich vom Weg ab und kämpfte sich durch dorniges Gebüsch.

Auf einer Lichtung sah sie ein Wildschwein, das sich in einer Falle verfangen hatte. Es starrte Anne mit schwarzen, blutigen Augen an. Sein Maul war weit aufgerissen, und es stieß diese entsetzlichen Schreie aus, die einfach nicht aufhörten. »Wach auf, wach auf!«

Anne erwachte, und es dauerte einen Moment, bis sie begriff, wo sie war. Sie saß auf einer Isomatte und blickte in Saskias schreckgeweitete Augen. Natürlich, sie hatten gestern Abend auf Michas Grundstück die Zelte aufgebaut. Ein kleines für die Frauen und ein größeres für die Männer.

»Was ist das?«, flüsterte Saskia.

Das Schreien hatte nicht aufgehört. Jemand war in höchster Not.

»Ich sehe nach.«

Anne suchte ihre Schuhe und schlüpfte hinein, ohne sie zuzubinden. Hastig griff sie nach dem erstbesten Kleidungsstück, einem Sweatshirt, und kroch aus dem Zelt.

Draußen stand Micha. Er war vollständig bekleidet, und nur seine wirre Haarmähne verriet, dass auch er geschlafen hatte. Kaestner kam aus dem Männerzelt herausgekrochen. »Ihr bleibt hier«, befahl Micha. »Ich werde nachsehen, was los ist.«

Anne dachte gar nicht daran zurückzubleiben. Sie war in erster Hilfe ausgebildet und besaß durch ihren Job ein gewisses Maß an Kaltblütigkeit gegenüber Brutalität oder schlimmen Verletzungen.

In den umliegenden Häusern flammten Lichter auf. Menschen kamen auf die Straße. Anne folgte den Schreien und erreichte ein Grundstück, das sich in direkter Nachbarschaft zu Michas Haus befand. Das Tor einer Scheune stand offen, und Licht fiel hinaus. Darüber war ein Geweih befestigt. Im Inneren lag jemand. Blaue Hosenbeine …

Der Anblick löste etwas in ihr aus. Sie drängte Micha zur Seite, der wie angewurzelt im Eingang stand, sah den ölverschmierten Blaumann und einen großen Mann, der sich vor Schmerzen krümmte. Er hielt sich die Arme vors Gesicht, doch Anne konnte feuerrote Haut sehen.

Verbrennungen oder Verätzungen, war ihr erster Gedanke. Eine verstrubbelte Frau im Schlafanzug hielt ihn fest und schrie nach kaltem Wasser.

Wasser … Anne sah sich hektisch um. Die Scheune war zu einem Partyraum ausgebaut worden, und es gab eine kleine Einbauküche. Hektisch riss sie die Schubladen auf, fand ein sauberes Trockentuch und drehte den Wasserhahn auf. Das Wasser durfte nicht zu kalt sein, nur ein wenig kühler als Körpertemperatur, um die Schmerzen zu lindern.

Sie reichte der Frau das nasse Tuch, das sie Gunnar vorsichtig aufs Gesicht drückte. Anne sah verbrannte Augenlider und bekam weiche Knie. »Haben Sie einen Krankenwagen gerufen?«

»Das habe *ich* getan«, sagte ein Mann in Pyjama und grünen Filzpantoffeln, der neben Micha in der Tür stand. »Meine Frau sucht Brandsalbe.«

Anne bemerkte ein großes, längliches Brandeisen, das auf dem Boden lag. »Was ist das? Ist das Ihres?«

Die Frau warf einen verwirrten Blick darauf und schüttelte den Kopf.

»Wer sind Sie überhaupt?«, fragte der Mann in scharfem Tonfall.

Anne beachtete ihn nicht weiter. »Wir müssen auch die Polizei rufen. Das hier war kein Unfall.« Aus irgendeinem Grund sah sie Micha an, der anscheinend fassungslos in der Tür stand. »Jemand hat Gunnar diese Verletzungen absichtlich zugefügt.«

♦

Anton Hellmann von der Briloner Kriminalpolizei drehte eine letzte Runde durch die Dreizimmerwohnung in Messinghausen. Sie war in jeder Hinsicht perfekt, besaß eine kleine Einbauküche und ein frisch renoviertes Badezimmer.

Frau Bonensteffen kam ins Zimmer gehumpelt. Ein Hüftleiden, hatte sie Hellmann erzählt, und er hatte gedacht, dass die Strumpfhosen und die klobigen Schuhe wohl einen Teil zu ihrem seltsamen Gang beitrugen.

»Haben Sie und Ihr Partner sich entschieden?«

Hellmann fragte sich, woher sie wusste, dass Jens Baltschukat und er Partner waren. Er hatte ihr gegenüber nur erwähnt, dass sie beide für die Polizei arbeiteten.

»Ich sage Ja«, erwiderte er und warf Jens einen fragenden Blick zu. »Was meinst du?«

Jens nickte. Es stimmte alles. Der Preis war in Ordnung, die Zimmeraufteilung ideal für eine WG.

»Sie wohnen mit im Haus?«, fragte Hellmann.

»Ja. Ich wohne im Erdgeschoss. Das Treppensteigen fällt mir schwer. Im ersten Stock wohnt meine Tochter.«

Sie ging hinunter, um den Mietvertrag aufzusetzen.

Jens deutete auf das Zimmer, das zur Dorfseite hinausging. »Hast du etwas dagegen, wenn ich hier einziehe? Das Regal hier wäre perfekt für meine Stereoanlage, und mein Bett passt gut unter die Schräge.«

Hellmann hatte nichts dagegen. Sein Zimmer wäre um eine Winzigkeit kleiner, aber er besaß nicht so viele Möbel wie Jens, weil er bislang noch bei seinen Eltern gewohnt hatte. Und da sein Kollege Geschirr, Waschmaschine und sonstige Haushaltsgegenstände beisteuern würde, fand er es mehr als fair.

Jens ging in die Küche und öffnete den geräumigen Kühlschrank. »Nun müssen wir aber erst mal eine Kiste Bier kaufen gehen. Das gehört schließlich zu einer Männer-WG.«

Sein Smartphone klingelte. Es war die Chefin, Frau Nolte-Bergmann.

»Wir müssen nach Obermarsberg«, sagte Hellmann zu Jens. »Eine Frau hat ihren Mann schwer verletzt auf seinem Grundstück gefunden, und die Kollegen vor Ort haben beschlossen, die Kripo hinzuzuziehen.«

Jens zog die Stirn kraus. »Körperverletzung? Und warum wollen sie uns dabeihaben?«

»Offenbar wurde am Tatort ein historisches Brandeisen gefunden.«

Als Hellmann und Jens am Tatort ankamen, waren das Opfer und seine Frau schon mit dem Rettungswagen davongefahren. Gebhard Voss, der Kriminaltechniker, stellte grade seine Scheinwerfer aus. Der Verletzte hatte in einer ausgebauten Scheune gelegen.

»Eine Art Jagd- und Partyhütte«, sagte Lothar, ein Kollege der Schutzpolizei, den Hellmann gut kannte. »Aber es sieht nicht so aus, als wäre dort drinnen eine Party gefeiert worden. Es sei denn, sie haben direkt danach aufgeräumt und durchgefegt. Nicht mal ein Glas steht auf dem Tisch.«

»Okay.« Hellmann maß die Entfernung zwischen Scheune und Wohnhaus mit den Augen. Etwa zwanzig Meter schätzte er. »Wissen wir, was er in der Scheune getan hat?«

Lothar schüttelte den Kopf. »Nein. Und es sieht aus, als hätte er keine Schuhe getragen.« Er fuhr mit dem Briefing fort. »Das Opfer heißt Gunnar Braun, ist dreiundvierzig

Jahre alt und von Beruf Maschinenschlosser. Seine Frau Linda ist von seinen Schreien erwacht und hat ihn allein in der Scheune vorgefunden. Ihr Mann hatte große Schmerzen und war nicht ansprechbar. Neben ihm lag ein Brandeisen, das sich noch am Tatort befindet. Wir haben bereits mit den Nachbarn gesprochen, die auch den Rettungsdienst verständigt haben. Sie haben niemanden gesehen, und die Ehe der Brauns sei angeblich harmonisch gewesen.«

»Okay, danke! Dann übernehmen wir jetzt.«

»Noch etwas. Offenbar ist kurz nachdem es passiert ist, noch eine fremde Frau an den Tatort gekommen, die Linda Braun bei der Kühlung der Brandverletzung geholfen hat. Weder die Brauns noch die Nachbarn kannten sie, glauben aber, dass sie zu einem gewissen Micha Bannenberg gehört, einem anderen Nachbarn, der ebenfalls dazugestoßen ist. Die Frau hat behauptet, es sei kein Unfall gewesen.«

Hellmann zog die Augenbrauen hoch.

»Wir überprüfen das.«

Die Scheune, in der Gunnar Braun gelegen hatte, war mit Holz ausgekleidet und mit einer gemütlichen Sitzecke und einer Küchenzeile eingerichtet worden. An den Wänden hingen Jagdtrophäen und gerahmte Fotos.

Hellmann blieb in der Tür stehen und sah zu Gebhard, der am Boden kniete. »Darf ich?«

»Bis dorthin kannst du gehen.« Gebhard deutete auf einen in durchsichtige Folie verpackten Gegenstand. »Ich hab das Eisen schon auf Fingerabdrücke untersucht, aber leider Fehlanzeige. Vermutlich kann man es ohne Handschuhe auch gar nicht anpacken, wenn es heiß ist. Der Griff ist nicht isoliert. Ich wette mit dir, dass es im Backofen erhitzt wurde.«

Das Eisen sah alt aus und mündete an der Spitze in einen Buchstaben, der an ein V erinnerte, obwohl die beiden Schenkel sehr weit auseinanderklafften. Hellmann ging in die Hocke.

Lothar hatte gesagt, es stamme nicht aus dem Haushalt der Brauns, und so sah es auch aus. Von der Verarbeitung und dem Material her wirkte es alt. Wie ein Gegenstand aus einem Museum.

»Der Täter hat die Tatwaffe mitgebracht«, murmelte Hellmann. »Und sie dann hier zurückgelassen. Warum?«

Er dachte, dass die fremde Frau vermutlich recht hatte. Es sah nicht nach einem Unfall aus. Nein, wahrscheinlich hatte der Täter das Brandeisen genau zu diesem Zweck mitgebracht. Denn wofür sonst hätte er es brauchen können?

»Nur damit wir es ausschließen können«, sagte Hellmann. »Hältst du es für möglich, dass sich das Opfer damit selbst verletzt hat?«

Gebhard schob ein Bonbon im Mund hin und her. »Ich denke, das können wir in jedem Fall ausschließen. Ganz abgesehen davon, dass er das Eisen mit bloßen Händen nicht hätte anfassen können. Der Ort der Verletzung ist zudem die Augenpartie. Niemand würde sich da selbst verbrennen. Auch nicht unter Drogen oder im Wahn oder psychotischen Zuständen. An jedem anderen Körperteil vielleicht, aber nicht an den Augen. Und ein mögliches Unfallszenario kommt mir beim besten Willen nicht in den Sinn. Dir?«

Hellmann ging es ebenso.

Bewaffnet mit Schuhüberziehern und Handschuhen betraten Jens und er das Einfamilienhaus der Brauns. Ein Blick in das Schlafzimmer brachte Klarheit zu einer der Fragen, die Hellmann beschäftigt hatte.

Jens stieß einen Pfiff aus. »Die Eheleute schlafen getrennt?«

»Das erklärt, wieso Linda nicht früher etwas gemerkt hat.«

»Vielleicht steht es mit der Harmonie doch nicht so gut, wie die Nachbarn glauben.«

Hellmann zuckte mit den Schultern. »Oder Gunnar schnarcht.«

Sie identifizierten das Zimmer des Opfers an der Unordnung und den *Auto Motor Sport*-Zeitschriften auf dem Nachttisch. Außerdem lagen zwei Arbeitsschuhe in Herrengröße auf dem Boden, offenbar achtlos fallen gelassen.

»Gunnar Braun ist vollständig bekleidet gefunden worden, oder?«

Jens nickte. »Bis auf die Schuhe, ja.«

»Das Bett sieht benutzt aus. Aber gut, vielleicht wird es nicht jeden Tag gemacht.« Hellmann bückte sich zu den Schuhen und fand dort frische Erde. »Die Schuhe hat er jedenfalls definitiv vor Kurzem noch getragen.«

»Dann muss er in seiner Kleidung geschlafen haben.«

»Wahrscheinlich besoffen. Oder kannst du dir vorstellen, dass er sich anzieht, um durch den Garten zu gehen, aber die Schuhe vergisst?«

»Das ist wirklich merkwürdig.«

Hellmann dachte nach. Er versuchte sich irgendein plausibles Szenario vorzustellen, aber nichts passte zusammen.

»Ich frage die Kollegen im Krankenhaus, ob sie schon was für uns haben«, sagte Jens und ging nach draußen, um zu telefonieren.

Hellmann lief in Gunnars Schlafzimmer auf und ab. Er betrachtete die Schuhe, die mitten im Raum lagen. Warum standen sie nicht neben dem Bett? Oder im Flur? Wer warf seine Arbeitsschuhe achtlos durchs Zimmer, bevor er zu Bett ging? Er verließ den Raum, blieb wenige Meter vom Esszimmer entfernt stehen. Die Terrassentür fiel ihm ins Auge. Der Griff stand waagerecht. Er stieß die Tür leicht mit dem behandschuhten Finger an, und sie schwang auf.

»Jens! Die sollen Gunnars Kleidung auf Schleifspuren hin untersuchen.«

Kapitel 9

»Ich würde gern telefonieren!« Anne verschränkte die Arme
über der Brust, starrte Micha an, der mit Saskia Lockerungsübungen machte, wie er es nannte. Dabei hatte er eine Hand
auf ihren Bauch gelegt und murmelte, sie solle langsam und
bewusst atmen, während sie die Hüften kreisen ließ. Sich
von allem frei machen. Atmen und versuchen, sich ihres
Körpers und ihrer Gefühle bewusst zu werden. Achtsamkeit,
sein neues Lieblingswort. Und offenbar hatte er vor, Anne zu
ignorieren.

Sie stellte sich direkt neben ihn.

»Ich möchte telefonieren.«

Micha sah sie betont geduldig an. »Beunruhigt es dich,
nicht erreichbar zu sein?«

Sein Ton machte sie wütend, aber sie zwang sich zu einem
Lächeln. »Nein, ich würde nur gerne mit meinem Freund
reden. In diesem Kurs passieren Dinge, die ich nicht guthei-
ßen kann, und zu denen ich gern eine zweite Meinung hören
würde.«

»Du kannst mit jedem hier sprechen, und wenn es Probleme gibt, bin ich immer für euch da.«

Du bist das Problem, dachte Anne.

Er trat auf sie zu und legte die Hände auf ihre Schultern.
Die Berührung war Anne unangenehm, aber sie würde nicht
zurückweichen. Sie blieb, wo sie war, und starrte ihm in die
Augen.

»Die Trennung vom sozialen Umfeld ist wichtig und gehört zu meinem Konzept«, sagte er. »Dein Freund wird es
aushalten können, zwei Wochen lang nichts von dir zu hö-

66

ren. Oder ist eure Beziehung instabil? Hast du Angst, er könnte sich anderweitig umsehen, sobald er freie Bahn hat?«

Anne schnaubte verächtlich. »Meine Beziehung ist meine Privatangelegenheit.«

Micha lächelte nachsichtig. »Wenn es Probleme gibt, rede mit mir. Dafür bin ich da. Natürlich werde ich mit niemand anders darüber sprechen, therapeutische Schweigepflicht.«

Sein Blick war voller Anteilnahme und schien zu sagen, dass man ihm alles anvertrauen konnte. Anne musste sich beherrschen, um nicht aggressiv zu reagieren, aber bestimmt gab es manche, die auf diese Tour hereinfielen.

Micha forderte die Gruppe auf, sich im Kreis aufzustellen, und setzte die Lockerungsübungen fort, die er vermutlich aus einem Yogakurs abgekupfert hatte.

Anne versuchte sich von ihrem Ärger abzulenken und dachte an Gunnar Braun. Wie es ihm jetzt wohl ging? Seine Verletzung hatte schlimm ausgesehen, und Anne fragte sich, wer diesen brutalen Anschlag auf ihn verübt hatte.

Bei ihrer Arbeit für die Polizei in Dortmund hatte sie schon mit den unterschiedlichsten Gewaltdelikten zu tun gehabt, und wozu Menschen fähig waren, überraschte sie längst nicht mehr. Doch hier, in dieser friedlichen Gegend, wirkte die Tat verstörend.

So war es ihnen allen heute Morgen ergangen. Sofort hatte Grundmann die Sprache darauf gebracht, wie Gunnar sie aus dem Kerkerverlies gerettet hatte. Alle waren betroffen gewesen, und Saskia hatte geweint.

Anne bemühte sich, Michas Übungen nachzumachen, und fragte sich, was die Polizei jetzt gerade tat. Bestimmt waren die Kollegen noch mit der Sicherung des Tatorts beschäftigt, und vielleicht hatte Gunnar ja schon eine Aussage machen können. Anne hoffte, dass sie den Täter bald dingfest machten, denn sie wusste, dass ihr der Fall sonst keine Ruhe lassen würde.

»Bestimmt seid ihr schon alle gespannt auf die Aufgabe, die ihr für die nächsten zwei Tage bekommen werdet. Ihr sollt es gleich erfahren«, verkündete Micha. »Vorher werden wir noch eine Übung zur Vertrauensbildung machen. Bitte schließt euch in Zweiergruppen zusammen.« Mit einer Handvoll dunkler Tücher näherte er sich Saskia und Anne.

War ja klar, dachte Anne böse, *dass er die Finger nicht von ihr lassen kann.*

Doch Micha schickte Saskia zu Grundmann und forderte Anne auf stillzuhalten, während er ihr das Tuch um die Augen band. »Gegenseitiges Vertrauen ist die Basis für jede Teamarbeit.«

Anne hörte deutlich die Genugtuung in seiner Stimme.

Er zurrte das Tuch fest um ihren Kopf und drehte sie mehrmals um die eigene Achse. »Wir geben bewusst die Kontrolle ab. Wir lassen uns führen.«

Jetzt begriff sie, dass er sie für eine kleine Machtdemonstration ausgewählt hatte. Aber sie würde cool bleiben und sich keine Blöße geben. Als er sie am Arm fasste, ließ sie sich ohne Gegenwehr führen. Sie verließen die Wiese, und Anne fühlte kleine Steine unter ihren Schuhen. Vor sich hörte sie die Geräusche der Marktvorbereitungen, daher nahm sie an, dass sie auf die Eresburgstraße zuliefen.

»Wie fühlst du dich?«, fragte Micha.

»Gut.«

»Fällt es dir schwer, dich führen zu lassen?«

»Nein.«

»Deine Körpersprache verrät mir etwas anderes. Du bist angespannt. Gibt es ein Erlebnis in deiner Kindheit, das diese Angst vor dem Kontrollverlust ausgelöst hat?«

Anne hörte, wie ihr eigener Atem sich gegen ihren Willen beschleunigte. *Ich lasse mich nicht provozieren. Ich lasse mich nicht provozieren.*

»Trennungskind, hm?«, vermutete Micha. Bei seinem vertraulichen Tonfall lief es ihr kalt den Rücken herunter.

»Nein.«

Es war noch nicht einmal eine Lüge. Ihre Eltern hatten sich erst getrennt, als sie längst erwachsen gewesen war.

Was nicht bedeutete, dass sie nicht darunter gelitten hatte. »Lassen Sie mich in Ruhe!« Sie glaubte, sein selbstgefälliges Grinsen spüren zu können.

Endlich machten sie halt, und Micha gestattete ihnen, die Augenbinden abzunehmen. Sie befanden sich wieder auf dem großen Vorplatz der Schützenhalle.

Anne sah Karlchen, der anscheinend auf sie gewartet hatte. Er grinste dämlich und rieb sich die Hände. Auf den Gedanken, sich wegen gestern zu entschuldigen, schien er nicht zu kommen.

»Mit Karlchens Hilfe habe ich ein kleines Theaterstück für euch geschrieben.«

Michas Gehabe sagte deutlich, wer dabei den Großteil der Arbeit gemacht hatte. »Außerdem haben wir aus dem Museum und aus Spenden einen Fundus an Kostümen und historischen Waffen für euch zusammengestellt. Karlchen, hast du das Skript ausgedruckt?«

»J-Ja, Micha. Und ich habe für jeden noch mal extra einen Zettel mit seinem Text.«

»Sehr schön. Dann verteil sie doch bitte.« Er hob die Stimme. »Jeder lernt jetzt so schnell wie möglich seinen Text, und dann spielen wir alles durch. Die Rollen haben Karlchen und ich bereits vorab verteilt.«

Der rotgesichtige Mann gab Anne einen Zettel und berührte dabei ihre Hände. Sein Haut fühlte sich klamm an. Diskret rieb sie ihre Hand an der Jeans ab und entfaltete den Computerausdruck. In Großbuchstaben hatte jemand darüber das Wort »Zofe« gemalt.

Danach verteilten Micha und Karlchen die Kostüme. Neidisch beobachtete Anne die Männer, die Hosen und Kurzschwerter bekamen. Karlchen begutachtete Annes Körper von oben bis unten und reichte ihr ein braunes Bündel.

»Warum muss ich eigentlich Zofe sein?«, maulte Anne. »Ich kann genauso gut einen Händler oder Wegelagerer spielen.«

»Du bist doch eine Frau, oder etwa nicht?«, meinte Grundmann bissig. »Jetzt mach kein Theater und zieh das Kleid an. Eine Frau als Wegelagerer, das sieht doch albern aus!«

»Nur weil das nicht in dein Schubladendenken passt, sieht es noch lange nicht albern aus«, fauchte sie zurück.

Karlchen stierte sie mit stoischer Miene an. »Du bist die Zofe. Wir haben zwei Frauenrollen eingebaut. Jeder muss seinen Part spielen, sonst funktioniert die Geschichte nicht.«

Anne musste feststellen, dass sie mit ihrem Protest alleine dastand, und fügte sich zähneknirschend. Sie hatte nie gerne Kleider getragen und hätte nicht geglaubt, als moderne Frau je dazu gezwungen werden zu können.

Zusammen mit Saskia ging sie in die Umkleidekabine der Schützenhalle und packte ihr Bündel aus, das aus Unter- und Überkleid und einer weißen Haube bestand. Saskia würde ihre Herrin, eine Baronstochter, spielen und hatte ihr prachtvolles Kleid aus Seide und Spitze schon angezogen.

Anne schüttelte den Kopf. »Meine Güte, wir sehen wirklich aus, wie von einem Ritterfilmset entlaufen!«

Saskia strich bewundernd über den Stoff ihres Kleides. »Ich finde es total schön.«

»Na dann bringen wir es hinter uns.«

Sie ging hinaus, ignorierte die Kommentare der Männer und ließ sich das Skript geben. Die Geschichte war unglaublich einfach gestrickt und voller Mittelalterklischees.

Mit jeder Seite, die Anne las, stieg ihre Nervosität. Sie wusste, dass sie kein schauspielerisches Talent besaß, und noch weniger würde sie sich überwinden können, diese peinlichen Texte zu sprechen. Noch dazu vor Publikum. Allein bei der Vorstellung brach ihr der kalte Schweiß aus, und sie überlegte, ob es nicht irgendeine Möglichkeit gab, diesen Auftritt zu umgehen.

Sie spürte Michas Blick. Er beobachtete sie die ganze Zeit und wartete womöglich auf ein Zeichen von Schwäche. Anne schluckte, straffte den Rücken und machte ein undurchdringliches Gesicht. Sie durfte ihm nicht zeigen, wie sehr die Situation sie verunsicherte. Im Gegenteil. Er musste glauben, es mache ihr nichts aus. Nur keine Schwäche zeigen. Micha war wie ein Hund, der sofort zubiss, wenn er eine Schwachstelle witterte.

Kapitel 10

Als Finn an diesem Morgen in die Wohnung seiner Eltern hinunterging, war es nicht die Müdigkeit, die seine Schritte langsam und schwerfällig machte. Ein Blick in Ralfs Zimmer hatte ihm alle Kraft geraubt. Er bemerkte den erwartungsvollen Ausdruck im Gesicht seines Vaters und schüttelte den Kopf. »Er ist nicht da.«

Mit einem Knall stellte Finns Mutter die Kaffeekanne auf dem Frühstückstisch ab. »Ich kann mir das nicht mehr angucken! Ich ertrage das nicht länger.«

Finn sah, dass sie das Bild von Klein Toni anstarrte, das über dem Esszimmertisch hing. Ein glückliches Kleinkind. Ihr einziger Enkel.

»Ralf ist erwachsen«, bemerkte Norbert.

»Das ist mir völlig egal«, zischte sie. »So geht es nicht weiter. Wenn er unbedingt diese Jessica bumsen will, möchte ich ihn hier nicht mehr sehen!«

Die Wortwahl seiner Mutter erschütterte Finn. So hatte er sie noch nie reden hören. Obwohl er selbst bitter enttäuscht von seinem Bruder war, versuchte er die Wogen zu glätten.

»Aber Ralf hat mir versichert, zwischen ihm und Jessica sei nichts gelaufen. Sie sind nur gut befreundet.«

Eva schnaubte bitter. »Und deshalb verbringt er jetzt die zweite Nacht bei ihr?«

Finn hatte das Bedürfnis, seinen Bruder zu verteidigen, wusste aber nicht, was er entgegnen sollte. Die Wahrheit war, dass er die Situation selbst kaum ertrug. Wie konnte Ralf die Nächte bei seiner Exfreundin verbringen? Was würde Sandra tun, wenn sie davon erfuhr? Mit Sicherheit wäre sie verletzt. Vielleicht würde sie ihn sogar verlassen. Womöglich wäre sie sogar so verletzt, dass sie alle Klein Toni niemals wiedersehen würden. Der Gedanke tat weh.

Es klingelte. Seine Mutter öffnete die Haustür, und Finn erkannte die Stimme und die Schritte im Flur. Ralf war gekommen.

Er und Eva traten ein, und Finn hielt unwillkürlich die Luft an. Seine Mutter hatte die Arme über der Brust verschränkt und ihre Stirn in Falten gezogen. Gleich würde sie loslegen.

Doch Ralf war schneller. »Habt ihr das mit Gunnar schon gehört?«, fragte er atemlos und ließ sich auf einen Stuhl fallen. Seine Haare waren zerzaust und sein Hemd zerknittert. »Er liegt im Krankenhaus mit Verbrennungen im Gesicht und an den Augen. Heute Morgen war der Krankenwagen da. Und die Polizei.«

Finn richtete sich kerzengerade auf. Die Sirenen hatte er im Halbschlaf gehört, sich aber nichts dabei gedacht.

Betroffen ließ Eva die Arme sinken. Für den Moment waren die Vorwürfe vergessen. »Um Gottes willen, was ist denn passiert? Ein Unfall?«

»Polizei?« wiederholte Norbert.

Ralf nahm sich ein Brötchen. »Die Kriminalpolizei ist jetzt da und befragt alle Nachbarn. Es war also kein Unfall. Irgendjemand hat Gunnar das Gesicht verbannt, und man hat ein historisches Brandeisen neben ihm gefunden, sagt Heidi Stolze. Sie befürchtet, dass seine Augen ernsthaft verletzt sind.«

»Mein Gott, wie schrecklich!« Eva drückte entsetzt ihre Hand vor den Mund.

Norbert sah nachdenklich und sorgenvoll drein. »Ein historisches Brandeisen?«

Finn kam ein furchtbarer Gedanke. »Solche, wie wir im Museum haben?«

Norbert schüttelte nachdrücklich den Kopf. »Das muss Zufall sein.« Aber seine Stimme klang unsicher.

Finn erinnerte sich, wie betrunken Gunnar gestern gewesen war. »Du hast ihn doch nach Hause gebracht«, sagte er zu Ralf. »Ist dir nichts aufgefallen?«

Norbert blickte von einem zum anderen. »Ralf hat ihn nach Hause gebracht?«

»Till und ich.« Ralf legte dicke Scheiben Fleischwurst zwischen seine Brötchenhälften. »Gunnar war so voll, der konnte nicht mal mehr die Tür aufschließen. Wir haben ihn ins Schlafzimmer geschafft, und Till hat ihm sogar noch die Schuhe ausgezogen. So, wie er war, ist er aufs Bett gekippt. Der hat gar nichts mehr mitgekriegt.«

»Und Linda? War sie nicht da?«

Ralf kaute und schluckte. »Jedenfalls nicht in seinem Bett. Vielleicht schläft sie woanders.«

Norbert schob seinen Teller von sich. Ihm schien der Appetit vergangen zu sein. »Das ist eine schreckliche Sache. Und ein sehr schlechter Zeitpunkt, einen Tag vor unserem Markt. Wir müssen unbedingt wissen, was da passiert ist. Ralf, du wirst mit der Polizei reden müssen.«

Im Dorf hatte die Geschichte von Gunnar schon die Runde gemacht. Wo Finn auch hinkam, man sprach von nichts anderem. Dabei gingen die Vorbereitungen für den Markt unermüdlich weiter. Ihnen blieb nur noch ein Tag, und die Stände nahmen langsam mittelalterliche Gestalt an.

Dirigent Mirko lief zur Hochform auf. Er hatte seinen Akkuschrauber weggelegt und war sich heute auch für niedere Arbeiten nicht zu schade. Dabei befragte er jeden, den er traf, was er von den Ereignissen in der letzten Nacht halte. Er stellte immer neue Überlegungen an, und im Laufe des Tages hörte Finn die unterschiedlichsten Gerüchte und Theorien von ihm.

»Ob Linda einen andern hatte …?«, sinnierte Mirko, während er Finn und Kanea half, am Dach des Waffelstandes einen großen Fichtenzweig zu befestigen. »Die ist ja so hübsch. Also, wenn ich Gunnar wäre, täte ich besser auf die aufpassen. Hat da nicht mal eine Zeit lang immer ein schwarzer Seat mit Lippstädter Kennzeichen vor ihrem Haus geparkt, wenn Gunnar nicht daheim war? Darüber hab ich so dies und das gehört.«

»So ein Quatsch!«, fauchte Kanea, der Mirkos Getue schon eine Weile auf die Nerven ging. »Das war eine Freundin von ihr. Wenn du keine Ahnung hast, solltest du einfach den Mund halten.«

Mirko schwieg beleidigt und machte sich davon.

»Du hättest warten können, bis wir den da aufgehängt haben«, bemerkte Finn trocken und deutete auf einen besonders dicken Fichtenast.

Kanea ging nicht auf seinen halb ironischen Tonfall ein. »Ich hasse dieses Gerede. Vor allem, wenn es noch nicht einmal die Wahrheit ist.«

»Er macht sich doch nur Gedanken, was passiert sein könnte, wie wir alle.«

»Trotzdem muss er aufpassen, was er sagt. Du weißt doch, wie schnell Gerüchte entstehen.«

Finn stieg auf seine Leiter und versuchte den schweren Ast alleine festzuhalten. »Bind du die Spitze fest«, keuchte er. »Wo ist eigentlich Jessica? Das ist doch auch ihr Stand.«

»Einkaufen«, antwortete Kanea.

Jemand blieb neben ihnen stehen. Es war Henning, diesmal ohne Perücke. Er beschattete seine Augen, als er zu ihnen hochblinzelte.

»Ich könnte euch helfen, wenn ich mir zutrauen würde, auf eine Leiter zu steigen. Aber der Lorenz brennt heute gewaltig, und ich fühle mich, als hätte mir jemand mit dem Hammer auf den Schädel gehauen.«

Kanea schob ihm einen Stuhl hin. »Komm hier rauf, du musst nur kurz festhalten.«

Seufzend gehorchte Henning. Er hatte nur den Ast hochzuhalten, trotzdem stand ihm der Schweiß auf der Stirn, als sie fertig waren. »Verdammter Alkohol«, seufzte er. »Sagt mal, stimmt das mit Gunnar?«

»Ja«, sagte Finn und berichtete, was er wusste. Mirkos Gerüchte behielt er für sich.

»Verdammt!« Henning massierte seine kahlen Schläfen. »Das mit dem Alkohol ist gestern ein bisschen eskaliert. Ich hatte gar nicht vor, so viel zu trinken. Aber sag mal, Finn, es ist doch alles friedlich geblieben? Oder gab es noch Ärger mit Micha?«

Finn schüttelte den Kopf. »Nein. Micha ist gegangen und auch nicht mehr wiedergekommen. Gunnar war ziemlich betrunken. Ralf und Till haben ihn heimgebracht.«

»Okay.« Henning verzog das Gesicht, als würde ein neuer Schmerz durch seinen Kopf jagen. »Man soll ja nicht schlecht über die Leute reden, aber Micha würde ich einiges zutrauen. Wisst ihr noch? Letztes Jahr am Schützenfest, als so viele Leute gekotzt haben?«

Natürlich erinnerte sich Finn. Er und vor allem seine Eltern hatten sich auf den Schützenfestsonntag gefreut. Ralf war Schützenkönig gewesen. Seine Frau Sandra, im vierten Monat schwanger, hatte ein meergrünes Seidenkleid getragen. Alles war perfekt gewesen, eine lange Blumengirlande an ihrem Haus, beim Festzug strahlender Sonnenschein, festlich eingedeckte Tische in der Schützenhalle, aber als es Kaffee und Kuchen gab, war etwas furchtbar schiefgelaufen. Salmonellen oder Ähnliches, Finn wusste es nicht. Etwa die Hälfte der Gäste hatte eine Lebensmittelvergiftung erlitten und sich erbrechen müssen. Das einzig Gute an dem Tag war gewesen, dass Sandra nichts von dem Kuchen gegessen hatte.

»An dem Schützenfestsonntag hat jemand Micha auf die Füße gekotzt«, erzählte Henning weiter. »Micha hatte Flipflops an, und der ganze Mist ist … na ja, er stand mittendrin, mit beiden Füßen.«

Bei der Vorstellung verzog Finn das Gesicht. »Das habe ich nicht mitbekommen. Ich musste Mutter am Königstisch helfen. Dort war das Chaos perfekt.«

»Kann ich mir vorstellen. Dieser Gestank in der Halle!« Henning stöhnte bei der Erinnerung. »Also, ich hatte nix von dem Kuchen gegessen, und mir war trotzdem schlecht. Die meisten sind dann nach draußen gegangen. Und am Ausgang hat Till dem Micha auf die Füße gegöbelt. Wie der geguckt hat, so was hab ich noch nicht gesehen! Die Leute hatten ihren Spaß. Micha hat erst gar nicht reagiert, und ich dachte, Mensch, der bleibt ja saucool. Dann ist er verschwunden und hat sich die Schochen gewaschen. Die Füße, Mädel«, fügte er hinzu, als er Kaneas fragenden Gesichtsausdruck bemerkte. »Aber einen Monat später beim Stadtschützenfest war Till wieder gesund und konnte mitfeiern, auch wenn er sich vom Kuchen ferngehalten hat. Es war spätabends, Till musste pinkeln und ging zum Klo, da packte ihn jemand von hinten am Nacken und haute seinen Kopf gegen die Fliesen. Till wurde schwarz vor Augen, aber er spürte, dass ihn jemand in die Kabine stieß und seinen Kopf ins Klo drückte. Die Schüssel war voll, weißte? Jemand hatte das geplant, das Klo verstopft und den Moment abgepasst, als Till allein in der Toilette war. Vielleicht hatte er auch noch einen Komplizen, der draußen Schmiere stand.«

Finn hörte diese Geschichte zum ersten Mal. Er konnte es kaum glauben und sah, dass es Kanea ähnlich ging.

»Und das war Micha?«

Henning zuckte die Schultern. »Wer soll es sonst gewesen sein?«

Kapitel 11

Hellmann betrachtete das Gesicht des Opfers auf dem Bildschirm von Jens' Smartphone. Die roten Brandverletzungen leuchteten. Der Täter hatte das Brandeisen so benutzt, dass die Schenkel des V beide Augenlider verbrannt hatten. Hellmann schauderte es. Erst jetzt konnte er schonungslos das ganze Ausmaß der Tat begreifen. »Wird er wieder sehen können?«

»Ich habe bisher nur mit dem Arzt vom Maria-Hilf-Krankenhaus telefoniert, und er hat dazu nichts sagen können. Er muss selbst erst mit einem Augenspezialisten sprechen. Sie machen jetzt eine Not-OP, aber er glaubt, dass wir Gunnar Braun heute Abend sprechen können.«

Er scrollte weiter durch die Tatortfotos und zoomte eines der Bilder heran. »Das ist der Blaumann, den das Opfer getragen hat. Sieh mal, dort sind definitiv Schleifspuren.«

Hellmann betrachtete das Foto und nickte zustimmend. »Das Gewebe ist an einigen Stellen aufgerissen, und es gibt frische Blutspuren sowie passende Hautabschürfungen beim Opfer. Er wurde also über eine raue Oberfläche geschleift.«

»Über den gepflasterten Weg zur Scheune", vervollständigte Hellmann. „Dann muss er bewusstlos gewesen sein. Aber wieso ist er bei solch einer Behandlung nicht aufgewacht? Selbst wenn er betrunken war. Und warum konnte sich der Täter so sicher sein, dass Gunnar keinen Widerstand leistet? Er ist ein großer, kräftiger Mann. Entweder war der Täter ihm körperlich überlegen ..."

»Dann muss er aber ein Profiboxer gewesen sein«, warf Jens ein.

»Oder er wusste genau, dass Gunnar Braun nicht aufwachen würde. Weil er ihn betäubt hatte.«

Jens grinste. »Klingt wahrscheinlicher als der Profiboxer.« Er wurde ernst. »Die Betäubungstheorie würde zu Gunnars Verwirrung passen. Der Kollege, der ihn ins Krankenhaus begleitet hat, sagt, Gunnar sei orientierungslos gewesen und könne sich an nichts erinnern. Zwar meinte der Arzt, diese Verwirrung könne auf den Schock zurückzuführen sein. Aber er hat Urin- und Blutproben genommen. Bald werden wir wissen, was Gunnar für ein Zeug im Blut hatte.«

»Gut.«

Hellmann biss sich auf die Unterlippe und dachte nach. »Spielen wir mal den Tathergang durch. Du bist Gunnar Braun und liegst auf dem Bett und schläfst. Warum hast du deine Kleidung an?«

»Ich bin volltrunken oder auf Drogen und hab es nur noch geschafft, ins Bett zu kriechen und meine Schuhe auszuziehen.«

»Okay. Ich bin der Täter. Ich habe die Tat geplant, deshalb habe ich Brandeisen und Handschuhe bei mir. Entweder habe ich dich schon sediert, oder ich tue es jetzt, dann packe ich dich bei den Füßen …«

»Du hast das Brandeisen in der Hand«, warf Jens ein.

»Dann … nein, das Brandeisen habe ich in der Partyscheune gelassen. Ich habe den Ofen angestellt und das Eisen hineingesteckt, damit es heiß wird. Dadurch spare ich Zeit.«

»Guter Gedanke.«

»Ich packe dich. Und schleife dich durch die Terrassentür zur Scheune.«

»Ich bin so weggetreten, dass ich keinen Widerstand leisten kann.«

»Ich schalte den Ofen aus, nehme das heiße Brandeisen und presse es auf deine Augen. Du erwachst. Schreist. Ich lasse die Tatwaffe fallen und entkomme durch das offen stehende Tor.«

Hellmann brach ab. »Zeig mir noch mal die Fotos.«

Jens holte sein Smartphone heraus und reichte es ihm. Zum zweiten Mal betrachtete Hellmann Gunnar Brauns verbranntes Gesicht.

»Sieh mal, wie gleichmäßig die Verletzungen sind. Wie präzise. Der Täter muss unglaublich kaltblütig gewesen sein. Gleichzeitig voller Hass, um einem anderen Menschen so etwas anzutun. Trotzdem ist die Situation nicht eskaliert. Es gibt keine Gewaltexzesse, kein ungeplantes Handeln. Er hat einfach getan, wozu er hergekommen ist, und ist dann verschwunden.«

»Stimmt. So etwas habe ich noch nicht erlebt.«

Hellmann betrachtete die umliegenden Häuser. »Wir sollten noch einmal die Nachbarn befragen. Vielleicht hat doch jemand irgendetwas gesehen.«

»Stört Sie der Hund?« Mit dem ganz eigenen Blick einer Hundemama betrachtete Heidi Stolze ihren jungen Mops, der interessiert an Hellmanns Bein schnüffelte. Sie trug eine Perlenhalskette über einer feinen Seidenbluse. »Er ist ganz lieb, aber manche sind ja allergisch.«

»Nein, kein Problem.«

Hellmann stellte sich vor und fragte sie, ob sie heute Nacht etwas beobachtet habe. »Von Ihrem Fenster aus haben Sie einen guten Blick auf Brauns Haus und auch auf die Scheune.«

»Leider nein. Ich habe auch mit meinem Mann darüber gesprochen. Wir haben Gunnar gehört, natürlich. Aber kommen Sie doch erst mal rein.«

Sie führte ihn ins Esszimmer zu ihrem adrett gekleideten Mann.

»Sturmius Stolze«, stellte er sich vor.

»Sie wundern sich vielleicht«, sagte Heidi. »Aber Sturmius ist ein traditionsreicher Vorname in Obermarsberg. Zur Zeit Karls des Großen suchte der Heilige Sturmius von Fulda einige Zeit Schutz auf dem Eresberg und soll dort, wo jetzt unsere alte Stiftskirche steht, einen Altar errichtet haben. In der Krypta haben wir Reliquien von ihm. Möchten Sie einen Espresso?«

»Nein, danke. Sie kommen aus einer geschichtsbewussten Familie?«

»Wasser?«

»Geschichtsbewusst sind hier alle.« Sturmius Stolze kratzte sich über seinen sorgfältig getrimmten, grau melierten Bart. »Bewusstsein für die Geschichte ist eine Sache. Aber mit Augenmaß, sag ich immer. Diese Mittelalterromantik, die hier propagiert wird, halte ich für höchst bedenklich. Das Mittelalter war kein rühmliches Kapitel der Menschheitsgeschichte. Kriege, Leibeigentum, Hexenverfolgung, Aberglaube. Und Karl der Große, den hier alle so bewundern, war doch in erster Linie ein Kriegstreiber und Sachsenschlächter.«

Während seiner Rede war Heidi in der Küche verschwunden und mit einem Tablett mit drei Tässchen Espresso und drei Gläsern Wasser zurückgekehrt. »Vielleicht gönnen Sie sich ja doch einen.«

Hellmann nahm einen Schluck von dem heißen Getränk, das so stark und bitter war, dass er es nur mit großer Überwindung hinunterbekam.

»Wenn Sie mich fragen, ist der historische Markt den Aufwand nicht wert, der darum betrieben wird. Außerdem wird er einem praktisch aufgezwungen. Was ist mit den Oberstädtern, die nicht mitmachen wollen? Mit der Lärmbelästigung? Dem Müll? Der Beeinträchtigung durch die ganzen Touristen? Man kommt nicht einmal mehr mit dem Auto ins Dorf. Ich halte davon nicht viel. Aber das darf man hier in Obermarsberg nicht laut sagen, sonst gilt man als Heimatverräter. Wenn ich etwas über Geschichte erfahren will, gehe ich ins Museum, und da ist der ganze Krempel gut aufgehoben!«

Sturmius nahm das Espressotässchen und trank einen genussvollen Schluck. Hellmann bevorzugte das Wasser.

»Wie steht Gunnar Braun zu dem Thema?«

»Gunnar ist auch kein Freund des Marktes, aber ihm geht es mehr um den Naturschutz. Sie können sich vorstellen, welche Beeinträchtigung die vielen Tausend Besucher des Marktes für die Wälder und Tiere darstellen.«

»Hatte er deshalb Streit mit jemandem? Oder aus einem anderen Grund?«

Sturmius überlegte. »Es gab Streit. Natürlich, den gibt es doch immer. Gunnar ist kein einfacher Kerl. Er redet den Leuten nicht nach dem Mund. Wenn ihn etwas stört, dann sagt er das auch.«

»Und Sie und er? Wie ist Ihr Verhältnis?«

Sturmius beugte sich zu seinem Mops hinunter und tätschelte ihm liebevoll den Kopf. »Unser Otto mag ihn, und das sagt eigentlich alles. Allgemein kommt er mit Tieren besser klar als mit Menschen.«

Hellmann fragte nach Feinden, nach der fremden Frau, ob Stolze wisse, was Gunnar gestern gemacht habe und wann er nach Hause gekommen sei, aber der Nachbar konnte ihm nicht weiterhelfen.

»Ich sage Ihnen, wer es war, Herr Kommissar: Ein Verrückter. Fahren Sie nach Marsberg in die Forensik. Da werden Sie genug davon finden, das können Sie mir glauben.«

Was sie bisher gesehen hatten, war keineswegs das Werk eines Verrückten, dachte Hellmann. Alles wies darauf hin, dass der Täter gut geplant, strukturiert und fokussiert vorgegangen war. Als er das Haus der Stolzes verließ, hatte er das Gefühl, keinen Schritt weitergekommen zu sein.

Er hielt nach Jens Ausschau, als er jemanden vor der Polizeiabsperrung stehen sah. Es war ein Typ in Jeans und knalligen roten Turnschuhen. Er musterte den Tatort mit unverhohlenem Interesse und schien nicht zu bemerken, wie Hellmann näher kam. »Kann ich Ihnen helfen?«

Der Typ zuckte leicht zusammen, fing sich jedoch schnell wieder. Lässig schob er die Hände in die Taschen.

Er betrachtete Hellmann von oben bis unten. »Sind Sie ein Polizist?«

»Ja.«

»Dann muss ich Ihnen was erzählen. Mein Name ist Ralf Theile, und ich habe Gunnar gestern Nacht nach Hause gebracht.«

»Tatsächlich?«

»Vielleicht wollen Sie mitkommen? Mein Vater ist der Leiter des Heimatmuseums. Er glaubt, dass der Täter das Brandeisen dort entwendet hat.«

Hellmann schrieb Jens eine Nachricht und begleitete Theile, der ihm auf dem Weg berichtete, was sich am gestrigen Abend zugetragen hatte. Als er den Umtrunk am Dorfbrunnen erwähnte, horchte Hellmann auf. »Wer war dabei?«

»Eigentlich alle, die beim Aufbau des Marktes geholfen hatten. Gestern waren es besonders viele.«

Als Hellmann hörte, in welchem Zustand Gunnar am Ende des Abends gewesen war, konnte er seine Erregung kaum zügeln. »Sie müssen mir bitte eine Liste geben, wer alles dort gewesen ist. Heute noch. Das ist sehr wichtig.«

Sie erreichten das Heimatmuseum, wo der Vater sie erwartete. »Norbert Theile«

Hellmann gab ihm die Hand. »Bei Ihnen fehlt ein Brandeisen?«

»Ja. Als mein Sohn mir von dem Fund erzählte, wollte ich es erst nicht glauben. Aber der Gedanke ließ mir keine Ruhe, also habe ich nachgesehen.«

Der Museumsleiter ging voraus und führte Hellmann in einen Raum, wo historische Waffen und Werkzeuge ausgestellt waren. Es gab auch Brandeisen aus dunklem Metall, und sie waren von derselben Machart wie das Eisen am Tatort, das sah Hellmann auf den ersten Blick.

»Haben Sie ein Bild von dem fehlenden Brandeisen?«, fragte Hellmann.

»Mit Sicherheit.« Der Museumsleiter verließ den Raum, und Hellmann hörte ihn nach Karlchen rufen. Er holte sein Smartphone heraus und wählte Gebhards Nummer. Sobald die Techniker Zeit hatten, sollten sie sich das Museum vornehmen. Dann machte er Fotos von den übrigen Eisen und dem Raum. Er war jetzt schon überzeugt, dass die Tatwaffe von hier stammte.

»Hier ist das fehlende Eisen.« Der Museumsleiter kam mit einem aufgeschlagenen Buch zurück, im Schlepptau einen rotgesichtigen Kerl, der Hellmann neugierig anstarrte.

Das Bild zeigte das Eisen mit dem breitschenkligen V. »Hat das eine Bedeutung?« Hellmann zeigte auf die Spitze.

»Das ist eine alte germanische Rune. Ken. Sie bedeutet Fackel oder auch Erleuchtung.« Norbert lachte humorlos. »Ein schlechter Scherz.«

Hellmann konnte ihm nur zustimmen. »Das ist unsere Tatwaffe. Wissen Sie, wie lange das Eisen schon fehlt?«

Norbert Theile schüttelte bedauernd den Kopf. »Nein. Karlchen, kannst du etwas dazu sagen?«

»N, n«, machte der Mann.

»Bei der Inventur am Jahresbeginn war es noch da. Aber ich kann mir gar nicht erklären, wie das passieren konnte. Das Museum ist mittwochs und sonntags geöffnet, aber es ist immer einer von uns da. Und so ein großes Brandeisen kann man nicht mal eben unter der Jacke verstecken. Das wäre uns aufgefallen. Oder, Karlchen?«

Der kleine Rotgesichtige nickte eifrig. »Wenn ich Dienst habe, klaut niemand was.«

»Einen Einbruch gab es auch nicht?«, fragte Hellmann. »Gut. Dann sagen Sie mir bitte, wer außer Ihnen beiden noch einen Museumsschlüssel hat.«

»Unsere Fremdenführer«, antwortete Norbert Theile. »Das sind Mirko Siebers, Winfried Raschke, Till Walters Senior und Irmtraud Wicke, unsere ehemalige Lehrerin. Außerdem hat Manfred Nüsken natürlich einen Schlüssel. Er führt das Museumscafé und die Bäckerei im Dorf.«

Hellmann notierte die Namen. Dann bat er die beiden Männer, ihn hinauszubegleiten. Das Museumsgelände war bis zur Beendigung der Spurensicherungsarbeiten gesperrt.

Während Hellmann auf Gebhard wartete, telefonierte

er mit Jens, der die restlichen Nachbarn befragt hatte, aber nichts Neues zu berichten wusste.

Als Jens die Nachricht vom verschwundenen Brandeisen hörte, wurde seine Stimme laut vor Erregung. »Endlich kommen wir der Sache näher! Wir müssen natürlich mit allen reden. Vielleicht hat doch einer das Fehlen des Eisens bemerkt.«

»Ja, das sollten wir. Außerdem gab es gestern noch einen interessanten Zwischenfall. Jemand wurde guillotiniert.«

»Was?«

»Eine Spaßguillotine.« Hellmann lachte. »Offenbar geht es nur darum, ins Wasser zu fallen. Aber Gunnar Braun soll jemanden verärgert haben. Einen Micha Bannenberg. Später soll Gunnar sturzbetrunken gewesen sein und wurde von zwei jungen Männern nach Hause gebracht. Mit einem der beiden habe ich bereits gesprochen.«

Ralf Theile hatte den Vorfall an der Wasserguillotine als harmlosen Spaß beschrieben, aber Hellmann dachte, dass Bannenberg die Situation vielleicht anders empfunden hatte. Man konnte nie wissen, welche Emotionen unter der Oberfläche brodelten, und um eine Eskalation auszulösen, genügte oft eine Nichtigkeit. Während seiner Ausbildung in Meschede hatte Hellmann erlebt, dass ein Mann seinen Nachbarn totgeschlagen hatte, weil dieser ihm Schnee vor die Einfahrt gekippt hatte. Niemand hatte das begreifen können. Erst nach und nach, bei langen Vernehmungen auf der Polizeiwache, berichtete der Täter von den jahrelangen Demütigungen, die der Tat vorausgegangen waren.

Vielleicht war so etwas auch hier passiert. Der Täter war zwar planvoll und strukturiert vorgegangen, aber auch voller Hass und Entschlossenheit. Er hatte Gunnar Braun bestrafen wollen. Auge um Auge, so hieß es doch.

Kapitel 12

Der Waffelstand war fertig. Kanea wollte sich mit Jessica treffen, und Finn schlenderte durch die Eresburgstraße. Die kargen Hütten hatten sich innerhalb eines Tages in mittelalterliche Stände verwandelt. Die großen Töpfe der Waschweiber befanden sich auf einer Wiese. Daneben hingen meterlange Wäscheleinen. Am Pranger stand eine mannsgroße Puppe mit Helm und buntem Wams. Jemand hatte sie dort festgebunden. Die Bierzelte und Fressbuden schienen schon auf Gäste zu warten. Der historische Markt würde pünktlich beginnen können.

Sturmius Stolze kam ihm mit seinem Mops entgegen und schimpfte lautstark darüber, dass er sein Auto wegfahren musste. »Niemand hat mich gefragt, ob ich diesen dämlichen Markt vor meiner Tür will.«

»Das ist doch jedes Mal so«, sagte Frau Henne kopfschüttelnd.

»Ich sehe das überhaupt nicht ein! Was wollen die machen, wenn ich mich weigere?«

»Es wurde im Ortsbeirat beschlossen.«

»Nur weil Felix Raschke im Stadtrat sitzt, braucht Winfried nicht zu glauben, er könne mit uns tun und lassen, was er möchte.«

»Ich würde das Auto lieber wegfahren, sonst treten die Betrunkenen dir noch die Außenspiegel ab.«

Das brachte Sturmius zum Schweigen. Finn grüßte und ging schnell weiter. Vor dem Heimatmuseum sah er seinen Vater mit Karlchen und einem Fremden stehen, der telefonierte. Also hatte sich Norberts Verdacht bestätigt. Das

Brandeisen war tatsächlich aus dem Museum gestohlen worden. Finn betrachtete den Fremden, der mit seinen halblangen Haaren und der Jeans eher wie ein Student aussah als wie ein Polizist.

Sturmius Stolzes Mops wuselte um seine Füße herum.

»Das ist doch der Polizist, der bei mir war. Hellmann. Was tut er denn im Museum?«

Finn hatte keine Lust, es ihm zu erklären, und zuckte mit den Schultern, doch Sturmius war schon von alleine draufgekommen. »Bestimmt geht es um das Brandeisen. Das ist wirklich nicht zu fassen. Weißt du, dass man so die Verbrecher im Mittelalter bestraft hat? Jetzt siehst du, wohin dieser Wahnsinn führt, Junge. Ich habe es ja immer gesagt. Und dann auch noch Gunnar, der sich nun wirklich nichts hat zuschulden kommen lassen.«

Verbrecher im Mittelalter, dachte Finn. Er sah wieder die Puppe am Pranger vor sich. Sah Thomas gefesselt, mit einem Sack über dem Kopf und einem verschimmelten Brot um den Hals. *Verbrecher im Mittelalter.*

Thomas stand hinter der Theke der Bäckerei Nüsken. Finn konnte ihn durch das Schaufenster sehen. Als er eintrat, zuckte der Geselle zusammen. »Du bist es.«

»Was ist los?«

Thomas machte eine linkische Bewegung. »Ach, weiß auch nicht. War grade in Gedanken. Was willste?«

»Keine Brötchen. Ich wollte hören, wie es dir geht.«

Der Bäckergeselle sah überrascht aus.

»Nett, daste fragst. Bist der Einzige, den es interessiert. Cheffe sagt, ich soll mich nicht so anstellen. Meim Vadda hab ich's gar nicht erzählt. Der sagt mir eh nur, ich sollt' zurück auf'n Hof kommen. Hab ich aber keinen Bock drauf.«

Er nahm seine Schürze ab und hängte sie an den Haken. »Komm, wir rauchen eine.«

Sie setzten sich draußen auf die Treppe, und Thomas klaubte eine Selbstgedrehte aus seinem Tabakpäckchen.

»Cheffe sieht das nicht gerne, aber der ist heut eh drüben. Aber ich brauch's heute. Siehste?« Er hielt seine ausgestreckte Hand vor Finns Nase. Sie zitterte sichtbar.

»Die Nerven. Seit vorletzter Nacht hab ich das.« Er steckte sich eine an und sog den Rauch tief ein.

»Drüben? Du meinst im Museumscafé? Aber ihr habt doch freitags gar nicht geöffnet.«

»Nee, aber er hat sein Büro dort.«

Sie saßen schweigend auf den Stufen, und Thomas zog eine Ladung Speichel hoch und spuckte zwischen seinen Füßen aus. So wie er dasaß, konnte Finn die Hämatome an seinen Handgelenken sehen.

»Gut, dass Cheffe nicht hier ist«, sagte Thomas grinsend.

Finn wäre am liebsten wieder gegangen. Doch da war etwas, das ihn nicht mehr losließ. Ein Zusammenhang. Aber eher ein Gefühl als irgendein logischer Gedanke. *Verbrecher im Mittelalter.*

»Hast du mit Ralf gesprochen?«, fragte Thomas. »Oder haste sonst was gehört? Wer mich angebunden hat?«

Finn schüttelte den Kopf. Dann fiel ihm etwas ein. »Ich glaube die Wicke hat dich gesehen«, sagte er. »*Der Bäcker steht am Kaak*, hat sie zu mir gesagt.«

Thomas schnaubte. »Kann schon sein. Die streift nachts durch die Straßen. Hab die mal am Fenster stehen sehen, wo ich noch bei Linda gewohnt hab. Hat direkt in meinen Schlafraum geglotzt, die Alte. Die hat echt nicht mehr alle Latten auf dem Zaun!«

Thomas hatte bei Brauns gewohnt. *Richtig, zu Beginn seiner Ausbildung.* »Linda ist mit dir verwandt, oder?«

»Ja, sie ist 'ne Cousine. Meine Noten waren ziemlich beschissen, also hat sie mir die Stelle bei Nüsken besorgt.«

»Und mit der Wohnung?«

»Hat sie mir auch geholfen. Solang die noch nicht fertig war, hat sie mich bei sich pennen lassen.«

Thomas schnippte die Kippe auf die Straße und ging in den Laden zurück, wo er sich die Hände wusch.

Finns Blick blieb an dem Schlüsselkasten hängen, der neben dem Waschbecken an der Wand hing. Vermutlich wurde dort auch der Museumsschlüssel aufbewahrt, den jeder, der sich allein im Laden befand, unbemerkt herausnehmen konnte.

»Gunnar und du, ihr hattet doch Stress, oder?«

Thomas trocknete sich die Hände ab. »Wie kommste da jetzt drauf?«

»Er wollte, dass du so schnell wie möglich ausziehst. Hat er dich nicht sogar rausgeworfen? Was war noch mal der Grund? Hattest du geklaut?«

»Was soll das denn? Spinnst du?«

Finn zuckte mit den Schultern. »Wenn du einen Verdacht hättest, wer dich an den Pranger gebunden hat, würdest du es ihm heimzahlen, oder?«

Kapitel 13

Hellmann war bereits auf dem Weg zu Micha Bannenbergs Meldeadresse gewesen, als der Anruf aus dem Krankenhaus kam. Gunnar Braun war aus der Narkose erwacht und ansprechbar. Sofort kehrte er um und fuhr nach Brilon.

Als er durch die langen Flure des Maria Hilf ging, kamen Erinnerungen in ihm hoch. An seinen ersten Fall mit Mordermittler Thorsten Seidel, an die Suche nach Anne Kirsch und wie er sich selbst versprochen hatte, eines Tages auch nach Dortmund zu gehen. Weg von den Einbrüchen und den betrunkenen Randalierern, hin zu richtigen Kriminalfällen.

Hellmann klopfte leise an die Tür. Gunnar Braun war der einzige Patient in dem Doppelzimmer. Bei ihm saß eine zierliche Frau, die offenbar die Ehefrau war. Die beiden gaben ein seltsames Paar ab. Er, der selbst im Krankenhausbett riesig wirkte, sie, viel kleiner und mit einem runden, kindlichen Gesicht. Von Gunnars Kopf waren nur Nase, Mund und ein kräftiges, stoppeliges Kinn zu sehen, den Rest bedeckten Verbände.

Als Hellmann sich vorstellte, drehte er den Kopf in seine Richtung, als könnte er ihn sehen. »Polizei?« Seine Stimme klang rau.

»Wie geht es Ihnen, Herr Braun? Haben Sie Schmerzen?«

»Im Moment nicht. Die haben mich vollgepumpt bis obenhin. Ich fühle überhaupt nichts mehr. Alles ist gedämpft.« Er bewegte suchend den Kopf.

Seine Frau griff nach seiner Hand und drückte sie.

»Meine Kollegen sagen, Sie könnten sich an nichts erinnern«, sagte Hellmann.

»Das stimmt.« Der große Mann seufzte. »Ich weiß nichts mehr. Es ist, als hätte gestern Abend jemand das Licht ausgemacht. Ich sitze am Tisch, sehe Jess, die ihre roten Haare um den Finger dreht, immer weiterdreht, und dann dreht sich alles. Dann nichts mehr.«

Hellmann entging nicht, dass seine Frau kaum merklich die Lippen zusammenpresste. »Wer ist Jess?«

»Ach, niemand. Eine junge Frau aus dem Dorf.«

»Jessica Schütte«, erklärte Frau Braun. Sie stand auf und gab Hellmann die Hand, dabei reichte sie ihm nicht mal bis zum Kinn. Ihre Stimme passte zum Gesicht. Hell, und definitiv jünger klingend, als sie war.

Wie kommt eine so kleine Frau zu einem Riesen wie Gunnar Braun? Er musste an die amerikanische Schauspielerin und den Boxer denken. Wladimir Klitschko. »Wissen Sie, wer Ihnen das angetan haben könnte? Oder haben Sie eine Vermutung?«

Gunnar Braun lachte freudlos und ballte die Fäuste.

»Wenn ich das wüsste …« Er brach ab, und seine Schultern sackten herab. »Ich weiß es nicht. Ich habe keine Idee.«

»Gibt es niemanden, der Ihnen etwas heimzahlen möchte?« Hellmann sah ihn atmen. Sein Brustkorb hob und senkte sich.

»Wir haben selbst schon darüber nachgedacht«, antwortete Linda Braun für ihren Mann. »Wir denken an kaum etwas anderes. Es muss ein Fremder gewesen sein. Ein Einbrecher.«

Hellmann sagte ihr nicht, wie unwahrscheinlich das war. »Wir überprüfen das natürlich.« So etwas tat kein Fremder. Nein, das Motiv musste persönlich gewesen sein.

»Haben Sie jemanden verärgert, Herr Braun? Denken Sie nach! Es kann eine Weile zurückliegen.«

Gunnar Braun schüttelte den Kopf. »**Nein!** Kein Oberstädter würde so etwas tun.«

»Was ist mit Micha Bannenberg? Sie haben ihn gestern ins Wasser geworfen, erinnern Sie sich daran?«

Zum ersten Mal verzog er den Mund zu der Andeutung eines Lächelns. »Daran erinnere ich mich. Das war lange überfällig. Ab und zu braucht der eine Abreibung.«

»So? Ist es häufiger vorgekommen, dass Sie ihm eine Abreibung verpasst haben?«

»Manchmal. Wir sind zusammen zur Schule gegangen. Er war damals ein kleiner Tyrann, ist er heute noch. Fragen Sie mal die armen Schweine, die in seine Seminare gehen. Wir haben uns oft geprügelt, aber es war nie lange böses Blut zwischen uns. Wenn einer von uns ein Problem hatte, haben wir es ausgetragen. So war das immer schon.«

»Okay.«

Hellmann dachte, dass er unbedingt mit diesem Micha sprechen musste. Ihm fiel auf, dass Linda starr aus dem Fenster blickte, und er ärgerte sich darüber, dass er ihr während Gunnars Erzählung wenig Aufmerksamkeit geschenkt hatte. Sie wirkte, als wäre sie bemüht, ihr Gesicht unter Kontrolle zu halten. Vielleicht sollte er sie nach ihrer Beziehung zu Micha Bannenberg besser unter vier Augen fragen.

»Frau Braun.« Er machte eine Pause, bis sie ihn ansah. Ihr Gesichtsausdruck war verschlossen. »Da ist noch etwas, das ich nicht ganz verstehe. Ihr Mann wurde gestern von zwei jungen Männern nach Hause gebracht und ins Bett gelegt. Dann muss der Täter gekommen sein, der ihn aus dem Bett gezogen und durch die Terrassentür und über den Gehweg geschleift hat.«

Er sah, dass sie wieder die Hand ihres Mannes hielt. Ihre Finger schlossen sich fest um Gunnars, aber sie wich Hellmanns Blick nicht aus.

»Wie kommt es, dass Sie von alldem nichts mitbekommen haben?«

»Mein Mann und ich schlafen in getrennten Zimmern. Seit Jahren.«

»Trotzdem hätte Sie doch etwas hören müssen.«

»Ich hatte eine Tablette genommen. Dann schlafe ich immer sehr fest.«

»Was für Medikamente nehmen Sie?«

Sie zögerte. »Rohypnol.«

Hellmann stutzte. Ein so starkes Schlafmittel war ungewöhnlich. »Leiden Sie unter Depressionen?«

Ihr Gesichtsausdruck verhärtete sich. »Das geht Sie nichts an, fürchte ich.«

»Da mögen Sie recht haben.«

Hellmann wünschte Gunnar Braun baldige Besserung und verließ das Krankenhaus. Bereits draußen auf dem Weg zum Parkplatz hatte er sein Handy am Ohr.

»Gebhard? Bist du noch am Tatort? Dann schick jemanden in Brauns Haus, um die Badezimmerschränke zu untersuchen. Dann mach es halt selbst. Die Frau hat dort Benzodiazepine aufbewahrt. Und nimm Vergleichsproben.«

Er stieg in seinen Wagen und fuhr nach Obermarsberg zurück. Obwohl es bereits späterer Nachmittag war, wollte er heute noch mit Micha Bannenberg sprechen. Wenn sich sein Verdacht bewahrheitete, und der Täter Gunnar Braun ein Betäubungsmittel ins Bier gegeben hatte, musste er beim Umtrunk am Brunnen dabei gewesen sein. Wahrscheinlich auch beim Vorfall mit der Wasserguillotine. Vielleicht hatte der Täter Lindas Schlafmittel benutzt.

Hellmann versuchte sich vorzustellen, wie es sich abgespielt haben musste. Der Täter war Ralf Theile und Till Walters gefolgt, als sie Gunnar nach Hause gebracht hatten. Die beiden hatten den Schlüssel auf den Küchentisch gelegt und die Haustür offen gelassen. Wenn der Täter Gunnar gut kannte, wusste er auch, dass die Eheleute getrennte Schlafzimmer hatten. Vielleicht war ihm sogar bekannt, dass Linda Schlaftabletten nahm und nicht so schnell aufwachen würde.

Hellmann klingelte an Micha Bannenbergs Meldeadresse, doch dort öffnete niemand. Das Gartentor stand offen, also warf er einen Blick hinters Haus, wo er zwei Zelte und eine kleine Feuerstelle vorfand. Nutzte Bannenberg das gute Wetter, um im Garten zu campen? Er rief noch einmal, und das Gesicht einer runzligen Oma tauchte hinter einer Hecke auf.

»Der is' nich' da. Wat wollen Se denn von dem?«

»Wissen Sie, wo er ist?«

»Der is' mit seinem Kurs unterwegs. Fragen Se im Dorf.«

Hellmann befolgte ihren Rat und wurde zum Vorplatz der Schützenhalle verwiesen, wo er eine bunte, mittelalterlich gekleidete Truppe antraf.

»Der bunteste Vogel ist Micha«, hatte die Oma gesagt, womit wohl der Typ mit Batik-T-Shirt und Surferfrisur gemeint war. Neben ihm saßen zwei Frauen gefesselt am Boden. Eine von ihnen war auffallend hübsch, kurvig und mit blonden Haaren. Die andere trug ein schlichtes braunes Kleid und eine tief ins Gesicht gezogene Haube.

»Keine Sorge, Kommissar«, sagte Micha lachend, als Hellmann sich vorstellte. »Wir proben für ein Theaterstück. Die Damen werden natürlich umgehend losgebunden.«

Hellmann kommentierte das nicht, bat nur darum, den Mann kurz ungestört sprechen zu können. Sie entfernten sich ein Stück von der Truppe.

»Womit kann ich Ihnen helfen?«

»Sie wohnen in der Nähe der Brauns. Kennen Sie das Ehepaar gut?«

»Aber ja. Das ist mein ehemaliges Elternhaus. Ich bin dort aufgewachsen. Gunnar und ich sind ein Jahrgang. Wir waren zusammen in der Schule.« Micha hatte die Hände in seine Hosentaschen gesteckt und kickte nach kleinen Steinen. Er trug nur Flipflops.

»Und seine Frau Linda?«

»Hm.«

»Die Brauns und Sie ... wie haben Sie sich verstanden? Gab es Streit?«

Micha balancierte einen Stein auf seinem nackten Fuß. »Ganz gut.«

»Anscheinend hatten Sie gestern Abend eine Auseinandersetzung.«

»Sie meinen, dass er mich gestern ins Wasser geworfen hat. Ich bitte Sie. Das war ein Spaß unter Freunden.«

»Da habe ich etwas anderes gehört.« Hellmann wartete.

Micha schnippte den Stein nach oben und fing ihn mit einer eleganten Fußbewegung wieder auf. »Aber, Herr Kommissar, glauben Sie wirklich, ich hätte Gunnar gestern Nacht angegriffen? Das können Sie nicht ernst meinen.« Er grinste jungenhaft.

Hellmann beobachtete, wie ein Mann im waldgrünen Umhang die beiden gefesselten Frauen befreite. Die Blonde fiel ihrem Retter um den Hals, während die mit der Haube eher grimmig aussah. »Hatten Sie und Linda Braun ein Verhältnis?«, fragte er.

Micha stoppte den Stein abrupt unter seiner Fußsohle und sah Hellmann überrascht an. »Wie kommen Sie darauf?«

Er hatte natürlich keinen konkreten Anhaltspunkt für diese Vermutung, aber das brauchte Micha nicht zu wissen. Hellmann bemerkte, dass die Zofe zu ihm hinübersah. Ihr Gesicht sah nicht mehr ganz so grimmig aus. Eher erstaunt. War das nicht ...?

»Vor elf Jahren hatten wir was miteinander, aber na ja, das ist ewig her.«

Hellmann sah Micha an und rechnete nach. »Vor elf Jahren? Da war Linda wie alt?«

»Achtzehn, sie war achtzehn. Und ich fünfundzwanzig. Na und? Das ist nicht verboten.«

»Da haben Sie recht. Wie sieht es mit einem Alibi aus? Was haben Sie heute in den frühen Morgenstunden gemacht?«

»Sie meinen, bevor ich zu meinem Nachbarn gelaufen bin, weil er gebrüllt hat wie ein verendender Stier?« Micha lächelte spöttisch. »Ich weiß ja nicht, was Sie um diese Zeit tun, aber ich habe geschlafen. Und leider nicht mit meiner Gruppe im Zelt. Ich habe ständig Seminare, und das macht mein Rücken auf die Dauer nicht mit.« Sein Lächeln vertiefte sich. »Macht mich das verdächtig, Herr Kommissar?«

Hellmann ließ sich nicht auf seinen provozierenden Tonfall ein. »Nicht mehr als andere.«

Er ließ Micha stehen und ging zu der Frau mit der Haube. Tatsächlich, es war Anne Kirsch. Was tat sie hier? Unsicher, wie er sie begrüßen sollte, hob er die Hand.

Sie griff danach und fing sofort an zu reden. »Sie sind der Polizist, nicht wahr? Bestimmt möchten Sie mich sprechen, weil ich bei der Versorgung von Gunnar Braun geholfen habe. Gehen wir ein Stück.«

Er folgte ihr perplex. »Was soll das?«

»Entschuldige das kleine Theater«, unterbrach sie ihn hastig. »Wie du siehst, bin ich mittlerweile eine ganz passable Schauspielerin. Die anderen wissen nicht, dass ich bei der Polizei bin, und ich würde es gerne so belassen.«

»Okay.« *Schauspielerin?* »Was machst du hier? Ermittelst du etwa wieder verdeckt?«

»Nein!« Sie zögerte. »Ich mache hier so einen Kurs. Heiko kennt diesen Micha Bannenberg und hat mich draufgebracht. Wir machen Geocaching-Wanderungen und spielen Theater.«

Ihr Gesicht hatte einen merkwürdigen Ausdruck bekommen, und Hellmann wusste ganz genau, dass sie ihm nicht die ganze Wahrheit sagte.

Von wegen Schauspielerin. »Theater. Und dafür belegst du einen Kurs im Sauerland?«

Anne lächelte gezwungen. »Warum nicht? Wir machen bei dem historischen Markt mit, der morgen stattfindet. Es geht darum, neue Erfahrungen zu sammeln und seinen Horizont zu erweitern.«

»Du bist also als Privatperson hier?«

»Ja.«

»Und was hattest du dann an meinem Tatort zu suchen?«

»Das war wirklich Zufall. Wir kampieren bei Micha im Garten, und Gunnar Braun wohnt in der Nähe.«

»In Ordnung.« Hellmann atmete aus. »Dann wird das wohl nicht wieder vorkommen. Aber wenn doch, brauchst du meine Kollegen nicht wieder darauf hinzuweisen, ob etwas nach Unfall aussieht oder nicht. Die haben selbst Augen im Kopf.«

Sie zuckte mit den Schultern. »Ich wollte vermeiden, dass dir jemand deinen Tatort kaputt macht. Aber jetzt sag, warum bist du hier? Hat Micha etwas mit der Tat zu tun?«

Sie kann es einfach nicht lassen, dachte er genervt.

»Eigentlich darf ich nicht mit dir darüber reden, Anne. Aber bevor du dir irgendwelche Gedanken machst, nein, es gibt keinen Hinweis darauf. Ich habe mit Gunnar geredet und …«

»Wie geht es ihm?«

»Den Umständen entsprechend gut. Aber leider war er sehr verwirrt und konnte sich an nichts erinnern.«

»Warum war er in der Scheune? Er hatte keine Schuhe an, ist dir das aufgefallen?«

»Einigen wir uns darauf, dass ich den Fall bearbeite, ja? Und du genießt deinen Urlaub.«

»Urlaub«, wiederholte sie mit zusammengebissenen Zähnen und schnaubte.

»Kein Urlaub?«

»Doch, doch.«

Hellmann fiel ein, was Gunnar gesagt hatte. *Ein Tyrann.* »Wie ist Micha so? Macht er seine Sache gut?«

Anne schwieg einen Moment. »Es macht ihm Spaß, Leute zu manipulieren«, sagte sie dann, »und er besitzt keinerlei Empathie. Wenn du mich fragst, ist er ein verdammter Soziopath.«

Kapitel 14

Auf dem Weg nach Hause dachte Finn über die Museums-schlüssel nach. Die Polizei überprüfte jeden, der einen hatte, das wusste er von seinem Vater. Aber was war zum Beispiel mit Thomas? Er war die meiste Zeit allein in der Bäckerei und hätte den Schlüssel jederzeit unbemerkt an sich nehmen können.

Ach, du spinnst doch. Thomas würde niemanden so schwer verletzen. Du kannst ihn nicht leiden, allein deshalb traust du ihm das zu. Dabei hat er dir nie etwas getan. Wenn du der Polizei steckst, dass er Zugang zum Museumsschlüssel hatte und dass Gunnar und er Streit hatten. Dass Gunnar ihn vielleicht an den Schandpfahl gebunden hat …

Er dachte daran, wie Thomas Fliegen mit der hohlen Hand fing und unter seinem Schuh zerquetschte. Abgesehen davon hatte Finn nie erlebt, dass er gegen irgendjemanden gewalttätig wurde. *Traust du ihm das wirklich zu?*

Nein, dachte Finn. Er traute es ihm nicht zu. Aber wer sonst könnte es getan haben? Finn stieg die Treppe zu seiner Wohnung hoch und klopfte an Ralfs Zimmer. Er musste mit jemandem reden, doch sein Bruder war nicht zu Hause.

Als er wieder herunterkam, hörte er seine Eltern unten in der Küche. Norbert erzählte Eva von dem Besuch des Poli-zisten im Museum. Als Eva Finn sah, unterbrach sie ihn. »Das Abendessen ist gleich fertig. Weißt du, wo Ralf steckt?«

»Nein.« Finn atmete den schweren Duft der Gulaschsup-pe ein.

Seine Mutter kochte sie immer am Vorabend des Mark-tes. Dann wurde sie für die kommenden Tage portionsweise kaltgestellt und eingefroren, sodass alle nach Belieben zu jeder Tages- und Nachtzeit essen konnten. Die letzten Male hatte ihn der Geruch mit unbändiger Vorfreunde erfüllt. Heute fragte er sich, wo Ralf war und ob er heute Nacht nach Hause kommen würde.

Sie aßen nur zu dritt. Norbert erzählte, dass Karlchen und er versucht hatten, eine Liste mit allen Museumsbesuchern der letzten Monate zu erstellen.

»Was natürlich völlig unmöglich ist«, setzte er hinzu. »Es kommen auch immer Fremde, außerhalb von Führungen. Und es wäre aufgefallen, wenn einer von denen versucht hätte, ein Brandeisen mitzunehmen. Aber Karlchen war nicht davon abzubringen. Er wollte unbedingt helfen.«

»Ein guter Junge«, bemerkte Eva. »Ernst kann froh sein, dass er ihn hat. Sonst wäre er allein in dem großen Haus.«

»Allein hätte er bestimmt nicht mehr dort wohnen können. Wie alt mag er sein? Bestimmt über achtzig. Überleg mal, Winfried ist schon sechzig geworden. Er war der älteste der fünf Brüder. Danach kommt Felix, der Stadtrat, Josef, der Golfspieler, und Sigmund, mit seinem Unternehmen in Beckum.«

Finn sah aus dem Fenster auf die Dächer der Häuser und das verblassende Tageslicht. Morgen würde der Markt beginnen. Er musste endlich eine Entscheidung treffen, sonst würde ihm das Problem keine Ruhe lassen.

Sein Blick fiel auf das kleine weiße Rechteck auf der Anrichte. Eine Visitenkarte, achtlos zur Seite gelegt.

Das Telefon klingelte. Eva erhob sich. »Ralf ist leider noch nicht da«, sagte sie in entschuldigendem Tonfall.

Sandra, dachte Finn. *Mit dieser Stimme spricht sie immer zu Sandra.* »Wie schade, dass ihr euch verpasst habt. Nein, ich weiß nicht, wo er ist. Ja, ich richte es ihm aus. Gib dem Kleinen ein Küsschen von mir.«

Als sie sich wieder setzte, sagte niemand ein Wort. Finn löffelte seine Suppe, und der Himmel draußen wurde dunkler und dunkler. Nach dem Essen spülte Norbert demonstrativ seinen Teller ab, was er sonst nie tat, und stellte ihn in die Spülmaschine.

»Ich gehe noch kurz vor die Tür«, sagte er.

Eva sah ihn nicht an. »Sieh zu, dass dein Sohn nach Hause kommt.«

Norbert nickte. »Kommst du mit, Finn?«

»Nein, jetzt noch nicht, vielleicht später.« Finn stellte ebenfalls seinen Teller in die Spülmaschine. Auf dem Weg zu seiner Wohnung griff er nach der Visitenkarte und nahm sie mit. *Kriminalkommissar Anton Hellmann.* Darunter waren eine Festnetz- und eine Handynummer angegeben.

»Herr Hellmann? Entschuldigen Sie die späte Störung. Ich weiß, es ist Freitagabend. Ich wollte Ihnen etwas sagen, aber vielleicht hätte ich doch besser bis morgen warten sollen.«

»Soll ich vorbeikommen?«, bot der Polizist freundlich an. »Ich bin noch in Obermarsberg.«

»Sie ...«

»Ich habe morgen Urlaub und wollte die Ermittlungen hier abschließen, damit wir das Museum wieder öffnen können. Wir wollen den Markt nicht stören.«

»Das ist nett.« Finn überlegte. »Es wäre mir lieb, wenn wir uns nicht bei mir zu Hause treffen. Kennen Sie den Schandpfahl?«

Die Figur am Pranger hatte einen Ring um den Hals und stand unterhalb der Plattform, auf der Finn Thomas gefunden hatte. Ihre Hände hielt sie halb erhoben, und eine Kette reichte von einer Handschelle zur anderen.

Der Polizist erwartete Finn bereits. Er stand an sein Auto gelehnt, die Hände in den Taschen seiner Fleecejacke. Es war derselbe Mann, den Finn vor dem Museum gesehen hatte.

»Jemand war dort festgebunden?«, fragte er ungläubig.

»Er heißt Thomas Kresnik«, berichtete Finn, »und arbeitet in der Bäckerei Nüsken. Er hat also Zugang zu einem Museumsschlüssel, und er hatte Streit mit Gunnar.«

Er berichtete das, was er wusste. »Als Gunnar Thomas rausgeworfen hat, gab es jede Menge Gerüchte. Was davon stimmt, weiß ich nicht.«

Hellmann betrachtete stirnrunzelnd den Pranger. »Du glaubst, Gunnar hat Thomas da festgebunden. Und der könnte sich gerächt haben? Das erscheint mir eine ziemlich überzogene Rache. Jemandem die Augen zu verbrennen.«

Finn störte sich nicht an dem Du, denn der Polizist war nicht viel älter als er selbst.

»Wenn man die Sache mit Thomas und dem Pranger erzählt, klingt sie nicht so schlimm. Aber das hat ihm ziemlich zugesetzt. Am Tag danach war er völlig fertig. Und vielleicht hat er Gunnar ja gar nicht im Gesicht erwischen wollen. Vielleicht war das ein Unfall.«

Hellmann öffnete das Gartentor und läutete an der Haustür des ehemaligen Rathauses. »Ich möchte mir diesen Schandpfahl mal aus der Nähe ansehen.«

Im Haus brannte kein Licht, und es kam niemand, um die Tür zu öffnen. Auf dem Weg zurück zur Straße blieb Hellmann neben dem Pranger stehen. »Pass auf, ob jemand kommt«, sagte er zu Finn. Dann griff er nach den Streben des Stahlkäfigs, der die obere Plattform umgab, und zog sich hinauf.

Kurze Zeit später kam er wieder runter. »Thomas Kresnik war gefesselt, sagst du? Womit?«

»Mit Kabelbindern. Er muss versucht haben, sich zu befreien, denn seine Handgelenke waren ganz blau.«

Er zeigte die Stellen an seinem eigenen Handgelenk, und Hellmann sah nachdenklich aus. Finn dachte, dass er wohl allmählich begriff, wie ernst dieser scheinbar harmlose Spaß am Pranger gewesen war.

»Ich rede mit Thomas Kresnik.«

Finn gab ihm die Adresse, und der Polizist schrieb noch ein paar Notizen dazu. Er zögerte, entschied dann aber, es zu erzählen, auch wenn Hellmann ihn für verrückt halten würde. »Da ist noch etwas.«

Der Polizist hob den Kopf. »Ja?«

»Es ist seltsam, dass das alles gerade jetzt passiert, wenn unser historischer Markt stattfindet. Im Mittelalter wurden Verbrecher an den Pranger gestellt. Zu dem Bäcker gibt es sogar eine Geschichte, siehst du? Hier.« Er deutete auf die kleine Schautafel, die neben dem Schandpfahl stand und auf der die Sage abgedruckt war.

»Ihm wurde ein Brot um den Hals gehängt, so wie Thomas. Gunnar Braun wurde gebrandmarkt. Das ist auch eine Methode, wie Verbrecher im Mittelalter bestraft wurden.«

»Tja, Finn.« Hellmann rieb sich die Stirn, er schien erschöpft zu sein. »Es hört sich nicht dumm an, was du sagst.« Er lächelte milde. »Aber es klingt wirklich ein wenig verrückt.«

◆

Finn verschwand in einer der Gassen, und Hellmann spürte, wie der lange und anstrengende Tag allmählich seinen Tribut forderte. Seit heute Morgen war er ununterbrochen unterwegs gewesen und hatte kaum etwas gegessen.

Aber wie er schon zu Finn gesagt hatte, morgen war sein freier Tag. Er wollte alle offenen Fragen klären, damit er den Kopf frei hatte und nicht ständig an den Fall denken musste. Also würde er jetzt noch Thomas Kresnik befragen und dann nach Hause fahren. Jens hatte angekündigt zu kochen, was gemischte Gefühle in Hellmann weckte. Soweit er sich zurückerinnerte, hatte sein Kollege noch nie etwas Derartiges getan.

Es war fast zweiundzwanzig Uhr, aber wohl nicht zu spät, um bei einem jungen Mann zu klingeln. Hellmann fuhr zu der Adresse, die ihm Finn genannt hatte. Es gab zwei Klingelschilder, doch die Namen waren bei dem schlechten Licht nicht zu entziffern. Hellmann drückte beide Klingeln.

»Ja?«, klang es verzerrt aus dem Türsprecher.

»Thomas Kresnik?«

»Der wohnt oben.«

Der Öffner summte, und Hellmann trat ein. Im Flur roch es muffig, und offenbar war die obere Beleuchtung kaputt. Eine einzige Lampe im Erdgeschoss sprang an.

Hellmann klopfte an Kresniks Wohnungstür, wartete und drückte dann die Klingel. Als sich die Tür endlich öffnete, blickte er in ein graues Gesicht mit wirren Haaren.

»Entschuldigung. Habe ich Sie geweckt?«

»Ja. Ich geh früh schlafen, muss um drei Uhr anfangen zu arbeiten.«

Natürlich. Er war Bäckergeselle. Hellmann verfluchte sich für seine Gedankenlosigkeit. »Das tut mir wirklich leid. Ich bin von der Polizei und wollte Ihnen nur ein paar Fragen stellen. Aber vielleicht lasse ich Sie besser schlafen und komme ein anderes Mal wieder.«

»Bin jetzt eh wach.«

Die Gestalt zog sich in die Wohnung zurück und ließ die Tür offen, was Hellmann als Aufforderung verstand. Er betrat den schummrigen Wohnungsflur. Von einer Wand leuchtete ihm ein Plakat entgegen, das ein düster wirkendes Herrenhaus vor blutrotem Himmel zeigte. Eine Neuinterpretation von Alfred Hitchcocks *Psycho*.

Thomas verschränkte die Arme vor der Brust, als würde er frieren. »Worum geht's?«

Hellmann kam sofort zur Sache. »Jemand hat Sie am Schandpfahl festgebunden. Das muss eine unangenehme Situation gewesen sein. Haben Sie eine Ahnung, wer es war?«

»Nein.«

»Auch keine Vermutung?«

»Nein.«

Thomas durchsuchte die Taschen seiner Jacke, schien aber nicht fündig zu werden. »Kommen Sie mit in die Küche, ich muss eine rauchen.«

In der Küche hingen noch mehr Filmplakate. *Tanz der Teufel. Halloween – Die Nacht des Grauens. Freitag der 13.* Nur Horror, stellte Hellmann fest.

Die meisten Filme kannte er nicht. Das Tabakpäckchen, das Thomas gesucht hatte, lag auf dem Tisch. »Wo waren Sie gestern Nacht?«

»Wieso?« Thomas strich sich die wirren Haare aus der Stirn und steckte sich eine Kippe an.

»Zu dieser Zeit wurde Gunnar Braun schwer verletzt, wie Sie bestimmt gehört haben. Wir überprüfen die Alibis von allen, die mit ihm zu tun hatten.«

Thomas nahm einen langen Zug und lachte bitter. »Für'n Moment hab ich wirklich gedacht, Sie suchen den Arsch, der mich an den Pranger gebunden hat. Aber so was schert euch Bullen ja nicht.«

»Sie können Anzeige erstatten, wenn Sie möchten. Dann würden wir uns darum kümmern«, entgegnete Hellmann.

Thomas brummte.

Als Hellmann nichts sagte, sondern ihn einfach nur abwartend ansah, ließ er sich schließlich doch zu einer Aussage herab. »Gestern Nacht hab ich nicht gearbeitet. War zu Hause.«

»Gibt es jemanden, der das bezeugen kann?«

»Nein.« Er starrte Hellmann herausfordernd an. »Beschuldigt mich jemand?«

»Nein. Wie gut kennen Sie Gunnar Braun?«

Thomas schnippte Asche in die Richtung eines überquellenden Aschenbechers. Sie landete auf der Tischplatte.

»Geht so. Linda kenn ich besser.«

»Sie haben bei den beiden gewohnt. Stimmt es, dass Gunnar Sie rausgeschmissen hat?«

»Finn hat mich verpfiffen, woll?« Er schnaubte abfällig. »Hätte ich wissen müssen, dass dem nicht zu trauen ist. Alle gleich. Eingebildete Oberstädter.«

Er zog an der Kippe, die schon bis auf den Filter heruntergebrannt war. Als der Rauch in seine Augen drang, blinzelte er. Dann drückte er sie an einer freien Stelle des Aschenbechers aus. »Die denken, sie wären was Besseres. Wegen ihrer Geschichte, wegen der ganzen Sagen. Ha! Angeblich hat sogar Siegfried hier seinen Drachen erschlagen. Als Schmallenberger kommt man da nicht zwischen. Ich bin keiner von denen und werd's nie sein.«

»Was ist zwischen Gunnar und Ihnen vorgefallen?«

»Er konnte mich nicht leiden, das ist alles. Hat behauptet, ich rauche in der Wohnung. Ist glatt gelogen. Angeblich hätte ich was kaputt gemacht. Er wollte mich raushaben, also hab ich die letzte Zeit in der Backstube geschlafen. Bis endlich die Wohnung fertig war.«

Hellmann notierte sich alles. Kresnik wirkte auf ihn nicht wie jemand, der einen Anschlag wie den auf Gunnar durchziehen würde. Aber er würde ihn im Auge behalten.

Als Hellmann nach Hause kam, roch es nach Pommes. Jens trug eine Grillschürze, auf der ein nackter Frauenkörper abgebildet war. Er breitete die Arme aus und deutete auf die Küche, als würde er Hellmann in einen Salon führen. »Voila, es ist angerichtet.«

»Lecker. Was gibt es? Pommes?«

»Mit selbst belegten Hamburgern!« Jens grinste selbstzufrieden.

Hellmann war so hungrig, er hätte sich sogar über eine Dose Ravioli gefreut. Zusammen machten sie sich über das Essen her und tranken gekühltes Bier.

»So habe ich mir eine Männer-WG vorgestellt«, schwärmte Jens.

Hellmann grinste kauend. »Solange wir nicht jeden Tag Pommes essen.«

»Machst du dir Sorgen um deine Figur? Was soll ich dann erst sagen?«

Jens tätschelte sein kleines Bäuchlein. »Nein. Eher, dass mir die Zähne ausfallen.«

»Alles, was der Körper braucht, ist hier drin«, erklärte Jens ernst und hielt die Flasche Bier hoch. »Aber wenn du es nicht glaubst, nimm noch 'ne Vitamintablette.«

Hellmann lachte. »Du spinnst.«

»Mag sein. Ich habe übrigens eben Frau Bonensteffen im Flur getroffen. Sie hat sich sehr interessiert nach dir erkundigt. Entweder bist du ihr suspekt, oder sie sucht jemanden für ihre Tochter.« Er grinste.

Schließlich kamen sie auf den Fall zu sprechen. Jens schob seinen leeren Teller von sich.

»Ich war auf der Polizeiwache und hab die Namen aller Beteiligten durch den Computer gejagt. Ich dachte, jemand, der imstande ist, einen hilflosen Mann brutal zu verbrennen, muss schon mal polizeilich aufgefallen sein.«

»Guter Gedanke. Und?«

»Nichts. Keine Vorstrafen. Das Einzige, was ich gefunden habe, betrifft Micha Bannenberg.«

Hellmann merkte auf. »Okay, lass hören.«

»Vor zehn Jahren haben die Eltern einer Linda Heinemann einen Gerichtsbeschluss gegen ihn erwirkt. Er durfte sich dem Mädchen nicht mehr nähern. Jede Wette, dass das unsere Linda Braun ist.«

♦

Nachdem Finn dem Polizisten alles erzählt hatte, ging er nicht wieder nach Hause, sondern steuerte den Dorfbrunnen auf dem Kaiser-Karl-Platz an. Thomas würde sauer auf ihn sein, aber er fühlte sich besser. Ob der Polizist ihm nun glaubte oder nicht, die Sache lag nicht mehr in seiner Verantwortung.

Er hörte die anderen, bevor er sie sah. Eine Frauenstimme lachte kehlig, während Mirko lauthals den Unterschied zwischen Hörnertee und Hörnerbrause erklärte. Norbert war nicht mehr da, aber Finn sah Ralf, der neben Mirko saß und etwas in sein Smartphone tippte.

Micha Bannenberg stand am Brunnen, trotz der nächtlichen Kälte nur im T-Shirt. Er hatte seinen Kurs mitgebracht, zwei Frauen und drei Männer, die auf einer Bank wie Hühner auf einer Stange hockten. Henning trug wieder seine Perücke und hatte sich vor ihnen aufgebaut. »Der Kampf der Geschlechter hört nie auf«, schwadronierte er. »Ein uralter Konflikt zwischen Männern und Frauen. Die einen haben es, die anderen wollen es.«

Micha hatte die Arme vor der Brust verschränkt und sah genervt aus. Finns Aufmerksamkeit wurde von einer Kaskade roter Haare abgelenkt, und er bemerkte zu seiner Überraschung, dass Jessica breitbeinig auf Tills Schoß saß. Seine Hand ruhte locker auf ihrem Oberschenkel.

Finn setzte sich zu Ralf, der nur kurz aufblickte und sich dann wieder auf seine Textnachricht konzentrierte. Kanea war auch da. Sie und ihre Freundinnen unterhielten sich über Gunnar. »Denkt ihr, er wird morgen kommen?«

»Kann ich mir nicht vorstellen. Mama meinte, er sei noch im Krankenhaus. Sie haben ihn heute operiert.«

»Ich frag mich, ob er wieder sehen kann.«

»Tut mir voll leid, dass er den Markt verpasst.«

»Sacht mal, tickt ihr noch ganz sauber?«, ereiferte sich Sturmius Stolze. »Dieser Markt, alles dreht sich nur um den bescheuerten Markt! Gunnar ist vielleicht blind! Und alles, was euch interessiert, ist der blöde Markt?«

Er sprang auf und zerrte seinen Mops zu sich. Offenbar hatte er schon einige Flaschen Bier getrunken. »Ich gehe! Mit diesem Scheiß will ich nichts zu tun haben.«

»Das hab ich doch nicht so gemeint«, zischte eins der Mädchen zurück, und zwischen Stolze und der Gruppe entbrannte ein heftiger Wortwechsel.

Mit einer effektvollen Bewegung strich Jessica ihr rotes Haar zurück. »Es muss schrecklich sein, wenn man nichts mehr sehen kann«, meinte sie seufzend und machte einen Schmollmund.

Dabei kuschelte sie sich gegen Tills Brust und würdigte Ralf keines Blickes. Trotzdem hatte Finn das Gefühl, dass sie seine Reaktion beobachtete.

»Welche Freuden einem da entgehen.« Sie lächelte träge. »Ich habe schon daran gedacht, meinen Internetauftritt zu überarbeiten. Vielleicht mit Ton zu unterlegen, was meint ihr?« Ihre Stimme war nicht laut gewesen, trotzdem schien es, als hätte man eine Bombe fallen lassen. Alle Gespräche waren schlagartig verstummt.

Finn spürte, wie Ralf sich versteifte. Finn verstand nichts. Was hatten alle? Was meinte sie?

Sturmius' Gesicht war feuerrot angelaufen. »Das ist das Geschmackloseste …«, fauchte er. »Wie kannst du nur …?«

Jessica erwiderte seinen Blick herausfordernd. »Tu doch nicht so scheinheilig, Sturmi. Du guckst es dir doch auch an, oder nicht? Weiß Heidi eigentlich davon? Oder lässt sie sich vielleicht sogar selbst inspirieren?«

Sturmius bekam riesige Augen, und sein Gesicht wurde weiß vor Wut. »Du … du … das hör ich mir nicht länger an!«

Ralf stand auf. Plötzlich geschah alles gleichzeitig. Ralf hatte Jessica gepackt und schüttelte sie. Till drängte sich dazwischen, aber Ralf stieß ihn zur Seite. Finn griff nach dem Arm seines Bruders, doch der war wie von Sinnen und riss sich los.

Jessica schrie und kratzte. Ralf brüllte: »Blöde Schlampe!«, und schlug ihr ins Gesicht. Wie in Zeitlupe sah Finn sie stolpern, ihre Tasche packen, davonlaufen. Ralf starrte ihr wutentbrannt hinterher.

Die anderen waren teilweise aufgesprungen, standen nun aber bewegungslos da. Wie Statisten in einem Improvisationstheater.

Finn nahm Ralf am Arm. »Komm, wir gehen nach Hause«, sagte er und zog seinen Bruder mit sich. Er verstand nicht, was gerade passiert war. *Unwichtig.* Das Ergebnis zählte.

Kapitel 15

Samstag, 2. September

Auf dem Flatscreen des Fernsehers nahm der blonde Hüne die Hand der Frau und begann über seine Gefühle zu reden. Jessica wechselte entnervt den Sender und blieb bei einer Kochsendung hängen. Sie zog die Decke bis zum Kinn hoch. Betrachtete ihr immer noch randvolles Glas Rotwein, auf das sie keine Lust mehr hatte.

Es war ein verdammtes Sinnbild ihres Lebens, dachte sie verbittert. Sich ein Glas vollzugießen, um es dann nicht mehr trinken zu wollen. Die Stimme ihrer Mutter in ihrem Kopf: *Warst du wieder zu gierig? Ich habe dir doch gesagt, du sollst dir nur so viel auf den Teller tun, wie du essen willst. Es wird alles aufgegessen.*

Den ganzen Tag war sie in dieser zerstörerischen Stimmung gewesen, dabei hatte gerade alles angefangen, sich zum Guten zu wenden. Sie hatte den Job in dem großen Autohaus bekommen und würde endlich ihren schmierigen Chef loswerden, der sie behandelte wie seine Dienstbotin.

Ralf hatte wieder angefangen, sie zu küssen, nachdem er es all die Jahre vermieden hatte, ihr nahezukommen. Er hatte ihr gefehlt. Vor allem der Sex und die Art, wie er sie morgens ansah, wenn er erwachte.

Normalerweise dauerte es länger, bis sie alles kaputt zu machen begann. Dabei war Ralf etwas Besonderes. Die Beziehung zu ihm während ihrer gemeinsamen Schulzeit hatte ihrem Zerstörungsdrang am längsten standgehalten. Drei Jahre lang.

In diesen drei Jahren hatte sie ihn geliebt und gehasst, trotzdem waren es die besten Jahre ihres Lebens gewesen, das wusste sie jetzt. Und doch hatte sie ihn heute absichtlich provoziert, und er hatte sie geschlagen. Zum ersten Mal.

Wieder hörte sie die Stimme ihrer Mutter: *Wenn du einen Mann anmachst und dann wegstößt, brauchst du dich nicht zu wundern, du Flittchen.*

Jessica erhob sich mit einem wütenden Ruck und goss das volle Glas Rotwein in die Spüle. *Du Schlampe hast mir gar nichts zu sagen.*

Sie betrachtete ihr Gesicht im Spiegel, die makellos schöne Haut, um die sie ihre Freundinnen immer beneidet hatten. Ihre Wange war nicht mehr gerötet. Der Schlag war nicht besonders fest gewesen. Versonnen hob sie die Hand und strich darüber. Wenn Ralf jetzt käme, würde er die Erinnerung wegküssen. Dann wäre alles wieder gut.

Das Schrillen der Türklingel zerfetzte die Stille.

Ralf. Sie überlegte, ob sie hingehen sollte. Er hätte es verdient, noch ein wenig zu schmoren. Heute hatte er eine Grenze übertreten, und er sollte nicht glauben, dass sie ihm das so einfach verzeihen würde.

Es klingelte noch einmal.

Jessica streifte ihren dünnen Morgenmantel über. Sie würde doch zur Tür gehen. Vielleicht stand Ralf dort mit einem Strauß Wiesenblumen, die er für sie gepflückt hatte. So wie damals.

Die Fliesen fühlten sich kühl unter ihren nackten Füßen an, als sie in den Flur tappte. Sie blickte durch den Türspion, konnte aber nichts erkennen. Unwillkürlich lächelte sie. Ralf hielt immer das Guckloch zu, wenn er eine Überraschung für sie hatte.

»Du schlimmer Junge«, sagte sie und öffnete die Tür. Kühle Nachtluft schlug ihr entgegen.

Der Mann, der draußen stand, sagte nichts. Er hob nur die Hand und presste sie grob auf ihren Mund. Dann drängte er sie rückwärts ins Haus.

◆

Anne erwachte von einem seltsamen Dröhnen und einem rhythmischen Klopfen, das schmerzhaft durch ihre Gehirnwindungen pochte. Sie hatte gestern bei dem Dorftreffen nur zwei Bier getrunken, trotzdem fühlte sie sich, als würde jemand hinter ihrer Stirn Schlagzeug spielen. »Schädelpils«, hatte Heiko das hiesige Bier öfter scherzhaft genannt, und jetzt wusste sie, was er damit gemeint hatte.

Sie schlug die Augen auf und blickte in Saskias strahlendes Gesicht, die mit wirrer blonder Mähne im Zelteingang hockte. »Micha spielt Didgeridoo. Ist das nicht cool?«

Das also war das seltsame Dröhnen. Anne zog sich gequält ein Kissen über den Kopf.

»Komm, steh auf, wir frühstücken jetzt. Heute ist unser großer Auftritt. Ich bin schon wahnsinnig aufgeregt!«

»Ist der Kaffee fertig?«

Als Anne aus dem Zelt kroch, hatte Micha sein Morgenkonzert beendet. Sie setzte sich zu den anderen, trank einen Kaffee und aß eins der Brötchen, die Kaestner vom Bäcker geholt hatte. »Habt ihr auch so einen Brummschädel?«

Grundmann warf ihr einen missbilligenden Blick zu. »Zu viel getrunken?«

»Eigentlich nicht.«

»Was für ein Abend!«, rief Saskia. »Dieser schreckliche Streit. Die ganze Nacht musste ich daran denken. Heute möchte ich noch mal mit dem jungen Mann reden und ihm sagen, dass es ist nicht in Ordnung ist, Frauen zu schlagen. Das war schlimm. Und auch, dass gestern niemand eingegriffen hat.«

»Sie hat ihn doch provoziert«, warf Grundmann ein. »Hast du das nicht gehört?«

»Doch natürlich. Auch wenn ich nicht verstanden habe, worum es ging. Aber das ist kein Grund, sie zu schlagen!«

»Du hast natürlich recht, Liebes«, unterbrach sie Micha mit sanfter Stimme. »So etwas geht mir auch gegen den

Strich, ganz klar. Aber sich in fremde Beziehungen einzumischen, ist problematisch, und glaub mir« – er hob den Zeigefinger –, »wenn ich nicht genau wissen würde, dass die beiden sich ebenbürtig sind, hätte ich eingegriffen.«

Saskia sah ihn verunsichert an.

»Meinst du?«

Micha lehnte sich zurück, schien die Aufmerksamkeit zu genießen. »Natürlich. Dieser Ralf ist der typische Erstgeborene. Von den Erwartungen des Vaters unter Druck gesetzt und vermutlich mit einem verschleppten Ödipuskomplex. Daher sein gestörtes Verhältnis zu Frauen. Über seine gescheiterte Beziehung zu Jessica ist er nie hinweggekommen, darüber würde ich Wetten abschließen. Wahrscheinlich war sie besonders gut im Bett. So wie sie redet und sich gibt, ist sie völlig hemmungslos, kennt keine Tabus und Grenzen. Damit kann eine Frau einen Mann auf ewig an sich fesseln. Er ist sexuell abhängig von ihr. Ein Fingerschnippen, und er leckt ihr den Staub von den Stiefeln. Glaubt mir, Jessica wusste gestern ganz genau, was sie tat. Deswegen hat niemand eingegriffen.«

Er lachte. »Eigentlich müsste *ihn* jemand vor *ihr* schützen. Aber wie schützt man jemanden, der nicht geschützt werden will?«

Anne zog beide Augenbrauen hoch. Hätte sie die Energie gehabt und wäre das Hämmern in ihrem Kopf nicht gewesen, dann hätte sie Micha klargemacht, wie lächerlich und daneben sie sein Psycho-Geschwafel fand, aber sie war einfach zu kaputt für die Diskussion und ließ ihren Gesichtsausdruck für sich sprechen. Saskia hingegen schien fasziniert.

»Interessante Person, diese Jessica«, stellte Kaestner fest.

»Ja.« Grundmann beugte sich vor. »Woher weißt du so viel über sie? Wart ihr beide mal liiert?«

Micha grinste. »Nicht meine Baustelle.«

Er zupfte sich die Lippen, tat geheimnisvoll. »Es gibt da etwas, das ich euch zeigen könnte, aber das hebe ich mir für später auf. Als Belohnung sozusagen. Für diejenigen, die den

Kurs besonders erfolgreich abschließen. Leider nur für Herren.« Er schenkte Saskia und Anne einen entschuldigenden Blick. »Aber, wenn ihr möchtet, kann ich mir für euch zwei Hübsche auch etwas ausdenken.«

»Lass mal stecken«, knurrte Anne.

Sein Lächeln vertiefte sich. »Für dich wird es Belohnung genug sein, wenn ich ein Gespräch mit deinem Vorgesetzten führe, hm? Je nachdem, was ich ihm zu erzählen habe.«

Anne spürte die neugierigen Blicke der anderen. Sie schaute Micha unverwandt in die Augen und versuchte unbekümmert auszusehen. Auf keinen Fall durfte sie ihn merken lassen, dass er an einen wunden Punkt gelangt war.

Sie wusste nicht, was Thorsten ihm erzählt hatte, aber er schien zu ahnen, dass ihre Karriere auf der Kippe stand. Dass ihre berufliche Zukunft an einem seidenen Faden hing. Micha nickte selbstzufrieden. Sollte er ruhig glauben, dass er sie in der Hand hatte. Vielleicht genügte ihm das. Sie würde den Kopf unten halten und den Ball flach. Bald würde sie ihn los sein.

♦

Als Finn erwachte, hörte er Stimmen vor dem Haus. Er erkannte Mirkos Bass, der jemandem erklärte, dass er auf dieser Straße nicht mehr weiterkomme, weil die nächste Kreuzung abgesperrt sei.

»Dreh am besten hier in der Einfahrt und stell dein Auto dort ab, wo es nicht stört. Nein, du kommst nicht mehr nach Marsberg.« Und nach kurzer Pause: »Pech gehabt, das ist doch jedes Mal so. Geh zu Fuß, dann tust du noch was für deine Gesundheit.« Mirko lachte.

Finn fühlte ein Kribbeln in den Fußspitzen. Er richtete sich im Bett auf und spürte die gespannte Erwartung wie ein Vibrieren in der Luft. Abrupt schwang er sich hinaus und lief die Treppe hinunter. Unten duftete es nach gebratenem Ei und Zwiebeln. Sein Vater saß im Schafanzug am Tisch.

Jemand hatte ihm ein frisches Gänseblümchen ins Knopf-loch gesteckt. Eva rief ein fröhliches *Guten Morgen!*, und das Beste: Ralf war da.

Finn setzte sich mit Schwung. »Heute ist es so weit. Der erste Markttag beginnt.«

Norbert nickte anerkennend. »Wir können stolz auf uns sein. Wir alle. Wieder einmal haben wir das Unmögliche möglich gemacht.«

Ralf lächelte schwach und trank stumm seinen Kaffee. Er sah mitgenommen aus, als hätte er schlecht geschlafen.

»Iss noch ein Brötchen«, ermunterte Eva ihn. »Dann geht es dir gleich besser. Möchtest du ein Aspirin?«

»Nein, danke. So schlimm ist es nicht.«

»Dass ihr am Vorabend so viel trinken müsst«, sagte Norbert kopfschüttelnd. »Als gäbe es heute nicht genug.«

Ralf blieb das ganze Frühstück hindurch schweigsam und in sich gekehrt. Ihre Eltern ließen ihn in Ruhe, glaubten an einen Kater, und Finn, der es besser wusste, sagte nichts dazu.

Als Ralf nach oben in sein Zimmer ging, folgte Finn ihm und schloss die Tür hinter sich. »Alles in Ordnung mit dir?«

»Nichts ist in Ordnung. Du warst doch gestern dabei. Ver-dammt! Ich habe noch nie eine Frau geschlagen. Was bin ich nur für ein Mensch?«

Er ließ sich auf sein Bett fallen. Finn ging zu seinem gro-ßen Bruder und strich ihm über den Rücken.

»Komm, vergiss es einfach! Ihr wart betrunken, sie hat dich provoziert.«

Ralf vergrub das Gesicht im Bettzeug. Seine Stimme war dumpf. »Ich habe Till einfach weggestoßen. Mein Gott, ich kann doch heute nicht rausgehen und den Ritter spielen. Alle waren dabei. Bestimmt hat es schon überall im Dorf die Runde gemacht.«

Er hob den Kopf und schlug seine Stirn auf das Bett, wie-der und wieder. »Ich bin ein Idiot! Ich hätte es wissen müssen. Ich kenne Jessica. Sie ist einfach so. Wenn Norbert davon erfährt, verliert er das letzte bisschen Achtung vor mir.«

»Ach Quatsch. Unser Vater ist stolz auf dich, und das weißt du auch. Du hast ihm das erste Enkelkind geschenkt.«

Ralf richtete sich halb auf. »Du bist derjenige, der alles richtig macht. Der in der Oberstadt bleibt. Der ihm als Nachtwächter nachfolgt. Ich habe ihn nur enttäuscht. Und Toni …« Sein Gesicht wurde weicher, seine Lippen pressten sich zusammen.

»Toni ist ein kleiner Prachtkerl«, sagte Finn. »Es ist schade, dass du ihn nicht mitgebracht hast. Ich habe ihn seit dem Schützenfest nicht mehr gesehen, und er ist bestimmt gewachsen.«

»Ich habe mit ihr geschlafen«, sagte Ralf plötzlich mit fremder Stimme.

Finn verstummte mitten im Satz. »Was?«

»Ich habe dich nicht angelogen. In der ersten Nacht ist wirklich nichts passiert. Aber dann an dem Abend, nachdem wir Gunnar nach Hause gebracht hatten. Sie hat mich gefragt, ob ich auf dem Rückweg noch vorbeikomme, weil sie in der Nähe wohnt. Als sie die Tür öffnete, trug sie nur ein durchsichtiges …«

»Ich will das nicht hören!«

»Ich hatte das nicht geplant. Ich hatte nicht mehr mit ihr … seit ich mit Sandra zusammen bin.«

Finn schnaubte und sprang auf. Er bebte vor Zorn.

»Es war ein Spiel mit dem Feuer. Ich hätte es nicht tun sollen. Aber ich dachte, ich hätte es im Griff. Mich im Griff.«

Finn wollte nichts mehr hören. »Du selbstsüchtiges Arschloch!«, fauchte er und verließ türknallend das Zimmer.

Kapitel 16

Hellmann ließ die Kupplung kommen und gab ordentlich Gas, damit sein Fiat die steil ansteigende Straße hochkam. Der Wagen rollte drei Meter, dann kam er zum Stehen und bewegte sich für eine Weile nicht mehr.

Hinter ihm staute sich der Verkehr. Parkende Autos standen zu beiden Seiten der Straße. Hellmann kurbelte das Seitenfenster herunter und reckte den Kopf hinaus. Vorne schien irgendjemand drehen zu wollen, doch die Fahrbahn war zu eng.

Er sah, dass einige Leute schlauer gewesen waren als er. Sie hatten ihre Autos weiter unten am Berg zurückgelassen und liefen jetzt zu Fuß an der Autoschlange vorbei in Richtung Obermarsberg. Jeder trug ein mittelalterliches Kostüm.

Beim Frühstück hatte Jens ihm noch geraten, frühzeitig loszufahren, damit er vor der großen Besucherwelle beim historischen Markt ankäme, doch offenbar war er nicht der Einzige, der auf diese Idee gekommen war.

Hinter ihm begann jemand zu hupen.

»Davon geht es auch nicht schneller, du Idiot!«

Wieder streckte Hellmann den Kopf aus dem Fenster. Der Querkopf vorne hatte sich verkeilt und kam weder vor noch zurück. Mehrere Ordner in Warnwesten waren gekommen und wiesen ihn ein, damit er seinen Wagen in Fahrtrichtung drehen konnte.

Endlich setzte sich die Schlange wieder in Bewegung. Hellmann folgte den Anweisungen eines Ordners, der ihn auf eine Wiese lenkte, wo mit Flatterband Parkreihen abgesteckt waren. Von hier musste er zu Fuß weiter.

Ursprünglich hatte er vorgehabt, den Fall Gunnar Braun heute auszublenden und seinen freien Tag zu genießen. Doch das, was Jens gestern über Micha Bannenberg herausgefunden hatte, ließ ihn nicht mehr los. Lindas Eltern hatten einen Gerichtsbeschluss gegen Micha erwirkt. Warum hatten Gunnar und sie ihm nichts davon erzählt?

Jens' Stimme klang in seinen Ohren: »Keine Ahnung, Anton. Wenn du im Krankenhaus liegst und zu erblinden drohst, hast du bestimmt auch andere Sorgen. Jetzt genieß deinen freien Tag, und wenn du Micha triffst, bestell ihn für Montag in die Polizeiwache.«

Hellmann schloss sich einer Gruppe fröhlich plappernder Spielleute an, die in Richtung Obermarsberg wanderten. Sie trugen farbenfrohe Gewänder und hatten Lauten und Flöten bei sich. Die Sonne stand hoch am Himmel, und es musste bald Mittag sein. Bestimmt gab es schon erste Ergebnisse von den Spurensicherungsarbeiten in Gunnars Haus.

Hellmann ging ein wenig langsamer, um außer Hörweite der Spielleute zu gelangen. Dann rief er Jens an.

»Mensch, Anton! Du kannst es nicht lassen, was? Schon mal was von Burnout gehört? Entspann dich, hab Spaß, lern 'ne Frau kennen.«

»Bin nur neugierig. Nun sag schon, gibt's was Neues? Hast du mit Gebhard gesprochen?«

»Nein, Mann. Keine Täterspuren, jede Menge Fingerabdrücke und DNA, aber es war ja auch 'ne Partyhütte, woll?«

»Und beim Museum?«

»Auch nix. Das war kein Einbruch. Der Täter muss einen Schlüssel benutzt haben oder während der Öffnungszeiten reingekommen sein. Ach, warte mal, der Laborbericht kommt gerade rein.«

Das Gespräch war weg. Hellmann ging weiter, das Smartphone in der Hand. Er passierte die Absperrung. Jetzt wurde die Straße breiter, es gab keine parkenden Autos mehr, dafür umso mehr Menschen, die zur Oberstadt hochpilgerten. Von ferne hörte er Hörner und Trompeten.

Jemand kassierte Eintritt von ihm, dann betrat er das verwandelte Dorf. *Eresburg.* Sein Telefon klingelte. *Jens.*

»Ja?«

»7-Aminoflunitrazepam im Urin und im Blutserum.«

»Und das heißt?«

»Das ist ein Abbauprodukt von Flunitrazepam. Rohypnol, sagt dir das was?«

»Ach! Linda.«

»Genau. Gebhard hat im Bad der Brauns eine angebrochene Rohypnolpackung gefunden. Dort waren Lindas Abdrücke drauf. Nur Lindas Abdrücke.«

»Ich spreche mit ihr.«

»Wir können bis Montag warten. Ich glaube nicht, dass Fluchtgefahr besteht. Weder bei ihr noch bei diesem Micha. Oder möchtest du jemanden auf dem historischen Markt verhaften? Vor der Presse und allem? Bei den wenigen Indizien, die wir haben?«

»Ja. Nein. Du hast recht. Wir warten bis Montag. Aber es wird nicht schaden, wenn ich mich im Dorf umhöre.«

Jens begann zu lachen. »Mein Gott, du bist echt ein hoffnungsloser Fall.«

♦

Finn band sein Horn um den Hals, hängte die Laterne an einen der Haken der Hellebarde und schulterte sie. Norbert hatte alle Nachtwächter in ihren schwarz-weißen Uniformen, den roten Kniestrümpfen und Holzschuhen um sich versammelt. Er hielt eine kurze Rede, und Finn versuchte, sich auf seine Worte zu konzentrieren. Er wollte nicht an Ralf denken, würde sich von ihm nicht den Tag verderben lassen. Dann setzten sich die Nachtwächter in Bewegung und marschierten unter Glockengeläut und Hörnerklang zum Kaiser-Karl-Platz.

Fanfaren ertönten. Dann trat der Marktherr vor. Winfried Raschke war heute nicht als Nachtwächter, sondern als

Kaufmann gewandet. Er trug eine edle Kluft aus schwarzem Samt und Kaninchenfell.

»Gott zum Gruße, ihr hochwohlgeborenen Damen, edlen Herren und stolzen Ritter aus edlem Geschlecht«, schallte seine Stimme über den Platz. »Willkommen, ihr Kaufleute von nah und fern, ihr fleiß'gen Handwerker, die heute ihre Waren feilbieten, ihr Gaukler, die ihr für die rechte Marktstimmung sorgt, ihr Brüder der Nachtwächterzunft, ihr historische Schützen. Ihr Gevattern, Jungfern und Dirnen, ihr Mütterchen und Väterchen, ihr Junker und Mägde, ihr Spielleute und fahrendes Volk. Willkommen auf dem Eresberg! Heute wollen wir Markt halten, wie es Brauch ist, seit alters her.«

Er winkte Mirko herbei, der mit stolz geschwellter Brust vortrat. Auf seinem Kopf saß eine Pickelhaube, und die Uniform mit den großen goldenen Knöpfen spannte über seinem Bauch. Er las die Marktordnung vor, die Finn auswendig kannte. Er wartete auf das Hochgefühl, weil er Teil von etwas Großem, Großartigem war, doch dieses Jahr wollte es sich nicht einstellen.

Unter den Umstehenden hielt er nach Ralf Ausschau. Seit heute Morgen hatte er ihn nicht mehr gesehen.

◆

Hellmann erreichte den Markt pünktlich zum Einmarsch der historischen Schützen. Diese waren am Mittwoch in Hofgeismar aufgebrochen, informierte ihn ein Mann in Kaufmannskluft. Ihr achtzig Kilometer langer Marsch sollte an ein über sechshundert Jahre altes Trutzbündnis zwischen Hofgeismar, Wolfhagen, Volkmarsen, Warburg und Marsberg erinnern. Dahinter folgte der Zug der Marketenderinnen, mittelalterlich kostümierte Frauen aller Altersgruppen, viele mit Kindern an der Hand. Hellmann schloss sich dem Zug an und lauschte der Begrüßungsrede des Marktherren und der Verlesung der Marktordnung.

Danach trat jemand aus dem Stadtrat vor, der der Bruder des Marktherren war, wie er stolz erklärte. »Mein Name ist Felix Raschke. Ich bin geborener Obermarsberger, und deshalb ist es mir eine besondere Freude, heute den Markt zu eröffnen. Ich möchte allen Organisatoren und Helfern für ihren unermüdlichen Einsatz danken.«

Als Nächstes begann der Bürgermeister von Marsberg zu sprechen, und Hellmann wandte sich ab und begann die Marktmeile entlangzulaufen.

An bunten Ständen konnte man alles Erdenkliche kaufen. Handgefertigte und bemalte Holzschuhe, historische Salben und Schmuck. Handwerker verkauften ihre Waren und demonstrierten ihre Fertigkeiten. Ein Schuster arbeitete an seinen Schuhen. Hellmann sah Steinmetz, Schmied und Drechsler. Es gab ein historisches Kinderkarussell, dessen Pferde und Schaukeln aus Fässern gefertigt waren.

Plötzlich spürte Hellmann einen scharfen Luftzug im Nacken und zuckte zusammen. Es war ein Falke, der über seinen Kopf hinwegflog und auf dem Arm des Falkners landete.

Trompeten und Trommeln erklangen, und die Menschen auf der Straße wichen zu beiden Seiten aus, um den berittenen Fanfarenzug vorbeizulassen. Ein Tross Reiter in schwarz-weißen Uniformen und mit federbesetzten Hüten ritt im Takt der Trommelschläge über den Markt.

Ein Seiler bot seine Ware feil, und neben ihm arbeiteten die Waschfrauen auf einer Wiese. Dort hatten sie riesige Töpfe und Zuber stehen, in denen sie ihre Wäsche kochten. Hellmann blieb stehen, als er in einer der Frauen Linda Braun erkannte.

Sie trug eine weiße Haube und hatte ihre Haare zu einem dicken Zopf geflochten. Gut gelaunt alberte sie mit einer anderen Waschfrau herum. Ihr Gesicht wirkte kindlich und unschuldig.

Die Vorstellung, sie könnte ihrem Mann etwas angetan haben, erschien Hellmann grotesk und lächerlich. Als sie ihn bemerkte, brach ihr Lachen ab.

Er stellte sich an den Zaun, und nach kurzem Zögern kam sie näher. Unter ihren Augen lagen dunkle Schatten, und ihr Mund verriet Anspannung.

»Guten Tag, Frau Braun! Wie geht es Ihrem Mann?«

»Er wurde heute Morgen nach Köln verlegt. Der Arzt sagt, dort könnten Sie seine Augenlider wiederherstellen.« Sie schluckte. »Wegen der Sehkraft hat er uns Hoffnungen gemacht. Morgen kann ich ihn dort besuchen. Dann werden wir sehen.« Sie brach ab.

»Ich drücke Ihnen die Daumen.«

»Danke.« Sie schien darauf zu warten, dass er weiterging.

»Frau Braun, ich möchte Sie noch etwas fragen. Was ist zwischen Ihnen und Micha Bannenberg vorgefallen?«

Sie blinzelte, und er sah, dass sie sich fest auf die Unterlippe biss.

»Er hat mir gesagt, dass Sie beide eine Beziehung hatten.«

»Das ist schon ewig her.« Ihre Stimme war sehr leise. Hellmann musste nah an den Zaun herantreten, um sie zu verstehen.

»Ja, das weiß ich. Trotzdem könnte es noch von Bedeutung sein. Wieso haben Ihre Eltern damals eine gerichtliche Verfügung gegen ihn erwirkt?«

»Er hat mich nicht mehr in Ruhe gelassen. Das wurde erst besser, als Gunnar und ich zusammenkamen.«

Sie schien sich gefangen zu haben. Ihre Stimme hatte einen festeren Klang bekommen, und sie begegnete Hellmanns Blick. »Vor ihm hatte Micha Respekt, und er hat mich nicht mehr belästigt.«

Die Tatsache, dass nur ihre Fingerabdrücke auf der Tablettenpackung sind, besagt gar nichts, dachte Hellmann. »Wie war Ihre Ehe mit Gunnar? War er Ihnen treu?«

»Ich habe keinen Grund, daran zu zweifeln.«

Das deckte sich mit den Aussagen der Nachbarn. Nein, soweit er erkennen konnte, hatte sie nicht das kleinste Motiv gehabt, ihrem Mann etwas anzutun. »Danke für Ihre Zeit! Ich will Sie nicht länger stören. Hoffentlich verstehen Sie, dass wir uns am Montag noch einmal ausführlich mit Ihnen unterhalten müssen. Eine Sache noch – wer hat Ihnen das Rohypnol verschrieben?«

»Mein Hausarzt.«

»Und warum so ein starkes Mittel? Ich meine, wenn man ein Schlafmittel braucht, gibt es doch viele, die eher infrage kämen.« Er konnte sehen, dass ihr die Frage unangenehm war. Sie stand steif wie ein Brett mit dem Rücken zu den anderen Frauen, die sich außer Hörweite befanden, sie aber neugierig beobachteten.

»Ihr Mann ist mit demselben Mittel betäubt worden«, fügte Hellmann leise hinzu. »Deshalb müssen Sie meine Frage bitte beantworten.«

Linda griff mit beiden Händen nach dem Zaun. »Ich nehme das Zeug nicht ständig«, flüsterte sie. »Nur, wenn es ganz schlimm ist. Dann hilft nichts anderes mehr.«

»Und im Moment ist es schlimm?«

»Ich arbeite in der ambulanten Pflege. Der Job ist ziemlich anstrengend, und mein Arzt sagt, ich soll mir was anderes suchen. Aber, nun, die Pflegeberufe sind alle so. Er war aufgebracht, als ich ihn um ein neues Rezept bat. Eigentlich wollte er mir keins mehr geben. Aber zum Glück hat er es doch getan.«

»Warum war er aufgebracht?«

»Weil es das zweite Mal dicht hintereinander war. Aber ich konnte nichts dafür. Meine Handtasche wurde geklaut.«

Hellmann hatte das Gefühl, plötzlich unter Strom zu stehen. »Ihre Handtasche wurde gestohlen? Was war darin? Das Rezept?«

»Die Tabletten, mein Portemonnaie und mein Smartphone. Aber das müssten Sie doch wissen. Ich habe es angezeigt.«

Wie konnten wir das übersehen? »Wann und wo war das?«

»Vor ein paar Monaten. Ach, das war ziemlich blöd von mir. Ich war mit dem Auto vom Pflegedienst unterwegs und habe die Handtasche auf dem Beifahrersitz liegen lassen. Ich weiß, das macht man nicht. Aber hier in Obermarsberg habe ich mich sicher gefühlt. Hier kennt doch jeder jeden. Dann hat jemand die Scheibe eingeschlagen, und weg war sie.«

Hellmann notierte sich die Straße, in der das Auto gestanden hatte und verabschiedete sich mit dem Gefühl, einen wichtigen Durchbruch erzielt zu haben. Er war sich beinahe sicher, dass der Täter so an das Betäubungsmittel gelangt war: Ein Gelegenheitsdiebstahl. Die Tasche hatte unbewacht im Auto gelegen, einfacher konnte es kaum sein.

Sie hatten zwei Tatverdächtige ohne Alibi, den Bäckergesellen und Micha Bannenberg. Eine gute Bilanz nach nicht mal zwei Tagen Ermittlung. Er würde Jens bitten, einen Durchsuchungsbeschluss für ihre Wohnungen zu beantragen. Wenn sie dort Lindas Handtasche fänden, wären sie einen ganzen Schritt weiter.

◆

»Einen halben Schritt zurück«, sagte der Schießmeister und demonstrierte, wie man die Armbrust am besten hielt. Finn kniff die Augen zusammen, um die Ringe auf den Zielscheiben erkennen zu können. Sie standen am anderen Ende der Wiese. Er selbst hatte noch nie geschossen und würde es auch heute nicht tun. Die historischen Waffen sahen höllisch schwer aus, und er schaute sich lieber aus der Ferne an, wie die anderen sich damit abmühten.

Es gab zwei Schießmeister, bei denen man sich anstellen und abwechselnd schießen konnte. Die meisten Schützen trafen zumindest die Scheibe. Wer sie verfehlte, erntete den Spottgesang der Zuschauer.

Auch einige Frauen standen an. Als die erste von ihnen gegen einen Mann antrat, kündigte der Moderator großartig den Kampf der Geschlechter an. »Wagest du es wirklich, gegen dieses Weib anzutreten, edler Recke? Denn sei gewarnt, wer im Kampf der Geschlechter gegen ein Weib unterliegt, dem dräut die Bestrafung auf der Wasserguillotine!«

Dem Schützen blieb keine andere Wahl, als es zu wagen, wenn er sich nicht zum Gespött der Zuschauer machen wollte. Als er knapp gegen die Frau verlor, johlte das Publikum. Man rief nach dem Scharfrichter, und Henning, in buntem Gewand und mit Lockenperücke, führte den Unglückseligen ab.

Eine Gestalt trat an Finns Seite. »Schießen wir zusammen?«

Es war Ralf. Sein Bruder war wie aus dem Nichts aufgetaucht. Er trug sein grünes Wams und die Rüstung, in der er später auftreten würde.

»Ich habe noch nie mit einer Armbrust geschossen.« Finn versuchte seiner Stimme einen neutralen Klang zu geben.

»Das ist nicht schwer.« Ralf verzog spöttisch den Mund. »Na los, Zunftbruder! Du gegen mich. Oder wagst du es nicht?«

Finn straffte die Schultern. Ralf würde schon sehen, was es hieß, ihn herauszufordern. »Natürlich wage ich es. Und ich bestimme den Einsatz.«

»Was?«

»Jessica. Wer mit drei Schüssen am besten trifft, erringt ihre Gunst. Der andere schwört bei seiner Ehre, sich von ihr fernzuhalten.«

Es war ein Gedankenblitz. Ein idiotischer noch dazu, da Finn noch nie in seinem Leben geschossen hatte. Trotzdem war es ihm ernst, auch wenn er selbst an Jessicas Gunst nicht interessiert war.

Ralf schloss für einen Moment die Augen und gab einen amüsierten Laut von sich. Als er Finn wieder ansah, war etwas Neues in seinem Blick. Er reichte seinem Bruder die Hand. »Du und ich. Ein Duell unter Ehrenmännern.«

Finn schlug ein.

Während er wartete, kribbelten seine Finger vor Aufregung. Er musste sich auf sein Ziel fokussieren, durfte sich keineswegs von Ralf ablenken lassen. Sein Bruder hatte schon einige Male mit der Armbrust geschossen und war deshalb im Vorteil.

Der Schießmeister fragte ihn, ob er zum ersten Mal schieße, und als Finn nickte, spannte er die Waffe und zeigte ihm, was er tun musste. »Konzentration und Körperspannung«, sagte der Schießmeister. »Du nimmst die Armbrust hoch, schaust hier durch, und wenn die Scheibe vorbeikommt, drückst du ab.« Er grinste.

Finn versuchte alles andere auszublenden. Er tat, was der Schießmeister gesagt hatte, drückte ab, und sein Bolzen flog knapp über der Zielscheibe vorbei. Der zweite traf den Rand, und der dritte schlug ein gutes Stück weiter mittig ein.

»Recht ordentlich«, lobte der Schießmeister.

Finn glaubte, dass es nicht reichen würde. Er sah zu seinem Bruder hinüber, doch ein Fremder hielt die andere Armbrust in der Hand. Ralf stand nicht in der Schlange. Er war überhaupt nicht mehr zu sehen.

Kapitel 17

Anne Kirsch hätte niemals für möglich gehalten, dass sie sich in einem mittelalterlichen Zofenkleid und einer scheußlichen Haube auf die Straße trauen würde. Jetzt fand sie die Verkleidung überaus praktisch. Ein Großteil der Leute trug mittelalterliche Gewandung, und Anne verschmolz mit dem bunten Markttreiben.

Was sie beunruhigte, war der Gedanke an die Aufführung. Er verursachte ihr Übelkeit. An sich hatte sie keine Probleme mit Rollenspielen. Während ihrer Polizeiausbildung hatten sie oft Szenen nachgestellt. Dann war sie entweder Polizist oder Aggressor gewesen, und beide Rollen waren ihr leichtgefallen. Was sie jetzt tun sollte, ging ihr jedoch gegen den Strich.

Saskia und sie hatten den Text heute Morgen noch einmal zusammen geübt. Saskia war eine Tochter adliger Abstammung, Anne ihre Zofe. Auf dem Weg zu Saskias Zukünftigen wurden die beiden Frauen überfallen – *so weit, so vorhersehbar.*

Annes Problem war nicht, den Text auswendig zu lernen. Aber wenn Kaestner, der einen überzeugenden Wegelagerer abgab, sie in seine Gewalt brachte, sollte sie um Hilfe rufen und um Gnade betteln, später ihre Angst überwinden und ihrer Herrin Mut machen.

Die Vorstellung, vor all diesen Menschen laut zu schreien, war Anne zutiefst zuwider. Das Um-Gnade-Betteln noch schlimmer. Bei den Proben hatte sie es nicht gekonnt, und Micha war bei ihren kläglichen Versuchen in lautes Lachen ausgebrochen.

»Da muss noch mehr kommen, wenn du die Zuschauer überzeugen willst. Du musst die Angst und die Hilflosigkeit wirklich spüren. Die Gefühle zulassen.«

Auch bei der Übung mit Saskia war sie nur bis zu diesem Punkt gekommen. »Jetzt schreie ich um Hilfe«, sagte Anne.

»Mach es einfach. Wir sind unter uns.«

»Pah, du meinst die dünnen Zeltwände? Wir sind nie unter uns. Das ist der Sinn von diesem verdammten Kurs.«

»Bereust du, dass du dabei bist? Wirklich? Gut, ich meine, Micha hat sich ein paar Sachen geleistet, die nicht in Ordnung waren. Aber ich denke, er hat das eingesehen. Er will uns wirklich helfen. Ich habe das Gefühl, dass sich bei mir schon etwas verändert hat.«

Anne spürte ihre warme Hand auf der ihren. Saskias weiche, schlanke Finger. *Sie ist blauäugig in Bezug auf Micha. Er kann ihr alles erzählen.*

»Nein, ich zieh das hier durch«, erwiderte sie laut. »Ich habe auch gar nichts gegen Theaterspielen an sich. Aber dieses Stück ist peinlich. Zwei Frauen reisen allein, werden gefangen genommen und dann vom heldenhaften Grundmann gerettet, diesem schmierigen Schleimer. Im Ernst? Warum können wir uns nicht selbst befreien? Warum sind es immer die Frauen, die gerettet werden müssen? Das hat mir noch nie gefallen.«

»Vielleicht, weil du nie in so einer Situation warst.« Saskias Stimme hatte sich verändert. »Ich hatte eine schlimme Grundschulzeit. Meine Mutter hat zu der Zeit Zwillinge bekommen und war überfordert. Ich hatte nichts Richtiges zum Anziehen, bin unsauber und ungepflegt zur Schule geschickt worden. Und wurde regelrecht gemobbt.«

Die Leichtigkeit, mit der sie sonst sprach, war verschwunden. Ihre Augen hatten ihren Glanz verloren. Anne war es, als stünde ein anderer Mensch vor ihr.

»Das tut mir leid.«

»Damals habe ich oft davon geträumt, gerettet zu werden. Wie im Märchen.«

Sie strich sich übers Gesicht, und Anne war es, als wischte sie die Erinnerung fort. »Ich bin hier, weil ich mich verändern will. In meinem Job, in unserem Wohnviertel, bei meiner Tochter in der Schule, überall ist es so, dass ich die Drecksarbeit mache. Die Aufgaben, die keiner haben will. Selbst wenn ich mich dagegen wehre. Es endet immer damit, dass ich doch einwillige, es erledige. Danach nehme ich mir vor, dass ich beim nächsten Mal Nein sage, aber dann kneife ich doch wieder. Ich denke, vielleicht tut es mir mal gut, gerettet zu werden. Dass mir geholfen wird. Aber das verstehst du wahrscheinlich nicht. Du bist so stark, Anne. Du hast kein Problem damit, Nein zu sagen.«

»Ich, na ja, ich habe andere Probleme. Teamarbeit.«

Obwohl es nicht ihr Problem war, sondern Thorstens, dachte sie. Es gab Kollegen, mit denen sie gut zusammenarbeiten konnte. Leider waren es nicht viele. *Dieser Kurs ist eine Verschwendung von Lebenszeit. Aber immer noch besser als Polizeischule und die damit verbundene Demütigung. Deshalb bin ich hier.*

Aber das würde sie Saskia nicht sagen. Es war wie mit den homöopathischen Pillen, die ihre Mutter so gern schluckte: Solange man daran glaubte, halfen sie. Vielleicht würde Saskia in diesem Seminar tatsächlich lernen, Nein zu sagen und sich nicht ausnutzen zu lassen. Aber wenn, dann war das sicher nicht Michas Leistung, sondern ihre eigene.

Der Kaiser-Karl-Platz war voller Menschen. Besucher drängten sich um Stände und Zelte, die um die Nikolaikirche herum aufgestellt waren. Anne mischte sich unter sie, betrachtete die Waren der Händler und sah zwei Rittern zu, die sich auf einer Bank in der Sonne fläzten und zotige Sprüche von sich gaben. Immer wieder ließ sie ihren Blick über die Köpfe der Menschen schweifen und hielt nach Heiko Ausschau.

Bei ihrem letzten Treffen hatte er gesagt, dass er heute zum Markt kommen wolle, aber leider hatte Anne bisher keine Gelegenheit gehabt, ihn anzurufen. Vielleicht hatten seine Pläne sich geändert. Sie wollte ihn sehen, ihn in den Arm nehmen. Seinen ganz eigenen Geruch riechen, den sie so mochte. Mit ihm reden. Sie würde ihm von der dämlichen Aufführung und den Strapazen erzählen, die Micha ihnen zugemutet hatte. Von seiner unangenehmen Art. Wie gut kannte Heiko ihn wirklich? Sie hoffte, nicht besonders gut.

Anne lauschte einer Gruppe Spielleute, die von einer Dirne auf Wanderschaft sangen, und gab sich einen Augenblick der verlockenden Vorstellung hin, selbst auf Wanderschaft zu gehen und zu verschwinden. Sie konnte einfach in der Menge untertauchen und sich mittragen lassen. Weg von Micha. Weg von dem furchtbaren Theaterstück, das mit derselben Unausweichlichkeit wie ein schmerzhafter Zahnarztbesuch näher rückte.

»Eine Runde Mäuseroulette!«, riefen ihr zwei halbwüchsige Mädchen zu. »Möchten Sie eine Runde Mäuseroulette spielen? Der Einsatz beträgt nur einen Euro.«

Anne betrachtete interessiert den großen, als Spielfläche geformten Käfig, der mehrere nummerierte Türchen besaß. Im mittleren Käfig hockte eine Maus.

»Die Zahl, für die sich die Maus entscheidet, hat gewonnen«, erklärte eines der Mädchen.

Anne zog Nummer drei, doch als die Türen geöffnet wurden, rannte die Maus in die acht.

»Pech im Spiel, Glück in der Liebe!«, bemerkte eine vertraute Stimme hinter ihr.

Anne wandte sich um, sah Heiko und drückte ihn fest an sich. »Ich bin so froh, dass du da bist.«

Er erwiderte ihre Umarmung und gab ihr einen langen Kuss. »Ich habe mir schon Sorgen gemacht, weil du dich nicht gemeldet hast.«

»Nicht meine Schuld«, grollte Anne. »Ich hätte dich gerne angerufen. Aber Micha behandelt uns wie Leibeigene.« Sie blickte sich suchend um, sah, dass Michas Aufmerksamkeit abgelenkt war, und zog Heiko hinter ein großes Zelt.

Er lachte. »Was hast du vor?«

»Ich will nur sichergehen, dass wir ungestört sind. Micha ist verdammt neugierig.«

»Erkenne ich da erste Anzeichen von Paranoia? Aber ich muss dich leider enttäuschen. Er weiß bereits, dass ich hier bin. Ich habe ihn nach dir gefragt.«

Anne erstarrte in seinen Armen. »Wieso das?«

»Na, ich habe dich mit dieser Haube und dem Kleid nicht erkannt. Was denkst du denn?«

»Ach so. Entschuldige, ich glaube, es ist wirklich Paranoia.« Ihr Blick fiel auf seine Armbanduhr. »Verdammt, wir sind gleich dran. Mist!«

»Was ist los? Du bist ganz blass geworden.«

»Nichts. Nur eine dumme Aufführung.«

Heiko grinste. »Hat meine toughe Kommissarin etwa Lampenfieber?«

»Irgendwie schon. Außerdem habe ich eine furchtbare Rolle, und die Geschichte ist schrecklich. Vorhersehbar und klischeehaft.«

Er zog sie an sich. »Du packst das schon. Ich bin sicher, ihr werdet auch das banalste Stück mit Leben füllen.«

Anne ließ die Schultern hängen und lehnte die Stirn an seine Brust. Sie hatte sich geirrt. Es wurde nicht besser dadurch, dass Heiko da war. Die Vorstellung, dass er sie in diesem lächerlichen Stück sehen würde, war schlimmer als alles andere.

Kapitel 18

Die Nachtwächter sangen ihr erstes Stundenlied, und das Signal der Hörner hallte über den Markt. Danach verstaute Finn seine Laterne und die Hellebarde im Zunftraum.

»Alles in Ordnung mit dir?«, fragte Norbert. »Du bist so schweigsam.«

»Ja«, antwortete Finn. Er hatte seinen Eltern nichts von Ralfs Geständnis gesagt und hatte es auch nicht vor. Wenn sein Bruder den letzten Rest Familienfrieden zerstören wollte, dann musste er das selbst tun.

»Los, geh und amüsiere dich ein bisschen!«

»Das mache ich«, versprach Finn, obwohl seine Stimmung mies war. Er begriff nicht, wie Ralf vor ihrem Duell hatte davonlaufen können. Feigheit? Oder war ihm einfach alles egal?

Auf der Marktmeile lief ihm Kanea in die Arme. Sie trug ein buntes Marktfrauenkleid, das in Kombination mit ihrer modischen Kurzhaarfrisur futuristisch wirkte. Ein Geschöpf aus zwei verschiedenen Zeiten.

»Hast du Jessica gesehen?«

»Nein«, erwiderte Finn. *Und die ist der letzte Mensch, den ich jetzt sehen will.*

Sie standen neben dem Badehaus, einem Zelt mit einem riesigen Zuber Wasser in der Mitte. Darin lag ein nackter Mann, der genüsslich aus einem Bierhumpen trank.

»Ei, holde Dame«, rief er Kanea zu. »So tretet doch näher. Wie wär's mit einem Bade?«

Sie wandte sich grollend um. »Lieber hätt' ich Eiterbeulen als ein Bad mit dir.«

»Jess und ich machen doch den Waffelstand zusammen«, zischte sie Finn zu. »Aber sie ist nicht aufgetaucht, und jetzt stehe ich ganz alleine da.«

Finn sah auf die Zeitanzeige seines Smartphones, das er ganz unmittelalterlich in der Hosentasche stecken hatte. »Eine Stunde kann ich dir helfen, bevor wir wieder singen.«

»Nimm dich in Acht, Zunftbruder!«, rief der Badende hinter ihm her. »Das Weibsvolk ist unser aller Untergang.«

Erst als er hinter der Theke stand, ging Finn auf, dass er noch nie im Leben Waffeln gebacken hatte.

»Das ist ganz einfach. Du nimmst zwei Löffel von dem Teig. So. Schau hin und wieder nach, damit sie nicht zu dunkel wird.«

Schon nach der ersten Waffel hatte Finn den Dreh raus und benutzte die drei Waffeleisen gleichzeitig. Immer mehr Leute und vor allem Kinder drängten sich um ihren Stand. Von manchen sah er nicht einmal die Gesichter, nur kleine Hände, in der Faust eine Euromünze.

»Danke, dass du mir hilfst! Ich verstehe einfach nicht, wo Jess bleibt. Heute Morgen hat sie mir schon nicht aufgemacht, und ich habe ihr danach bestimmt zehn Nachrichten geschrieben.«

»Hast du versucht anzurufen?«

»Na klar. Sie geht nicht ran.«

Kanea musste sich weit über die Theke beugen, um einem besonders kleinen Kunden sein Wechselgeld zu geben. »Eigentlich war es ihr Waffelstand. *Sie* hat mich gefragt, ob ich ihr helfen will. Außerdem wollte sie hier ihre Marmelade verkaufen. Ich verstehe einfach nicht, was los ist.«

Finn zuckte mit den Schultern und konzentrierte sich auf seine Waffeln. Bestimmt hing Jessicas Verschwinden mit dem Streit gestern zusammen. Vielleicht hatte sie sich in ihr Auto gesetzt und war abgehauen. Aber er wollte nicht darüber sprechen. Nicht über sie oder Ralf. Er wollte nicht einmal daran denken.

Kanea seufzte. »Was mache ich jetzt? Du kannst mir doch nicht den ganzen Tag helfen.«

»Ich helfe dir gern, solange ich nicht zu den Nachtwächtern muss.«

Sie seufzte. »Ich weiß, ihr seid gleich wieder dran.«

»Was ist mit deinen Freundinnen?«

»Die haben selbst eigene Stände. Meine Mutter auch, sie verkauft Salben und Öle und ihren Sturmiuslikör.«

Um fünfzehn Uhr sang Finn mit den anderen Nachtwächtern das Stundenlied. »Warst du im Museum?«, fragte er Norbert.

Sein Vater verdrehte die Augen. »Karlchen hat verschlafen und kam viel zu spät. Wir haben gerade erst aufgemacht. Ich hätte wissen müssen, dass ich mich nicht auf ihn verlassen kann. Dabei haben wir extra für den Markt eine mittelalterliche Sonderausstellung vorbereitet.«

»Die Leute werden schon kommen. Der Markttag ist noch lang.«

»Ihr ehrbaren Kaufleute! Edle Damen und werte Herren! So tretet näher und sehet, wie auf dem Eresberg Recht gesprochen wird.« Henning hatte sich neben ihnen aufgebaut. In blau-roter Henkerstracht und mit seiner blonden Perücke rief er – dieses Mal nüchtern – mit weithin schallender Stimme sein Publikum herbei. Normalerweise sah Finn sich das Spektakel an der Wasserguillotine gerne an, doch er wollte Kanea nicht zu lange allein lassen.

Er war noch nicht weit gekommen, als er hörte, wie jemand seinen Namen zischte.

»Finn Theile, he, he, he!« Es war Hannah Wicke. Die Alte saß auf einer Bank, trug ein bodenlanges schwarzes Kleid und war mit allerlei Schmuck behangen. Mit den Fingern machte sie seltsame kreisende Gesten, wobei ihre goldfarbenen Armringe klirrten. »Der Bäcker steht am Kaak.«

Finn murmelte einen Gruß und beeilte sich, so schnell wie möglich weiterzukommen.

»Clodoald wird geblendet.«

Er ging weiter. An einem Stand mit mittelalterlichem Schmuck vorbei. Holzstämme standen dort aufgereiht, geschnitzte und bemalte Gesichter starrten ihn an. Lächelnde Gesichter, offene Münder, bunte Fratzen.

Die Erinnerung kehrte langsam zurück. Wie er als kleiner Junge im Laden der Wicke gesessen hatte, auf dem Boden, mit einem Lolli in der Hand, inmitten der anderen Kinder. Es war eines der Abenteuer seiner Kindheit gewesen. Zusammen hatten sie sich davongestohlen, waren in das kleine Geschäft gelaufen, das es damals noch gegeben hatte. Dort bettelten sie um Süßigkeiten und Geschichten, und meist bekamen sie beides. Unzählige Sagen und Legenden rankten sich um die Oberstadt, und Hannah Wicke kannte sie alle. Auch die Sage von Clodoald auf dem Pferd, der durch die Welt streifte und seine entführten Kinder suchte. Bis er auf dem Weg in seine Heimat zum Eresberg kam, wo ihm Schreckliches widerfuhr.

Obwohl sich alles in ihm sträubte, kehrte er um. Er ging zu der alten Hexe, die auf der Bank saß und lächelte.

»Hast du das dunkle Buch gesehen?«, fragte sie.

»Was meinst du mit Clodoald?« Er beugte sich über sie, um ihren Blick einzufangen. »Frau Wicke! Hannah. Was meinst du mit Clodoald? Redest du von Gunnar?«

»Gunnar«, wiederholte sie.

Finn seufzte. Wie hatte er erwarten können, auch nur ein vernünftiges Wort von ihr zu hören?

»Möchtest du die Geschichte hören?«, fragte sie. Er hatte sich bereits wieder abgewendet, erstarrte aber in der Bewegung. Es war der gleiche Tonfall wie früher. So hatte sie zu ihnen gesprochen, als sie Kinder gewesen waren, damals im Dorfladen. Zu dieser Zeit war sie Finn schon alt vorgekommen, doch im Nachhinein betrachtet, konnte sie zu der Zeit nicht viel älter gewesen sein als seine Mutter jetzt.

Bevor sie begann, hatte sie ihre Stimme immer zu einem Flüstern gesenkt und den Kindern den Eid abgenommen, die Geschichten niemals weiterzuerzählen. Allzu gut konnte Finn sich an das Frösteln erinnern, das dann über seinen Rücken gekrochen war. Es war die Vorstellung, dass sie geheime Wahrheiten erfuhren, die die Erzählungen der Wicke so spannend gemacht hatte.

Jetzt flüsterte sie wieder. Worte von damals.

»Schwörst du, Stillschweigen zu bewahren? Du darfst zu niemandem davon sprechen. Das ist wichtig. Erzähle es keinem, Hannah!«

»Ich bin es. Finn.«

Sie hob den verschleierten Blick. »Erzähle es niemandem! Erzähle keinem von dem geheimen Buch!«

»Ich schwöre es«, flüsterte er. Wie damals.

»Tausend Jahre und mehr ist es her, dass Clodoald, Statthalter von Jüttland, in die Welt zog, um seine Kinder zu suchen. Er wusste, dass Normannen sie geraubt hatten und bereiste viele Länder Europas und schließlich selbst Asien und Afrika. Doch so verzweifelt er auch suchte, er fand sie nicht, und schließlich machte er sich auf den Rückweg in seine Heimat. Die Eresburg lag auf seinem Weg, und weil Verwandte von ihm in der Stadt wohnten, kehrte er dort ein.«

Ihre Stimme war brüchig geworden, doch Melodie und Betonung waren noch genau wie früher. Finn setzte sich neben sie auf die Bank.

»Während Clodoald auf der Eresburg weilte, wurde eine große Jagd veranstaltet. Clodoald nahm daran teil, denn er versuchte verzweifelt, sich von seinem Schmerz abzulenken. Dabei wurde er vom Jagdfieber ergriffen. Auf seinem Pferd hetzte er dem Wild hinterher und merkte in seinem Eifer nicht, dass er die Jagdgesellschaft verloren hatte und immer tiefer in den Wald eindrang. Er verirrte sich und geriet in den heiligen Hain der Westfalen. Dort erblickte er einen gewaltigen Eber und setzte ihm nach.

Als er ihn einholte, entbrannte ein schrecklicher Kampf zwischen Mensch und Tier. Clodoald siegte, doch als der Eber, der ein heiliges Tier war, seinen letzten Schrei ausstieß, ging ein furchtbares Unwetter auf ganz Westfalen nieder. Es donnerte, und Blitze schlugen rechts und links von Clodoald ein. Dieser fühlte, wie ihm schwarz vor Augen wurde. Der tote Eber zu seinen Füßen war das Letzte, was er in seinem Leben sehen sollte.

Als er erwachte, war für ihn das Licht der Welt für immer verloschen. Er war erblindet!«

Obwohl Finn die Geschichte kannte, verschlug es ihm den Atem, denn erst jetzt kam die ganze Erinnerung daran zurück. Die Parallele zu Gunnar Braun war da, wenn auch unvollständig. Gunnar hatte keine Kinder. Aber er jagte, und er war geblendet worden.

»Weißt du etwas, Frau Wicke? Weißt du, wer Gunnar Braun geblendet hat?« Er sollte sie entweder siezen, oder Hannah nennen, dachte er. Doch die Anrede, die sie als Kinder benutzt hatten, kam ihm am leichtesten über die Lippen.

»Der kleine Finn Theile«, murmelte sie. »Theile.«

Ihre Augen wurden trüb, und der Kopf sank zwischen ihren Schultern herunter. Ihr Körper schien sämtliche Spannung zu verlieren. Gebeugt kauerte sie auf der Bank, und er sah, wie sich ihre Finger bewegten, ruhelos gegeneinander rieben.

»Was wolltest du mir sagen?«

Sie blickte auf, und ihre Augen wurden zu schmalen Schlitzen.

»Theile«, murmelte sie. »Dieb! Diebespack. Der Deibel soll dich holen.«

»Achte nicht auf sie«, sagte eine Stimme hinter ihm.

Es war Karlchen, der Finn einen gutmütigen Stoß zwischen die Rippen gab. »Mich beschimpft sie auch dauernd.« Er hob den Zeigefinger an den Kopf und ließ ihn kreisen.

Finn nickte und zwang sich zu einem Lächeln. Er wusste, dass hinter den Bemerkungen der Wicke keine böse Absicht stand, trotzdem machte es ihn traurig. Er wollte sie anders in Erinnerung behalten. So, wie sie früher gewesen war. »Hast du heute nicht Dienst im Museum?«

»Dein Vater und ich wechseln uns ab. Zwischendurch muss ich mich um meinen alten Herrn kümmern. Ich hab ihn mitsamt seinem Rollstuhl bei den anderen Senioren abgestellt, aber du weißt ja, wie böse er werden kann, wenn man sich nicht ausreichend um ihn kümmert.«

Finn kannte den alten Ernst Raschke und hoffte, dass Norbert im Alter nicht so anstrengend werden würde.

»Nett von dir.«

Karlchen zuckte mit den Schultern. »Macht ja sonst keiner.« Er seufzte. »Fünf Brüder, aber niemand fühlt sich für Vater zuständig.« Dann winkte er zum Abschied, und Finn drehte sich noch einmal um.

Die schwarz gekleidete Hexe saß nach wie vor auf ihrer Bank, bewegte murmelnd den Mund und streckte eine schmuckbehangene Hand nach den Vorbeigehenden aus. Niemand beachtete sie.

Kapitel 19

»Schön, dass du wieder da bist«, seufzte Kanea und drückte Finn ein Bündel Scheine in die Hand. »Kannst du versuchen, Kleingeld zu besorgen? Wir haben zu wenig Wechselgeld. Ich kann bald nichts mehr rausgeben.«

Finn ging los und fragte sich bei den anderen Ständen durch. Doch auch hier war Kleingeld knapp.

Die alte Wicke wusste etwas, dachte er. Doch leider war dieses Etwas tief in einem Knäuel aus verwirrten Gedanken begraben. Er stellte sich vor, wie er dem Polizisten Anton Hellmann davon erzählte. Eine alte Sage von einem erblindeten Mann und eine senile Seherin. Er musste selbst lachen. Anton würde glauben, er sei völlig übergeschnappt.

Beim Getränkepavillon bekam er Münzen und brachte sie zum Waffelstand.

»Danke!« Kanea wischte sich die Stirn mit dem Ärmel ab. »Ich habe wieder versucht, Jess anzurufen, aber sie nimmt nicht ab. Kannst du mal bei deinem Bruder vorbeischauen?«

»Glaubst du, sie ist bei ihm?«

»Könnte doch sein.«

Finn hatte keine Lust, mit seinem Bruder zu reden, und er wollte nicht einmal darüber nachdenken, dass Kanea vielleicht recht hatte.

»Bitte.« Sie deutete auf die halb leere Teigschüssel. »Ich brauche wirklich dringend Hilfe. Sag das deinem Bruder.«

Als ob den das interessieren würde, dachte Finn. Laut sagte er: »Ich glaube nicht, dass er ans Telefon geht, die Ritter haben jetzt ihren Auftritt.«

»Versuch es! Bitte!«

Resigniert wählte Finn Ralfs Nummer.

»Sein Handy ist aus.«

»Kannst du hingehen und nachsehen, ob Jessica dort ist?«

»Bei den Rittern? Wieso sollte sie?«

Kanea verdrehte die Augen.

»Im Ernst«, beharrte Finn. »Nach dem Streit gestern glaube ich nicht, dass sie noch etwas mit Ralf zu tun haben will.« *Hoffe ich.* Routiniert befüllte er die Waffeleisen.

»Was für ein Streit?«

Lächelnd beugte sie sich kurz darauf über die Theke. »Was darf es für Sie sein? Drei Waffeln mit Puderzucker? Gerne.«

Finn trat hinter Kanea, während sie in der Kasse nach Münzen suchte. »Er hat sie geschlagen«, flüsterte er. »Jessica war den ganzen Abend so komisch drauf.«

Kanea reichte das Wechselgeld über die Theke. »Bitte sehr. Einen schönen Markttag noch!«

»Dann musst du die Versöhnungsfeier jetzt leider unterbrechen«, raunte sie ihm zu. »Im Ernst, geh bitte und hol sie, und sag der blöden Kuh, wenn sie nicht endlich auftaucht, will ich sie überhaupt nicht mehr wiedersehen.«

»Aber die Leute. Schaffst du das allein?«

»Bitte, geh jetzt!«

Als Finn ankam, hatte der Kampf im Ritterlager bereits begonnen. Er drängte sich durch den Kreis der Zuschauer, wobei er nach Jessica Ausschau hielt. Normalerweise war sie ihrer auffälligen roten Haare wegen gut zu erkennen, doch heute trugen die meisten der mittelalterlich gekleideten Frauen Hauben oder Kopftücher.

Ralf und Till standen sich gegenüber.

Beide hatten Helme auf und die Visiere heruntergeklappt. Als sie sich Beschimpfungen zuriefen, klangen ihre Stimmen dumpf und hohl.

Ralf zückte sein Schwert. Tills Hand lag am Griff des seinen. Die anderen Ritter standen abseits und ließen den Zuschauern den Vortritt, die sich in einem engen Ring um die beiden versammelt hatten. Aggression lag in der Luft.

»Die Blattern über dich und deinesgleichen! Und möge der Herr deinen Samen verdorren lassen!«, fluchte Ralf.

Till lachte hämisch. »Piss nicht gegen den Wind, sonst wird deine Hose nass!«

»Na warte, du Puderarsch!«

Jetzt zog Till sein Schwert, und mit einem lauten Scheppern krachten die Waffen gegeneinander.

Die Zuschauer klatschten und feuerten die Kämpfenden an. Till und Ralf umkreisten sich, hieben aufeinander ein. Ralf schwang die Klinge nach Tills Füßen, und der sprang leichtfüßig in die Höhe.

Sie duellierten sich einige Minuten lang, bis Ralf durch einen Hieb von Till zu Boden gestreckt wurde. Doch er rappelte sich wieder auf, und das Publikum schrie und johlte, als er in einem letzten, verzweifelten Angriff auf Till losstürmte. Der wich Ralfs Hieb mit einer tänzelnden Bewegung aus, wirbelte herum und schlug zu. Seine Waffe donnerte gegen Ralfs Brustpanzer, und der wurde von der Wucht des Schlags von den Füßen gerissen.

»Verdammt«, entfuhr es Till, und Finn war sofort klar, dass dieser Schlag nicht zum Programm gehört hatte.

Ralf lag im Gras und stöhnte unter seinem Helm. Finn sank neben ihm auf die Knie.

Till hockte auf der anderen Seite. »Sorry, Mann. Das wollte ich nicht. Geht's dir gut?« Er löste den Panzer.

Der Brustkorb unter dem grünen Wams hob und senkte sich im Takt der Atemzüge.

»Mist, das Visier klemmt! Hilf mir, ihm den Helm abzunehmen!« Till hob Ralfs Nacken an. Finn griff mit beiden Händen an die Seiten des Helms und versuchte ihn behutsam über den Kopf zu ziehen.

Dann war Ralf befreit. Nur dass es nicht Ralf war.

Entgeistert starrte Finn in Simons blasses Gesicht.

»Danke! Alles okay, glaube ich«, keuchte Simon. »Was

für ein Hammerschlag … Till. Der hat mich glatt … aus den Socken … gehauen. Aber es geht schon«, antwortete er, wobei er zwischendurch immer wieder nach Luft schnappte.

»Tut mir leid. Ich hatte alles mit Ralf eingeübt. Du hättest anders stehen sollen, dann hätte ich dich nicht so hart getroffen.«

»Schon okay.«

Till lächelte erleichtert. Er stand auf, verbeugte sich und dankte dem Publikum. »Der Ritter Simon wurde hart getroffen. Aber mich deucht, nach einem starken Trunk wird er wieder zu Kräften kommen.«

Finn stand sprachlos da. Warum hatte Simon gekämpft? Warum trug er die Rüstung seines Bruders?

»Wo ist Ralf?«

»Das möchte ich auch gern wissen«, knurrte Till. »Er ist einfach nicht aufgetaucht.«

»Habt ihr versucht, ihn anzurufen?«

»Na klar, Mann.«

Simon ließ sich von ihm hochhelfen. »Zum Glück konnte ich seinen Part, sonst hätten wir dumm dagestanden. Na ja, halbwegs.« Er rieb sich mit schmerzverzerrter Grimasse die Brust. »Hoffentlich kommt er noch, denn zweimal mache ich die Nummer heute nicht.«

»Sag deinem idiotischen Bruder, nächstes Mal veranstalten wir die Ritterspiele ohne ihn«, knurrte Till Finn an. »So ein Arsch, uns einfach hängen zu lassen!«

Finn nickte. Sein Mund war trocken geworden. Er hatte plötzlich ein mieses Gefühl. Etwas stimmte nicht. Ralf liebte die Ritterspiele. Er lebte für seine Rolle. Er hätte seine Freunde nicht freiwillig im Stich gelassen. Irgendetwas war passiert. Als Finn das laut aussprach, erntete er nur ein Schulterzucken von Simon.

Till sah ihn mitleidig an. »Werd erwachsen, Finn!«

Finn versuchte selbst noch einmal, Ralf anzurufen, und hörte nur die Computerstimme, die ihm sagte, dass sein Bruder nicht erreichbar sei. Obwohl er nicht glaubte, dass sich Ralf in seiner Wohnung befand, sah er dort nach, bevor er zum Waffelstand zurückkehrte. Dann drängte er sich durch die Wartenden zu Kanea durch.

Ihr Gesichtsausdruck war finster. »Kommt sie nicht?«

Finn winkte sie näher heran. »Hör zu! Ralf ist auch verschwunden. Keiner weiß, wo er steckt. Er ist bei den Rittern nicht aufgetaucht.«

»Dann sind sie zusammen abgehauen.«

»Nein. Das glaube ich nicht. Ich werde sie jetzt suchen gehen. Deine Mutter muss dir so lange helfen.«

Sie schnaubte. »Wie stellst du dir das vor?«

»Sie soll ihre Sachen hier im Stand verkaufen. Ich rede mit ihr. Warst du bei Jessica zu Hause?«

»Ja, natürlich, das hab ich doch gesagt. Heute Vormittag. Sie hat aber nicht aufgemacht.«

»Ralf habe ich zuletzt beim Armbrustschießen gesehen. Dann war er plötzlich weg.«

Sie verzog den Mund. »Na, dann ist ja alles klar. Jessica ist aufgetaucht, hat nach ihm gepfiffen, und die beiden sind zusammen durchgebrannt.«

»Das glaube ich nicht«, beharrte Finn.

»Ach hör doch auf! Er konnte ihr noch nie widerstehen.«

»Ich geh sie jetzt suchen. Irgendwas ist passiert.«

»Ja, geh nur. Und wenn du das Miststück siehst, sag ihr, sie kann mich mal!«

Kaneas Mutter war von der Idee, mit ihrer Ware in den Waffelstand umzuziehen, nicht begeistert, sah aber ein, dass Kanea Hilfe brauchte.

Finn ging zuerst zum Museum und wartete ungeduldig, bis sein Vater einen Vortrag über die Wehrtürme beendet hatte. »Hast du Ralf gesehen?«

Norbert schüttelte den Kopf. »Ist er nicht im Ritterlager?«

»Nein. Er ist verschwunden.«

»Vielleicht ist er bei Jessica.«

Karlchen grinste, als hätte er einen Witz gemacht.

»Bestimmt nicht«, erwiderte Norbert knapp. Er sah wütend aus.

Karlchen zwinkerte Finn kumpelhaft zu. »Ich würde hingehen, wenn sie mich ranlassen würde. Hammertitten, ne? Haste die gesehen?«

Finn schüttelte verständnislos den Kopf.

Karlchen riss die Augen auf.

»Du hast keine Ahnung, oder?«

»Was? Wovon?«

»Das reicht«, entgegnete Norbert scharf.

»Hat dein Bruder dir nicht …?«

»Es reicht, Karlchen.«

Der rotgesichtige Mann verstummte. Er zuckte mit den Schultern, sah Finn an und kniff seine Augen spöttisch zusammen. »Pardon. Das wusste ich nicht.«

Jessica Schütte bewohnte die untere Etage in einem zweigeschossigen Haus, doch ihre Wohnung wirkte verlassen. Alle Rollläden waren unten, als wäre Jessica in Urlaub gefahren. Finn klingelte, obwohl er bereits ahnte, dass niemand öffnen würde. Er hielt es für unmöglich, dass sie noch schlief, nicht am Markttag. Wahrscheinlicher war, dass sie die Wohnung in der Nacht verlassen hatte und noch nicht zurückgekommen war.

Oder, sagte eine kleine, verräterische Stimme in ihm, *sie hat gerade Sex mit deinem Bruder.* Finn drückte mehrmals die Klingel, ließ seinen Finger minutenlang auf dem Knopf liegen. Dann knackte es in der Gegensprechanlage.

»Wer ist da?«

»Ich bin es. Finn Theile. Jessica?«

»Nein. Die ist nicht da.«

Es musste Barbara sein, die Nachbarin. Finn wunderte sich, dass sie nicht auf dem Markt war.

»Kann ich kurz mit dir reden?«

Der Türöffner summte, Finn trat ein und ging die Treppe

hoch zu Barbaras Wohnung. Sie stand mit wirrem Haar und kalkweißem Gesicht im Flur, hatte sich in einen Bademantel gewickelt.

»Bist du krank?«, fragte er.

»Magen-Darm-Grippe. Komm besser nicht näher.«

Finn blieb auf der Treppe stehen. »Oh, das tut mir leid. Ausgerechnet heute.«

Sie zuckte schwach mit den Schultern. »Vielleicht kann ich morgen zum Markt kommen. Ich habe dich bei Jessica Sturm klingeln gehört. Ist etwas passiert?«

»Kanea kann sie nicht erreichen und macht sich Sorgen um sie. Die beiden teilen sich den Waffelstand.«

Dass Ralf ebenfalls verschwunden war, brauchte sie nicht zu wissen. Sie würde nur dieselben falschen Schlüsse ziehen wie die anderen. Finn war überzeugt davon, dass sein Bruder nicht mit dieser Frau durchgebrannt war. Das konnte einfach nicht sein.

Barbara hob die Schultern. »Ich kann dir leider nicht weiterhelfen, habe den Tag im Bett verbracht.«

»Ihre Rollläden sind noch unten. Passiert das öfter?«

Jetzt sah Barbara irritiert aus. »Nein, das ist komisch.«

Sie zog die Enden ihres Bademantels enger zusammen. Es schien ihr wirklich nicht gut zu gehen.

»Wir machen uns Sorgen. Kanea kann selbst nicht kommen, aber sie hat mich gebeten, nach Jessica zu sehen. Vielleicht ist etwas passiert. Hast du einen Schlüssel für ihre Wohnung?«

Barbara zögerte.

»Sollen wir zusammen hineingehen und nachsehen, ob alles in Ordnung ist?«, schlug Finn vor. »Es könnte doch sein, dass ihr etwas passiert ist. Vielleicht ist sie gestürzt und liegt hilflos da. Oder sie wurde überfallen.«

»Jetzt machst du mir aber Angst.«

Barbara schien noch eine Nuance blasser zu werden. »Aber du hast recht, es passt nicht zu ihr. Sie würde nie freiwillig den Markt versäumen.«

Sie schluckte zweimal. »Aber ich fürchte, ich kann nicht mitkommen. Sieh du nach und bring mir dann den Schlüssel wieder, ja?« Rasch drückte sie ihm den Schlüssel in die Hand und schlug die Tür zu.

Finn ging runter zu Jessicas Wohnung. Sein Blick blieb an der Fußmatte hängen. Sie war verrutscht. Als hätte es jemand eilig gehabt, die Wohnung zu verlassen.

Es kostete ihn Überwindung, die Schwelle zu Jessicas Reich zu übertreten. Er war noch nie hier gewesen, auch nicht, als Ralf und Jessica noch eine Beziehung gehabt hatten. Die beiden waren immer für sich geblieben, keine Besuche bei der Familie, kein Weihnachtsessen, keine Runde am Kaffeetisch. Finn schob die Tür auf. Sein Blick glitt über weiße Möbel und einen Langhaarteppich in derselben Farbe. »Jessica?«

Er wartete, aber nichts rührte sich. In der Wohnküche fand er ein Weinglas auf der Spüle und fühlte Erleichterung, dass es nur eins war. Obwohl er wusste, dass Ralf den gestrigen Abend zu Hause verbracht hatte.

Er drehte sich um, ließ seinen Blick über den Wohnbereich schweifen. Der Teppich war schmutzig, registrierte er. Dann sah er daneben auf dem Boden etwas glänzen. Als er sich danach bückte, erkannte er, dass es eine winzige Scherbe war. In einem ersten Impuls wollte er sie aufheben, um sie in den Mülleimer zu tun, doch etwas ließ ihn zögern. Ein Gefühl, dass etwas nicht in Ordnung war und dass er besser nichts anfasste. Dann erst registrierte er das Blatt Papier, das neben einer zusammengefalteten Zeitung auf dem Tisch lag. Daneben ein Kugelschreiber.

Ein kalter Schauder überkam ihn. War es ein Abschiedsbrief? Vielleicht lag Jessica bereits mit aufgeschnittenen Pulsadern in der Badewanne. Sein Herz hämmerte, als er sich dem Tisch näherte und einen Blick auf das Stück Papier warf.

Er hatte sich geirrt.

Es war kein Brief, sondern eine Geschichte.

Finn kannte sie.

Dann streifte sein Blick das rötlich verschmierte Stuhl-bein. Er bückte sich. Da waren Tropfenmuster auf dem Bo-den und bräunlich rote Schlieren an der Tischkante. Sein Blick richtete sich nach oben. Unter dem Tisch sah er einen Handabdruck und bräunlich rote Muster auf weißem Unter-grund.

War das Blut?

Kapitel 20

Wenn die Pferde jetzt durchgehen, sind wir geliefert, dachte Anne. *Sie werden direkt in die Menschenmenge rasen, und ich habe keine Ahnung, wie ich sie aufhalten kann.* Sie saß allein auf dem Kutschbock.

»Zieh nicht so fest an den Zügeln«, mahnte Micha von unten. »Du musst den Pferden ein wenig Spielraum geben. Nicht zu viel.«

Anne hatte Mühe, die verkrampften Finger zu lösen. Das Pferd schnaubte, warf den Kopf hin und her und begann Gras auszurupfen.

Wenn die Pferde durchgingen und die Kutsche losraste, würde sie wie ein Geschoss in die Menschenmenge prallen. Anne hatte noch nie auf einem Pferd gesessen, geschweige denn auf einem Kutschbock. Die Zügel erschienen ihr lächerlich dünn, um so große und starke Tiere im Zaum zu halten.

»Wir haben nicht ein einziges Mal auf diesem Ding geübt«, fauchte sie. »Wie stellst du dir das vor? Ich weiß nicht, wie man eine Pferdekutsche lenkt.«

»Das ist nun wirklich nicht schwer«, ätzte Micha. »Guck doch, wie lieb die Tiere sind. Ich dachte, ihr freut euch darüber, dass ich die Kutsche im letzten Augenblick organisieren konnte. So wirkt unsere Geschichte viel authentischer.«

»Ich finde es toll«, hörte Anne Saskia von hinten. »Ich habe noch nie in einer Kutsche gesessen.«

Authentisch. Lächerlich!

Micha trat vor und begrüßte die Zuschauer. Er erklärte, dass er extra für den historischen Markt ein Stück geschrieben habe. Von Karlchen war nicht mehr die Rede.

Das Pferd wippte wieder mit dem Kopf. Es schien Anne aus den Augenwinkeln anzusehen.

»Ganz ruhig«, sagte sie versuchsweise zu ihm. »Bleib ja stehen.«

Es schnaubte unbeeindruckt und senkte den Kopf, um noch ein paar Grashalme zu fressen. Micha fasste eines der Pferde am Halfter, und die Kutsche setzte sich langsam in Bewegung. In Anne rangen Erleichterung, dass sie die Kutsche nicht selbst steuern musste, und Wut auf Micha miteinander, der ihr nichts davon gesagt hatte.

Es geht ihm um Macht, dachte sie. *Er fühlt sich von mir herausgefordert und will mich kleinkriegen.* Vermutlich würde sie ein leichteres Leben haben, wenn sie ihm signalisierte, dass sie sich unterordnete. Leider gehörte Nachgeben nicht zu ihren Stärken.

Das Theaterstück begann. Hinten in der Kutsche erzählte Saskia schwärmerisch von einem Ritter, der um sein Land betrogen worden war. Wie sie davon träumte, mit ihm fliehen zu können. Doch ihr Vater wollte sie mit einem reichen und grausamen Greis verheiraten.

Der alte Hut. Anne fragte sich, warum es nie grausame Greisinnen gab, die mit jungen Männern verheiratet wurden.

»Zofe! Wie weit ist es noch bis zur Eresburg? Mich deucht, wir müssten sie bald erreicht haben.«

»So ist es, Herrin«, antwortete Anne. »Wir sollten uns sputen. Die Dämmerung bricht herein, und mich ängstigt die Dunkelheit.«

Kaestner stellte sich ihnen in den Weg. Unter den abgerissenen Klamotten konnte Anne seine breite, mit weißen Haaren bedeckte Brust sehen. Er hielt einen schartigen Dolch in der Hand und sah aus wie einer, der nichts zu verlieren hat.

»Steiget aus!«, befahl er mit barscher Stimme, packte Anne am Arm und zerrte sie grob vom Kutschbock. Der Schrei kam ihr über die Lippen, auch wenn es eher Schmerz und Protest als panische Angst war, wie es im Skript stand.

Er riss Saskias Tür auf und verbeugte sich spöttisch.

»Steiget aus, wertes Fräulein, wenn ich bitten darf!«

Saskias Stimme zitterte. »Was wollt Ihr? Seid Ihr ein Töter, oder ein Schnapphahn?«

»Nur ein armer Gesell, der sein tägliches Brot verdienen muss. Vergebt mir das Ungemach, das ich Euch erweise; wenn ihr meinen Konditionen folgt, werdet Ihr bald wieder frei sein.«

Mit diesen Worten band er ihr die Hände auf dem Rücken zusammen. Mit Anne verfuhr er nicht so sanft.

Die Zuschauer amüsierten sich prächtig, und Anne zuckte es in den Fingern. Gerne hätte sie dem ungehobelten Wegelagerer die Hand im Polizeigriff auf den Rücken gedreht und ihn mit dem Gesicht voran auf die Erde gedrückt. Doch sie beherrschte sich und ließ es zu, dass er sie mit groben Stricken fesselte. Dabei beschrieb er mit derben Worten, was er mit ihr anstellen würde.

Anne hielt den Blick starr auf den Boden gerichtet. Sie wusste, dass Heiko zuschaute und wollte ihn nicht sehen. Ebenso wenig wie Michas überhebliches Grinsen.

Saskia fiel in Ohnmacht und wurde durch einen Schwall Wasser aus dem Trinkhorn wiederbelebt. »Darf ich um die Gunst Eurer Aufmerksamkeit bitten, Fräulein? Und um die Kunde, wen ich um einen Scheffel Golddukaten für Eure Freilassung ersuchen könnte.«

Jetzt begann Annes Part. Sie musste auf die Knie fallen und um Gnade bitten, da es niemanden gab, der ein Lösegeld für die Zofe zahlen würde.

Ihr Mundwinkel zuckte, und sie spürte Michas Blick im Rücken. Sie würde es tun. Es war nur ein Theaterstück.

»Nun mach schon«, raunte Saskia ihr zu.

Anne näherte sich Kaestner mit gefesselten Händen.

»Was willst du?«

Sie sah ihm in die Augen. Wollte ihn ansehen, während sie die Worte sagte. Da bemerkte sie jemanden hinter Kaestner, der in der vordersten Reihe der Zuschauer stand. Ein Kollege. Es war Anton Hellmann.

Sie konnte es nicht tun. Versuchsweise bewegte sie die Handgelenke, konnte sie aber nicht befreien.

»Elender Feigling!«, brüllte sie. »Sich an zwei wehrlosen Frauen zu vergreifen. Mach mich los und kämpfe, wenn du Manns genug bist!«

Kaestner quittierte ihre Improvisation mit einer hochgezogenen Augenbraue. Dann packte er sie am Arm und stieß sie unsanft neben ihrer Herrin zu Boden. »Schweig still, elendes Weibsstück!«

»Was sollte das denn?«, flüsterte Saskia.

Anne antwortete nicht. Sie sah, dass Hellmann sich abgewandt hatte. Er hatte die Augen geschlossen, und für einen irritierenden Moment dachte sie, er würde sich für sie schämen. Dann bemerkte sie, dass er telefonierte.

Ohne sie noch einmal anzusehen, verschwand er in der Menge.

◆

Hellmann musterte die Spuren am weiß lackierten Tisch und dem Stuhl. Finn hatte recht. Das musste Blut sein. »Du sagst, die Frau, die hier wohnt, Jessica Schütte, wird vermisst?«

»Ja, und mein Bruder Ralf ist ebenfalls verschwunden. Beide noch nicht lange. Aber sie hatten wichtige Aufgaben auf dem Markt, und zumindest von Ralf kann ich sagen, dass er die Ritter niemals im Stich gelassen hätte. Irgendetwas Schlimmes muss passiert sein.«

Beziehungstat, vermutete Hellmann sofort. Aber das konnte er Finn nicht sagen. »Du hast angedeutet, dass es gestern zu einem Streit zwischen den beiden kam?«

»Ja.«

Finn erzählte, und Hellmann hörte zu. Es klang harmlos, allerdings war ihm durchaus bewusst, dass Ralfs Bruder den Vorfall vielleicht anders darstellte als ein Außenstehender. Er sah sich um.

Es gab keine sichtbaren Spuren, keine umgestoßenen Möbel, aber die Scherbe am Boden war ein Indiz dafür, dass es einen Streit oder Kampf gegeben hatte. Die übrigen Teile des Trinkglases fanden sich im Abfalleimer.

»Es war richtig, dass du mich angerufen hast, Finn. Jessica hat keinen Lebensgefährten, sagst du? Okay. Und dein Bruder? Fällt dir noch ein Ort ein, wo er sich aufhalten könnte?«

Finn schüttelte den Kopf. »Er hat das nicht getan«, sagte er und deutete vage in Richtung Esstisch.

»Trotzdem müssen wir mit ihm sprechen. Also wenn er sich meldet, sag ihm, er soll mich anrufen. Oder Jens Baltschukat, meinen Kollegen.«

Finn nickte. Dann wurden seine Augen groß. »Stimmt, du hast heute Urlaub. Entschuldigung.«

Hellmann bückte sich, um den Brief zu betrachten, der auf dem Tisch lag. »Kein Problem. Ich war sowieso im Ort. Hast du hier etwas angefasst?«

»Nein. Ach so, die Türklinke natürlich. Den Zettel habe ich nicht angefasst.«

»Wenn wir in dieser Sache ermitteln, brauchen wir Vergleichsabdrücke von dir.«

Hellmann betrachtete das Blatt Papier, das auf dem Tisch lag. Da ein Kugelschreiber in der Nähe lag, vermutete er, dass es erst kürzlich beschrieben worden war. Die Handschrift sah weiblich aus. Es war kein Brief. Nur ein paar Sätze.

Der Teufel hatte die Hexe zu sich geholt. »Verdammt, was ist das?«

»Wir nennen es die Hexensage«, erklärte Finn. »Ihr soll eine wahre Begebenheit zugrunde liegen.«

Es war verrückt. Ein verrückter Fall. Wenn es überhaupt ein Fall war. Hellmann hockte sich hin und betrachtete die Blutspuren unterm Tisch. Jemand hatte hier gesessen. Jessica Schütte? Ob es ihr Blut war, würden sie durch einen DNA-Abgleich feststellen können, der ein paar Tage oder Wochen dauern würde, je nachdem wie dringend sie den Fall beim LKA machten.

Warum hatte sie ihr Blut unter dem Tisch verschmiert? Hellmann fiel nur eine einzige vernünftige Erklärung ein: *Sie wollte ein Zeichen hinterlassen. Einen Hilferuf.*

»Komm mit vor die Tür«, bat er Finn. Er musste den Polizisten vom Dienst anrufen. Dann würde er alles Weitere den Kollegen überlassen.

Er wollte gerade nach draußen treten, als er ein Geräusch hinter sich hörte. Auf der Treppe im Flur stand ein Gespenst. Eine leichenblasse Frau im Bademantel.

»Was ist mit Jess?«, fragte sie.

»Sind Sie die Nachbarin?«

Finn trat vor. »Ach, Barbara, entschuldige, ich hatte ganz vergessen, dir Bescheid zu sagen. Das ist Anton Hellmann von der Polizei.«

»Polizei«, wiederholte sie mit schwacher Stimme.

»In der Wohnung war …«

»Möglicherweise wurde sie Opfer einer Straftat«, unterbrach Hellmann, bevor er wichtige Details verraten konnte. »Wir wissen es nicht, werden es aber untersuchen. Ist Ihnen heute oder in der letzten Nacht etwas Ungewöhnliches aufgefallen? Haben Sie etwas gehört oder gesehen?«

Die Frau, die Finn Barbara genannt hatte, dachte nach. Sie hielt die Arme eng an den Körper gedrückt, als würde sie frieren. »Da war jemand. Ein Besucher. So gegen elf. Er kam mit dem Auto und ist nicht lange geblieben. Mir ging es bereits schlecht, deshalb konnte ich nicht schlafen. Etwa eine halbe Stunde später hörte ich ihn wieder wegfahren. Ich dachte, es wäre jemand aus ihrer Familie. Es gibt viele Besucher zum historischen Markt. Alle müssen ihre Autos wegfahren, damit die Straßen und Zufahrtswege frei bleiben.«

»Das Auto haben Sie aber nicht gesehen, oder?«

»Leider nein. Ich habe im Bett gelegen.«

Hellmann bedankte sich und bat sie, in ihre Wohnung zurückzukehren. Die Uhrzeit war ein guter Hinweis, den er weitergeben würde. Vielleicht hatte einer der anderen Nachbarn das Fahrzeug gesehen.

Der PvD nahm Hellmanns Anruf mit Humor. »Was ist denn bei euch in Obermarsberg los? Liegt das an diesem Mittelaltermarkt, dass die Leute plötzlich ihre niedersten Instinkte ausleben?«

»Gut möglich, nicht umsonst heißt es finsteres Mittelalter, oder?«

»Da haben Sie recht. Sagen Sie, Hellmann, wie wichtig ist Ihnen der Urlaubstag heute? Leider ist ein Großteil der Einsatzkräfte durch das Kreisschützenfest Meschede gebunden, die anderen sind auf dem historischen Markt im Einsatz. Immerhin sind Sie ja schon vor Ort.«

Und er hatte sich vom Fall Gunnar Braun sowieso nicht lösen können, dachte Hellmann. »In Ordnung. Aber ich brauche Baltschukat hier und jemanden, der uns das Publikum vom Hals hält.«

Er sah zu Finn Theile hinüber. Der Junge hatte die Hände in den Hosentaschen vergraben und wippte unruhig hin und her. Im Gegensatz zu den anderen Nachtwächtern trug er Turnschuhe, nicht die klobigen Schlappen aus Holz. Sein schwarzer Umhang war zurückgeschlagen und gab den Blick auf das Horn frei, das um seinen Hals hing. Bestimmt wollte er zurück zum Markt. Hellmann beschloss, ihn erst mal wegzuschicken. Die Vergleichsabdrücke konnten sie später nehmen.

Jens kam in einem Streifenwagen und brachte Gebhard Voss mit. »Seit wann kümmern wir uns um Vermisstenfälle?«, fragte er angesäuert.

»Seit in Meschede Kreisschützenfest ist. Was ist mit unseren Durchsuchungsbeschlüssen für Micha Bannenberg und Thomas Kresnik?«

»Ich habe dem Richter alles gemailt. Er will sich kommende Woche entscheiden. Aber ich denke, es sieht gut aus.«

Sie betraten die Wohnung von Jessica Schütte, und Hellmann zeigte Gebhard die Spuren am Tisch.

»Blut oder braune Farbe?«

»Das kann ich dir gleich sagen.« Gebhard holte seine Sprühflasche Luminol heraus. »Schalt mal das Licht aus!«

Hellmann zog sich einen Gummihandschuh über, bevor er den Lichtschalter berührte. Das Zimmer wurde dunkel, nur durch die halb offen stehende Tür fiel noch etwas Helligkeit. Er nahm den Umriss von Gebhards Gestalt wahr, als er sich bewegte, hörte das Geräusch der Sprühflasche und sah ganz deutlich das bläuliche Aufleuchten am Stuhlbein und an der Tischunterseite.

Für einige Augenblicke sagte niemand ein Wort. Dann räusperte sich Jens. »Jessica Schütte und ihr Exfreund werden vermisst, hast du gesagt? Ich denke, wir können die Fahndung nach beiden rausgeben.«

»Am Blatt Papier habe ich auch winzige Blutspuren gefunden«, sagte Gebhard, »und einen Satz Fingerabdrücke, der mit Sicherheit von Jessica Schütte stammt. Dieselben Abdrücke finden sich auf dem Kugelschreiber.«

»Also hat sie den Zettel beschrieben.« Das hatte er bereits vermutet. »War sie selbst verletzt?«

»Davon müssen wir ausgehen. Sieh mal, die Blutspuren sind am Stuhlbein und hier am Rand der Sitzfläche heruntergetropft. Derjenige, der hier gesessen hat, hat selbst geblutet. Und da sich hier nur ihre Fingerabdrücke befinden, muss es Jessica gewesen sein. Das Blut an der Tischunterseite wurde absichtlich dort verschmiert. Vielleicht wollte sie auf sich aufmerksam machen, uns ein Zeichen geben.«

Hellmann sah konzentriert auf das bräunliche Muster. »Hier, die beiden Linien, das könnte auch ein Buchstabe sein, oder? Ein R vielleicht?«

Gebhard blies die Backen auf. »Also ich weiß nicht, Anton. Für mich hat es nicht viel Ähnlichkeit mit einem Buchstaben.«

»Wir müssen bedenken, dass Jessica nicht sehen konnte, was sie tat. Wenn ich mir vorstelle, ich säße auf dem Stuhl und bewegte die Hand, wie sie es getan hat.« Er versuchte die Schmierspuren in der Luft nachzumalen. »Es könnte als R gemeint gewesen sein.«

»Oder einer von fünfzehn anderen Buchstaben.«

Hellmann grinste achselzuckend. »Ja, du hast recht. War nur so 'ne Idee.« Er hörte seinen Namen und ging ins Schlafzimmer, in dem ein französisches Bett stand. Gegenüber befand sich eine Schrankwand mit verspiegelten Türen und an der Türseite des Raums ein eleganter Schminktisch. Auf der anderen Seite stand Jens vor einem Regal und hielt ein mit bunten Ornamenten verziertes Schmuckkästchen in den Händen. »Schau dir das an.«

»Liebesbriefe?«

Jens Lippen kräuselten sich. »Viel besser.«

Er hielt ihm das Kästchen hin, und Hellmann blickte erstaunt auf die Videokamera, die darin lag.

»Und jetzt sieh genau hin.«

Jens drehte die Kiste, und Hellmann fand das Loch und die schwarze Linse dahinter, versteckt durch die bunten Verzierungen. Er sah zu, wie Jens das Schmuckkästchen wieder auf dem Regal platzierte, sodass Loch und Linse direkt auf das Bett zeigten.

»Wie es scheint, hatte unsere liebe Jessica einen kleinen Nebenverdienst.«

Kapitel 21

»Erpressung?«, vermutete Hellmann.

»Das werden wir gleich sehen.« Jens fischte einen Kuli aus der Hosentasche und drückte mit dem stumpfen Ende auf *ON*. Sie sahen sich die letzten zwei Filme an.

»Junge, Junge!«

»Doch keine Erpressung.«

Jens schaltete die Kamera wieder aus und nahm die Speicherkarte heraus. Er hatte knallrote Ohren bekommen. »Hier muss es einen Laptop oder Computer geben, dann können wir uns die Filmdateien besser ansehen. Aber ich versteh nicht ganz, was sie damit gemacht hat.«

Sie fanden den Laptop, der nicht passwortgeschützt war.

»Hier sind noch mehr Filmdateien«, sagte Jens bemüht locker. »Jemand wird sie sich anschauen müssen. Damit wir sehen, wer eventuell noch beteiligt war.«

»Willst du das übernehmen?« Hellmann konnte ein Grinsen nicht unterdrücken. »Du bist doch unser Mann fürs Grobe.«

Nach einigen halbherzigen Protesten erklärte sich Jens bereit dazu. Hellmann ging noch einmal durch die Wohnung und beobachtete Gebhard bei der Arbeit. Ein kleines Stück Papier zog seine Aufmerksamkeit auf sich. Es war ein Einkaufszettel. Hellmann zog sein Smartphone heraus, mit dem er das Blatt Papier auf dem Tisch abfotografiert hatte.

„Im 16. und 17. Jahrhundert wurde in Eresburg allen Hexen und Zauberern der Prozess gemacht. Wer einen falschen Blick oder die Haare des Satans hatte, wurde der Hexerei beschuldigt und gefoltert. Eine der Hexen gestand trotz aller Tortur

nicht und wurde ins Verlies geworfen, wo sie ihrer Verurtei-
lung harren sollte. Doch als der Staatsdiener ihr am nächsten
Tag das Essen bringen wollte, fand er sie erdrosselt am Boden
des Kerkers liegen. Er roch den Schwefelgestank und wusste
sofort: Der Teufel hatte die Hexe zu sich geholt."

Hellmann kannte sich nicht mit Handschriften aus, aber
er hätte schwören können, dass die Verfasserin des Ein-
kaufszettels auch die Hexensage aufgeschrieben hatte.

Hatte sie es getan, während sie blutend am Tisch saß?
War sie gezwungen worden, hatte jemand ihr die Worte
diktiert? Aber wieso? War es eine Drohung? Eine Ankündi-
gung, was mit Jessica passieren würde? Hellmann hoffte es
nicht. Außerdem klang der Text eher nach einem Eintrag aus
einem Geschichtsbuch.

Vielleicht hatte der Zettel schon einige Zeit auf dem Tisch
gelegen, und Jessica hatte ihn nur beiseitegeschoben und dabei die Blutspuren hinterlassen. Dann würden sie mit einem
Deutungsversuch des Textes auf eine völlig falsche Fährte
geraten.

Hellmann ging zu Jens und sah ihm über die Schulter.
Auf dem Computerbildschirm lief ein Video von Jessica, die
mit entblößtem Oberkörper am Schminktisch saß und sich
die Haare bürstete. Ihr Blick suchte immer wieder die Ka-
meralinse im Spiegel.

Für einen Moment hatte Hellmann das Gefühl, als sähe
sie ihn direkt an. »Sie weiß, dass sie gefilmt wird.«

»Oh ja«, bestätigte Jens. »Sie ist nicht nur Hauptdarstel-
lerin, sie führt auch Regie.«

»Gibt es noch andere Darsteller in dem Stück?«

»In keinem der Filme bisher. Ich frage mich, ob sie die
Aufnahmen für einen ganz bestimmten Adressaten macht
oder ob sie ins Netz gestellt werden.«

◆

»Schade, dass du nicht in der Lage bist, dir ein paar simple Textzeilen zu merken.« Michas Stimme troff vor Hohn. Er stand dicht vor Anne, als wollte er allein durch seine Körpergröße Überlegenheit demonstrieren. »Oder hatte deine Improvisation vielleicht einen anderen Grund?«

Offenbar hatte er den Versuch, Anteilnahme und Verständnis vorzutäuschen, aufgegeben und zog es nun vor, sie direkt mit ihrem Fehlverhalten zu konfrontieren. Ort und Zeitpunkt der Auseinandersetzung waren klug gewählt. Die Zuschauer hatten sich zerstreut und nur noch ihre Gruppe stand beisammen.

»Das war wirklich unfair, Anne«, sagte Grundmann. »Wir alle hatten das Stück eingeübt. Du kannst nicht von jetzt auf gleich deine Rolle ändern, wie es dir passt, und dann erwarten, dass wir alle improvisieren.«

»Ich wollte diese blöde Rolle nie spielen.«

»Bei einem Gemeinschaftsprojekt muss jeder seinen Part erledigen. Wenn ich in meiner Firma Zahnräder produziere, können sich meine Mitarbeiter auch nicht sagen: *Heute habe ich keine Lust auf Zahnräder, heute mache ich Schrauben.*«

Anne starrte ihn eisig an, nicht bereit nachzugeben. »Zum Glück bin ich keiner deiner Mitarbeiter.«

»Aber du bist freiwillig hier, Anne«, sagte Micha. »Und so wie ich deinen Chef verstanden habe, hast du in deinem Job auch nicht alles richtig gemacht.«

Er lächelte unecht, und Anne spürte, wie ihr das Blut in den Kopf stieg.

»Was ich in meinem Job tue oder lasse, geht dich überhaupt nichts an!«

»Du weißt, dass ich euch nur helfen will. Da ist etwas, dass dich blockiert. Ich weiß, du möchtest dich verändern, aber du kannst nicht aus deiner Haut heraus.«

»Den Eindruck habe ich auch«, sagte Saskia.

Anne warf ihr einen bösen Blick zu.

»Wirklich«, behauptete Saskia im Brustton der Überzeugung. »Du bist ein wunderbarer Mensch. Du könntest alles werden und alles schaffen, wenn du nur deine Ängste besiegst.«

Jetzt fing die auch schon an mit dem Psychogequatsche! Anne hätte ihr gerne gezeigt, dass sie sich von Micha manipulieren ließ, aber sie wusste, dass jetzt nicht der richtige Zeitpunkt dafür war. Nicht, wenn sie allein gegen die Gruppe argumentierte. Micha war der bessere Rhetoriker.

Er berührte Saskia am Arm. »Das hast du gut erkannt. Wirklich, ich bin stolz auf dich.«

Erkannt, von wegen!, ätzte Anne in Gedanken. *Es sind doch deine Worte, die sie wiederkäut.*

»Gut.« Micha wandte sich an die Gruppe. »Im Großen und Ganzen war die Aufführung ein Erfolg. Deshalb habt ihr euch ein paar Stunden Freizeit verdient. Seht euch den Markt an, und eine halbe Stunde vor der nächsten Aufführung treffen wir uns wieder hier. Du, Anne, kommst mit mir. Ich denke, es ist Zeit für ein Einzelgespräch.«

Heiko stand hinter ihr und wartete auf sie. Aber sie würde Micha jetzt nicht den Gefallen tun und sich nach ihm umdrehen.

»Dann beeil dich bitte«, sagte sie betont gleichmütig. »Ich möchte mir auch gerne den Markt ansehen.«

Micha zog sie zwischen zwei Ständen hindurch in eine Gasse, dann um eine Hausecke herum. Mit einem Mal waren sie allein. Der Marktlärm verklang zum Hintergrundgeräusch.

»Warum tust du nie, was man dir sagt? Warum gibst du immer Widerworte?«, fragte Micha scharf, und seine Augen glitzerten böse. »Ist das eine typische Verhaltensweise von dir? Was willst du damit erreichen? Mich provozieren? Mich vor den anderen ins Unrecht setzen?«

Anne sah ihn ruhig an. »Ich tue, was ich für richtig halte.«

Mit einem Mal packte er ihren Arm und drückte sie gegen eine Hauswand. Sein Griff war fest und schmerzhaft. Sie würde blaue Flecken bekommen.

»Du tust, was ich dir sage«, zischte er.

»Und wenn du nicht artig bist, dann rufe ich deinen Chef an und sage ihm, dass du dich wiederholt Anweisungen widersetzt und das Team sabotiert hast.«

Er kam mit seinem Gesicht ganz nah an ihres. »Und jetzt entschuldigst du dich bei mir.«

Anne entschuldigte sich nicht. Sie sagte etwas völlig anderes: „Du kannst mich mal!"

Micha schlug mit der flachen Hand zu, und in diesem Moment reagierte Anne einfach. Es war ein Reflex. Sie hatte es in monatelangen Übungen eintrainiert, in denen immer wieder Variationen desselben Themas durchgespielt wurden. Der Angriff auf einen Polizisten.

Sie griff unter seinen Schlagarm, nutzte den Schwung zu einer Drehung und hatte Micha Sekunden später im Polizeigriff vor sich hängen. Sie trat einen Schritt vor und presste seine Wange gegen die Hauswand.

»Mein Chef hat dir anscheinend nicht alles über mich erzählt«, sagte sie leise. »Aber vielleicht hat er dir gesagt, dass Geduld nicht zu meinen Stärken gehört. Wie auch immer. Es war ein interessantes kleines Intermezzo mit uns, aber das ist jetzt vorbei. Ich will mein Telefon zurück. Wo hast du deinen Schüssel?«

»Das wird dir noch leidtun!«, knurrte er.

Anne fühlte in seinen Hosentaschen und fand, was sie suchte. »Ich gehe jetzt. Und merk dir eins, wenn du mich oder Saskia noch mal anrührst, lasse ich dich verhaften. Haben wir uns verstanden?«

Sie verstärkte den Druck auf seinen Arm, und er jaulte auf. »Ja!«

»Gut.«

Dann ließ sie ihn los und ging, ohne sich noch einmal umzudrehen.

»Ich muss zugeben, dass du mir im Kleid gut gefallen hast«, sagte Heiko, als sie ihm in Jeans und T-Shirt gegenübertrat. Sie erwiderte seinen Kuss.

»Hier auf dem Markt war die Verkleidung praktisch«, gab sie zu. »Aber so fühle ich mich wohler.« Sie lachte. »Gott, so muss sich ein Strafgefangener fühlen, der aus dem Arbeitslager ausbricht, und zum ersten Mal seine Gefängniskleidung ablegt. Ich bin endlich wieder ich selbst.«

»War es so schlimm?« Heikos Tonfall war leicht, aber dann sah er sie nachdenklich an. »Dann bin ich schuld daran. Ich habe dir Micha vorgeschlagen.«

»Blödsinn. Es ist doch nichts Schlimmes passiert. Um mich kleinzukriegen, braucht es mehr als einen Macho in Hippieklamotten.«

Er drückte sie an sich. »Da hast du recht. Und jetzt? Du brichst den Kurs ab. Was wird Thorsten Seidel dazu sagen?«

Sie lächelte siegessicher. »Er wird das verstehen, da bin ich mir sicher. Wenn er eins nicht ertragen kann, dann ist das Gewalt gegen Frauen. Deshalb hat mir Micha eigentlich einen Gefallen getan, als er versucht hat, mich zu schlagen.« Sie drängte den leisen Zweifel in ihrem Inneren beiseite.

Heiko sah zornig aus. »Auch ich ertrage das nicht! Wenn ich das gewusst hätte … Ich dachte wirklich, ich würde Micha besser kennen.«

»Er ist ein Blender«, sagte Anne und schlang die Arme um seinen Hals. »Die meisten Psychopathen sind das.«

»Du hältst ihn für einen Psychopathen?«

»Ach nein, das war nur ein Scherz.«

Arm in Arm schlenderten sie über den Markt.

Kapitel 22

Finn lief über den Markt und hatte das seltsame Gefühl, vollkommen allein zu sein. Vor ihm teilte sich die Menschenmenge wie Wasser um den Bug eines Schiffes. Er hatte keinen Kontakt zu ihnen, kam sich vor, als liefe er in einer anderen Dimension. Geräusche, Gerüche, Berührungen, alles war weit weg.

Obwohl Anton Hellmann zum Telefonieren weggegangen war, hatte er ihn dennoch gehört. Der Polizist hatte von einem Tatverdächtigen gesprochen. Von seinem Bruder. Von einer Fahndung wie nach einem Verbrecher.

Dabei hatte Finn ihm doch gesagt, dass Ralf zusammen mit ihm nach Hause gegangen war. Dass er zu Hause geschlafen hatte und zum Frühstück da gewesen war.

Der Polizist hatte nichts dazu gesagt. Nicht zu ihm. Aber am Telefon hatte Finn es gehört: »Kein Alibi für die Nacht.« Nur weil Ralf allein in seinem Zimmer gewesen war.

Finn trat zur Seite, um den Reitern des Fanfarenzugs Platz zu machen, die mit ihren schwarzen Rössern über den Markt ritten. Die Trommelschläge hallten durch seinen Körper, und sein Zwerchfell vibrierte im Takt. *Bumm! Bumm! Bumm!* Dann schmetterten die Hörner und Trompeten.

Finn wartete, bis die Fanfaren verklungen waren, dann versuchte er einmal mehr, Ralf anzurufen. Noch während er wählte, fiel ihm ein, dass die Polizei ein Handy orten konnte. »The person, you are calling is not available at present.« Wie war es, wenn das Handy ausgeschaltet war? Dann funktionierte die Ortung nicht, oder? Zumindest wenn es stimmte, was er aus Krimis wusste.

»Hey Finn!«, rief jemand mit schwerer Stimme.

Es war einer der historischen Schützen, der auf einem großen Fass saß. »Komm her, Bruder, trink mit uns und fülle deinen Wanst.«

Finn drehte sich zu den Schützen um. »Hat einer von euch Ralf gesehen?«

Keiner von ihnen hatte. Also ging er weiter, vorbei an Buden und Ständen, an Zuschauern, an prächtig gewandeten Kaufleuten, an Gauklern und Waschweibern.

Was sollte er jetzt tun? Die Polizei war auf dem Holzweg, das wusste er. Sein Bruder hatte Jessica nichts getan. Ja, er hatte sie geschlagen, aber das war ein Unfall gewesen, ein Ausrutscher.

Ralf hatte es nicht geschafft, von ihr loszukommen, obwohl ihre Beziehung lange vorbei war. Obwohl er jetzt eine Familie hatte. Karlchens Andeutungen kamen ihm in den Sinn. Norbert hatte ihn barsch unterbrochen. Was hatte er sagen wollen? Offenbar wusste sein Vater Bescheid. Finn lenkte seine Schritte in Richtung Museum.

Er fand Karlchen allein bei der Bergbauausstellung. Der rotgesichtige Mann zeigte einem Rentnerpaar das riesige Modell der Kupfergrube Mina, das den gesamten hinteren Teil des Raums einnahm.

Finn sah sich in den anderen Räumen um, konnte seinen Vater aber nicht finden. War schon wieder Zeit für die Nachtwächter? Tatsächlich, es war nach siebzehn Uhr. Dann musste er mit Karlchen vorliebnehmen.

»Nein, leider kann man die Kupfergrube nicht betreten«, sagte der mit Wehmut in der Stimme. »Die Mundlöcher wurden alle zugeschüttet. Sehen Sie, hier ist die Wasserlinie. Als die Grube noch in Betrieb war, wurde das Wasser laufend herausgepumpt. Jetzt sind alle Tunnel unterhalb abgesoffen.«

»Also existieren noch Tunnel?«, fragte der Mann interessiert.

»Das Stollensystem als solches existiert noch. Einige Stollen sind vermutlich mittlerweile eingestürzt. Vor allem diejenigen, die nicht durch gewachsenen Fels gehauen wurden. Befestigungen wie Holzbalken und Mauerwerk sind nicht von Dauer. Da aber alle Eingänge verfüllt worden sind, ist die Grube leider unzugänglich.«

Finn wartete ungeduldig und versuchte Karlchens Blick einzufangen, doch der schien vollkommen in seinen Vortrag vertieft.

»Ein Jammer, dass man diese historischen Kulturdenkmäler nicht erhält«, beklagte sich der Mann.

»Wenn Sie vom Wasserturm aus in Richtung Marsberg gehen, sind noch einige Mundlöcher sichtbar. Es gibt einen Wanderweg, der durch das ehemalige Bergwerksgelände führt. Die Eingänge sind allerdings verschlossen und führen nicht mehr weit. Wenn Sie eine Kupfergrube besichtigen wollen, dann können Sie sich den Kilianstollen in Marsberg ansehen. Dort können Sie auch mit der Grubenbahn fahren.«

Noch während Karlchen redete, hatte der Rentner sich abgewandt und murrte seiner Frau zu, es sei eine Schande, dass im sogenannten historischen Obermarsberg nur Mittelalterromantik propagiert würde. Dann ließen sie Karlchen stehen. Der untersetzte Mann starrte ihnen nach.

Schade, dass Norbert nicht dabei war, dachte Finn. *Er hätte ihnen die Meinung gesagt.*

»Das sind Idioten. Achte gar nicht auf sie, Karlchen.«

»Ach, du bist es Finn. Ja, hast wohl recht. Sie interessieren sich überhaupt nicht für Geschichte. Die wollen nur irgendwas besichtigen. Blöde Touristen.«

»Weißt du, ich wollte dich fragen, was du eben gemeint hast, als mein Vater noch hier war. Mit Ralf und Jessica. Wovon habe ich keine Ahnung?«

Karlchen zögerte, und ein Lächeln stahl sich auf sein rundes Gesicht.

»Also, Finn, deinem Vater wäre es bestimmt nicht recht, wenn ich dir das sage.«

»Komm schon, Karlchen, bitte. Ralf ist verschwunden, und ich mache mir Sorgen um ihn. Wenn du etwas weißt, musst du es mir erzählen.«

»Tut mir leid, das kann ich nicht machen.« Das Lächeln wurde breiter. »Aber du hast doch ein Smartphone, woll? Dann sieh es dir selbst an. Die Seite heißt www.peepintomybedroom.de.«

♦

Jens hatte die Internetseite geöffnet. »Sieh dir das an. Hier sind die Videos eingestellt. Einige umsonst, die meisten kostenpflichtig.« Er hatte sein Hemd ausgezogen und saß jetzt im T-Shirt da.

Hellmann grinste.

»Ist dir bei der Arbeit warm geworden?«

»Ich möchte sehen, wie du aussiehst, wenn du dir stundenlang diese Filmchen ansehen musst«, blaffte Jens. »Jetzt komm und sei froh, dass ich mich nicht ganz ausgezogen habe.«

Auf dem Video, das Jens geöffnet hatte, war Jessica zu sehen. Sie trug Reizwäsche, und das, was sie tat, kannte Hellmann nur aus Filmen, die er als Jugendlicher heimlich angesehen hatte.

»Weißte Bescheid«, sagte Jens und verschränkte die Hände hinterm Kopf. »Ein harter Job ist das. Aber ich habe alle Dateien durchgesehen, und wir können eine Erpressung jetzt ausschließen.«

»Es sei denn, sie hat noch irgendwo Dateien versteckt. Ich meine, wenn ich jemanden mit einem Sexvideo erpressen will, würde ich mir Sicherungskopien machen. Vielleicht hat sie die Dateien vom Computer gelöscht, damit sie niemand durch Zufall findet.«

Jens hob die Hände. »Das kann sein. Bisher haben wir keine Datensticks gefunden, aber Gebhard ist noch nicht fertig mit der Wohnung.«

»Sonst bleibt Ralf Theile als möglicher Tatverdächtiger. Er ist hinter Jessicas Nebenverdienst gekommen und ausgerastet.«

Jens wippte in seinem Drehstuhl. »Oder einer der Besucher ihrer Internetseite hat sich entschlossen, sie persönlich aufzusuchen. Weil er mehr wollte, als nur gucken. Die Seite läuft gut. Allein in diesem Monat hatte sie zweihundert Besuche.«

»Trotzdem finde ich es merkwürdig, dass Ralf und sie gestern Streit hatten und beide danach verschwunden sind.«

♦

Finn sah sich nur eine halbe Minute des ersten, kostenlosen Videos an. Er hätte auch diese dreißig Sekunden nicht gebraucht. Die ganze Aufmachung der Seite und das Hintergrundbild sprachen für sich. Doch obwohl er den nackten Rücken gesehen und Jessicas Gesicht erkannt hatte, hatte er es einfach nicht glauben können. Die Wahrheit nicht fassen können, bis sie ihm in den ersten Filmszenen regelrecht ins Gesicht gesprungen war.

»Na?« Karlchen grinste.

Finn drückte die Seite weg. Schloss die Augen. Atmete einmal tief durch. »Wer weiß davon?«

»Die Männer wissen es alle, das kannst du mir glauben. Sogar mein Alter weiß davon. Ob sie es sich anschauen?« Er hob die Schultern. »Und frag mich jetzt nicht, wer es seiner Frau erzählt hat. Ich denke aber, dass es sich auch bei den Damen mittlerweile herumgesprochen hat.«

Alle wussten es. Aber mir gegenüber hat niemand etwas gesagt. Warum nicht? Warum nicht einmal mein Vater? Finn dachte zurück, erinnerte sich an die vielen Streitereien zwischen Ralf und Norbert. Wie sie manchmal einfach verstummt waren, als er den Raum betreten hatte.

Dass Ralf ihm nichts von der Seite erzählt hatte, wunderte ihn nicht.

Als Ralf und Jessica sich getrennt hatten, war Finn noch zu jung gewesen.

»Mach dir keine Sorgen um deinen Bruder«, sagte Karlchen. »Da, wo er jetzt ist, geht es ihm bestimmt wunderbar.« Er grinste wissend. »Jess ist doch auch verschwunden, oder? Also bitte.«

♦

»Wollen wir nach Hause fahren?«, schlug Heiko vor. »Dann kann ich versuchen, die Tage, die du mit Micha verbringen musstest, wiedergutzumachen.«

Anne zögerte. Sie hatte einen großen weißen Lieferwagen vorbeifahren sehen. An der Seite den diskreten Schriftzug *Polizei*. Das war kein normaler Einsatzwagen, wie er auf einem Großereignis, zum Beispiel einem Mittelaltermarkt, genutzt wurde. Nein, solche Wagen gehörten zur Kriminaltechnik.

»Lass mich darüber nachdenken.« Sie beschleunigte ihre Schritte und betrat die enge Gasse, aus der der Wagen herausgekommen war.

»Was willst du denn hier?«, fragte Heiko irritiert.

Ein Erinnerungsfetzen kam zum Vorschein. Anne in dem schrecklichen Theaterstück und Hellmann unter den Zuschauern mit dem Handy am Ohr. Sie dachte an seinen Gesichtsausdruck. Er hatte am Telefon etwas Entscheidendes erfahren. Danach war er sofort gegangen.

Hatte es einen Durchbruch bei den Ermittlungen gegeben? War der Täter, der Gunnar Braun geblendet hatte, gefasst worden? Wenn, dann wollte sie es nicht erst in einer Woche aus der Zeitung erfahren.

Sie fand den Streifenwagen und Hellmanns kleinen Fiat vor einem Zweifamilienhaus. Ein Beamter stoppte sie. »Was wollen Sie hier?«

»Ich möchte mit Anton Hellmann sprechen. Ist er da?«

Der Mann sah von ihr zu Heiko, der ein gutes Stück hinter ihr stehen geblieben war. »Wer sind Sie?«

Hastig stellte sie sich vor, ertrug die eingehende Musterung und den vielsagenden Blick, der ihr deutlich sagte, dass der Beamte sie wiedererkannte. Es war ihr gleichgültig.

Als er im Haus verschwand, drehte sie sich zu Heiko um und machte ihm ein Zeichen, dass es schnell gehen würde.

Hellmann sah erstaunt aus, sie hier zu sehen. »Du hast dein Outfit gewechselt. Seid ihr fertig mit der Aufführung?«

»Ich habe den Kurs geschmissen«, informierte sie ihn. »Die Schauspielerei ist nichts für mich.«

»Ah. Vielleicht findest du ein anderes Hobby.«

»Hör mal, verrätst du mir, ob es etwas Neues gibt? Ich meine, ich kannte Gunnar Braun nicht gut, aber der Fall lässt mich nicht los. Du würdest mir schlaflose Nächte ersparen, wenn du mir verrätst, ob ihr jemanden festgenommen habt.«

Er lächelte nachsichtig und schüttelte den Kopf. »Leider noch nicht.«

»Was macht ihr dann hier? Ist etwas passiert?«

»Etwas völlig anderes. Sieht nach einer Beziehungstat aus. Wir haben bisher aber nur ein paar Blutspuren und zwei Vermisstenmeldungen.«

»Wer wird vermisst? Was macht ihr jetzt? Lasst ihr nach ihnen fahnden?«

»Ja, das Übliche. Es gibt hier nicht viele Fluchtmöglichkeiten. Zwei Autobahnlinien und kleinere Bahnhöfe.«

»Wie heißt das mutmaßliche Opfer?«

Anne merkte, dass sie eine unsichtbare Linie überschritten hatte. Sie sah förmlich, wie er dichtmachte.

»Du hast doch Urlaub, Anne, oder? Dann solltest du dich erholen.« Er warf einen Blick über ihre Schulter. »Lass deinen Freund nicht warten. Er scheint sich hier nicht zu amüsieren.«

»Schon gut, ich weiß, ich bin zu neugierig. Es ist nur seltsam, dass hier im kleinen Obermarsberg so kurz hintereinander zwei Delikte verübt werden. Da liegt der Verdacht nah, dass es einen Zusammenhang gibt.«

168

Hellmann zog die Haustür hinter sich zu.

Anne warf einen raschen Blick auf die Klingelschilder und las *J. Schütte* und *B. Keller*.

»Es muss nicht unbedingt einen Zusammenhang geben«, sagte Hellmann. »Beziehungsstreitigkeiten gibt es überall. Warum nicht in Obermarsberg? Und für den Überfall auf Gunnar Braun haben wir zwei Tatverdächtige. Du kannst die Ermittlungen also getrost mir überlassen. Ich bin durchaus in der Lage dazu.«

Im letzten Satz hatte Schärfe mitgeklungen, und Anne erkannte, dass sie einen wunden Punkt berührt hatte. Sie wusste doch, dass es ihr Job war, den er selbst gerne hätte.

»Entschuldige. Natürlich bist du das.« Sie zuckte linkisch mit den Achseln. »Gut, tschüss dann!«

»Und?«, fragte Heiko, als sie sich bei ihm einhakte. Auch seine Stimme klang genervt.

»Wir können nach Hause fahren.«

Auf dem Weg zu seinem Auto war Heiko schweigsamer als sonst, und auch Anne hing ihren eigenen Gedanken nach. Sie wusste, dass es sie nichts anging und dass Anton Hellmann ein guter Polizist war. Trotzdem fühlte sie eine Unruhe, die sie sich selbst nicht erklären konnte.

◆

Draußen sangen die Padberger Spielleute ein lustiges Lied von einem Esel. Finn applaudierte höflich mit den anderen, aber in Gedanken war er weit weg.

Jessica war eine schöne Frau, das musste er zugeben, auch wenn er sie nicht leiden konnte, und trotz seines Unmuts hatte auch sein eigener Körper beim Anblick ihres freizügigen Videos reagiert.

Ralf hatte eine Beziehung mit ihr gehabt. Später hatte er Schluss gemacht, vielleicht nachdem er von der Internetseite erfahren hatte. Das jedenfalls hätte Finn an seiner Stelle getan. Dann war Ralf mit Sandra zusammengekommen und hatte sie geheiratet, aber Jessica hatte nie ihre Anziehungskraft auf ihn verloren.

War er tatsächlich mit ihr durchgebrannt? Aber warum hatte Finn dann das Blut und die Hexensage gefunden?

Wenn es jemanden gab, den er sich als Hexe vorstellen konnte, dann Jessica. Er dachte an ihre feuerroten Haare, an die Art, wie sie ihren Körper zur Schau stellte. Im Mittelalter wäre sie bestimmt der Hexerei beschuldigt worden. Dann hätte man sie nachts im Kerker ebenso erwürgt wie die Hexe aus der Sage. Finn wusste, dass es historischen Quellen zufolge der Stadtdiener gewesen war, der diese heimliche Hinrichtung übernommen hatte, um danach die Schuld auf den Teufel zu schieben. *Verbrecher im Mittelalter.*

Die Verbindung war da. Thomas am Schandpfahl. Gunnar geblendet. Jessica der Hexerei beschuldigt. Finn spürte die Erregung, die seinen ganzen Körper erfasste. Da war etwas, eine Spur.

Die ganze Sache war völlig verrückt, und Finn war sich sicher, dass er ausgelacht werden würde, wenn er versuchen sollte, seinen Verdacht in Worte zu fassen. Aber es gab sie: Drei Taten. Drei Sagen.

An diesem Punkt begriff er, dass sein Bruder nicht mit Jessica abgehauen sein konnte. Dass etwas anderes passiert war. Die Sagen um den Eresberg waren zum Leben erwacht.

Es gab nur einen Menschen, mit dem Finn darüber sprechen konnte. Eine, die ihn nicht für verrückt hielt, weil sie selbst nicht mehr zurechnungsfähig war.

Sie war es gewesen, die ihn erst auf den Gedanken gebracht hatte. Er konnte nur hoffen, dass sie ansprechbar war und dass sie wieder einen ähnlich lichten Moment hatte wie heute Nachmittag.

Die Bank, auf der Hannah Wicke gesessen hatte, war leer.

Finn ging über den Markt und hielt nach ihr Ausschau. In ihrem schwarzen Kleid und behängt mit all dem Goldschmuck würde er sie inmitten des bunten Treibens relativ leicht ausmachen können.

Die Wicke hatte anscheinend auf dem Nachhauseweg eine Pause eingelegt, denn er fand sie abseits vom Markt am Straßenrand auf einer Bank sitzend. Sie war eingenickt. Der Kopf ruhte auf ihrer Brust. Ihre Füße standen leicht nach innen angewinkelt.

Sie sollte hier nicht schlafen, dachte Finn. *Sie wird umkippen und von der Bank fallen.* Er setzte sich neben sie und griff nach ihrer Hand, die sich kühl anfühlte. »Frau Wicke?«

Die Schlafende zeigte keine Reaktion.

Ein merkwürdiges Gefühl beschlich Finn. Ihm war elend zumute, und er begriff, dass etwas nicht stimmte, noch bevor er leicht an ihrer Schulter rüttelte und ihr Kopf zur Seite fiel. Dann erst sah er die bläulichen Verfärbungen an ihrem Hals. Er war zu spät gekommen. Hannah Wicke war tot.

Seine Beine zitterten, als er sich erhob. Er hielt sein Smartphone in der Hand und suchte nach Hellmanns Nummer. *Erwürgt.* Er hatte sich geirrt, schoss es ihm durch den Kopf. Nicht Jessica war die Hexe.

Als Hellmanns Stimme sich meldete, hatte er Mühe zu sprechen. „Hier sitzt eine Tote.“

Er bemühte sich, die Fragen des Polizisten zu beantworten, während Gedanken sein Hirn bombardierten.

Was hat Ralf damit zu tun? Wo ist er? Ist er in Gefahr?

»Nein«, sagte er. »Es ist nicht Jessica. Sondern die alte Wicke. Hannah Wicke.«

Sie hatte ihm etwas mitteilen wollen, wurde ihm schmerzlich klar. Er hätte ihr besser zuhören müssen. Jetzt war es zu spät. Finn merkte, wie seine Beine schwach wurden, und er ließ sich auf den Bürgersteig sinken. Er konnte den Blick nicht von der toten Hexe in ihrem schwarzen Kleid abwenden. Ihr Kopf hing zur Seite. Die goldenen Ketten lagen auf kalten Armen.

Er war wieder der kleine Junge, der ihr zu Füßen in dem kleinen Laden saß und ihren Geschichten lauschte. Doch Hannah Wicke war verstummt.

Kapitel 23

Hellmanns Anruf erreichte sie kurz vor Bontkirchen, wo Heiko wohnte.

Hatte er sich entschlossen, doch mit ihr über den Fall zu sprechen? Anne nahm ab.

»Kannst du umdrehen?«, fragte er ohne Umschweife. »Wir haben eine Tote. Dortmund ist jetzt zuständig.«

»Wer ist es?«, fragte sie aufgeregt.

»Eine alte Frau. Sie wurde erwürgt, und das Seltsame ist, wieder hat derselbe Junge sie gefunden. Der uns zu Jessica Schüttes Wohnung gerufen und der mir am Tag davor eine äußerst merkwürdige Geschichte erzählt hat. Aber das kann warten. Der PvD informiert Dortmund, und ich habe ihm gesagt, dass du bereits vor Ort bist. Der Markt wurde vorzeitig beendet, es könnte also ein wenig Chaos auf den Straßen geben. Ruf an, wenn du nicht durchkommst, dann schicke ich dir einen Streifenwagen.«

»Ist gut.« Anne legte auf und schmunzelte. Hellmann hatte einfach vorausgesetzt, dass sie zurückkommen würde. Er kannte sie eben.

»Was ist los?«, fragte Heiko.

Anne sah ihn von der Seite an. Er schien die Antwort bereits zu ahnen, das sah sie an seinem Gesichtsausdruck.

»Ich muss noch mal zurück. Aber fahr ruhig erst nach Hause, dann kann ich mit meinem eigenen Auto wieder los. Es wird dauern, bis ich wiederkomme.«

Er parkte schweigend und sagte immer noch nichts, als sie ihm einen Abschiedskuss gab.

»Das ist nun mal mein Job«, sagte sie entschuldigend.

Er seufzte. »Dagegen habe ich nichts einzuwenden. Aber es wäre schön, wenn du auch andere Dinge mal so wichtig nehmen würdest wie deine Arbeit.«

Anne rechnete mit einem Verkehrschaos vor Obermarsberg, aber wider Erwarten kam sie gut durch. Ein großer Teil der Besucher war früher am Abend nach Hause gefahren, und so gelangte sie ohne Schwierigkeiten bis zur Polizeiabsperrung, wo sie sich auswies und durchgelassen wurde.

Von Weitem sah sie schon den provisorischen Sichtschutz und einen Notarztwagen des Roten Kreuzes.

»Danke, dass du gekommen bist«, begrüßte sie Hellmann. »Ich habe noch keine Rückmeldung von deinem Chef, aber vielleicht können wir beide den Fall übernehmen. Möglicherweise gibt es einen Zusammenhang mit unserer Vermisstensache.«

Anne hob erstaunt den Kopf.

»Ja, wir haben bereits einige Aussagen von Ortsansässigen. Hannah Wicke – so heißt unsere Tote – hat Ralf Theile oft als Dieb bezeichnet. Er ist der Exfreund von Jessica Schütte. Die Fahndung nach beiden läuft.«

»Okay. Kann ich mir die Tote ansehen?«

Hellmann begleitete sie zur Parkbank, auf der die Frau gesessen hatte. Man hatte sie bereits heruntergenommen und auf eine Plastikplane gelegt.

Anne fiel sofort auf, dass die Beine lang ausgestreckt waren. In dieser Haltung hatte sie nicht auf der Bank gesessen. Unter dem Kinn und am Hals waren dunkle Flecken zu sehen, ansonsten wirkte die Frau, als schliefe sie. Sie konnte noch nicht lange tot sein.

Als sie den Notarzt, der gerade den Totenschein ausfüllte, danach fragte, zuckte der nur bedauernd mit den Schultern.

»Leider weiß ich nicht viel über Forensik, deshalb möchte ich zum Todeszeitpunkt lieber nichts sagen. Aber Sie haben recht, die Leichenstarre hat gerade erst begonnen. An Augen und Kiefer konnte ich sie bereits fühlen.«

Auch zu Abwehrverletzungen wollte er sich nicht äußern.

Anne sah dem Kriminaltechniker zu, der mit der Untersuchung des Leichnams begonnen hatte. Ein leichtes Pfefferminzaroma umgab ihn. Sie hatte schon mit ihm zusammengearbeitet, kam aber nicht auf seinen Namen.

»Hast du schon etwas gefunden, Gebhard?«, fragte Hellmann.

Das Pfefferminzbonbon wurde im Mund hin und her geschoben. »Abwehrverletzungen nicht, nein. Deshalb denke ich, dass der Angriff ohne Vorwarnung kam und mit großer Kraft ausgeführt worden ist. Sie muss ziemlich schnell das Bewusstsein verloren haben. Aber wenn wir Glück haben, finden wir trotzdem etwas unter ihren Fingernägeln.«

Anne beugte sich vor. »Es sieht aus, als wäre der Täter von hinten gekommen.«

Gebhard nickte. »Die Male am Hals sind eindeutig, ja. Leider konnte ich keine Fingerabdrücke finden. Vermutlich hat er oder sie Handschuhe getragen.«

»Sie? Könnte es eine Frau gewesen sein?«

Gebhard wiegte den Kopf. »Kann sein. Von der Größe der Abdrücke her eher ein Mann.«

Anne stellte sich die Szene vor. Der Täter war ein großes Risiko eingegangen, am helllichten Tag zuzuschlagen. Er musste sicher gewesen sein, dass ihn niemand beobachtete. Natürlich waren die meisten Obermarsberger auf dem Markt gewesen, aber trotzdem sah Anne viele Fenster, die der Straße zugewandt lagen.

»Hast du schon jemanden zu den Nachbarn geschickt?«, fragte sie Hellmann. »Und wo ist dieser Finn Theile, der sie gefunden hat?«

Der junge Mann saß neben dem Notarztwagen auf einem Klappstuhl und unterhielt sich mit einer Ersthelferin. Seine Schultern hingen herab, doch Anne sah, dass er Hellmann und sie aufmerksam beobachtete.

»Ich wollte auf dich warten, bevor ich ihn befrage. Danach sollten wir über den Fall Gunnar Braun und die Vermisstensache reden.«

Anne hielt mitten in der Bewegung inne, ihre Augen wurden groß. »Du meinst ...?«

Hellmann hob abwehrend eine Hand. »Nein. Ich glaube nicht, dass es einen Zusammenhang gibt. Zumindest nicht mit dem Fall Gunnar Braun. Aber ich finde, du solltest alle Fakten kennen.«

Anne bat die Ersthelferin, sie allein zu lassen, und Hellmann und sie setzten sich zu dem mittelalterlich gewandeten jungen Mann.

Dann hörten sie von ihm die unglaublichste Geschichte, die Anne je zu Ohren gekommen war.

Von einem Bäckergesellen, den er am Pranger gefunden hatte. Dass sein Bruder und dessen Exfreundin plötzlich verschwunden waren. Von einer dementen Frau, die seltsame Andeutungen gemacht hatte. Und von drei Sagen, die angeblich Wirklichkeit geworden waren.

»Diese Hexensage wurde bei Jessica Schütte in der Wohnung gefunden?«, wiederholte Anne ungläubig.

Finn nickte heftig, und für einen Moment dachte Anne, dass der junge Mann diese Sage auch dort deponiert haben könnte, um von seinem Bruder abzulenken und seine haarsträubende Geschichte zu stützen.

Andererseits blieb die Frage, warum er dann ein so wenig glaubwürdiges Ablenkungsmanöver gewählt hatte.

»Und nun hat jemand Frau Wicke getötet.« Er hielt seine Hände ineinander verschränkt und drückte so fest zu, dass die Knöchel weiß wurden. »Sie hat versucht, mir etwas zu sagen. Hätte ich ihr nur besser zugehört.«

»Warum hat sie Ralf Theile einen Dieb genannt?«

Er lachte kurz und schüttelte den Kopf. »Das hat sie auch zu mir gesagt. Aber ich habe keine Ahnung, weshalb. Sie war dement. Nur heute, als sie mir die Clodoaldsage erzählte, wirkte sie völlig klar. So klar wie lange nicht mehr. Da hat sie auch Gunnars Namen genannt.«

»Okay, du kannst jetzt nach Hause gehen. Wir melden uns, wenn wir noch weitere Fragen haben.«

Anne sah Hellmann an, dass er seine ganz eigenen Gedanken dazu hatte. Sie mussten ein System in das Chaos aus Informationen und Verrücktheiten bringen.

Anne besorgte sich aus einem Einsatzwagen einen Kugelschreiber und einen Schreibblock. Dann brachte sie mit Hellmanns Hilfe die Fakten, so gut es ging, zu Papier.

»Was Hannah Wicke angeht«, sagte Hellmann, »so darfst du sie nicht ernst nehmen. Ich kenne sie noch aus meiner Zeit beim Wach- und Wechseldienst. Die rief ständig bei uns an. Mal war ihr Hund entlaufen, der seit Jahren tot war. Dann war sie fest davon überzeugt, in Bochum zu wohnen. Sie wusste nicht, wo sie war, glaubte, man hätte sie entführt.«

Er lachte. »Irgendwann sind wir gar nicht mehr zu ihr rausgefahren. Wir haben immer nur die Schwester angerufen, die uns bestätigt hat, dass alles in Ordnung war.«

Er schwieg abrupt, die Stirn in Falten gelegt, und Anne wusste, was er dachte. Sie mussten die Schwester informieren. So schnell wie möglich.

Doch zuerst gab es etwas anderes, das sie erledigen musste, und je länger sie es aufschob, desto schwieriger würde es werden. Sie wählte Thorsten Seidels Handynummer.

»Anne. Ich habe mich schon gewundert, warum du nicht anrufst.« Natürlich war er bereits informiert.

»Ich wollte erst genau wissen, womit wir es zu tun haben.«

»Okay, dann lass hören.«

»Das Opfer ist eine alte Frau, die unter Demenz litt. Sie heißt Hannah Wicke und wurde am hellen Tage von hinten in einer Wohnstraße erwürgt. Einen Raubmord schließen wir aus. Sie hatte keine Handtasche und keinen teuren Schmuck bei sich.«

»So?«

»Anton Hellmann glaubt, dass der Mord mit einer Vermisstensache zu tun hat. Eine Frau und ihr Exfreund sind verschwunden, und in der Wohnung gibt es Blutspuren. Er glaubt, dass die alte Frau Zeugin eines Verbrechens wurde und deshalb getötet worden ist.«

Sie hatte beschlossen, die merkwürdigen Einzelheiten des Falles erst einmal für sich zu behalten und sich auf das Wesentliche zu konzentrieren.

»Hellmann ist ein fähiger Polizist«, sagte Thorsten, und Anne spürte einen kleinen Stich. »Du stimmst dich mit ihm ab. Ich kann heute leider nicht kommen. Wir haben hier selbst einen neuen Fall. Aber morgen möchte ich einen ausführlichen Bericht. In Ordnung?«

»Klar.« Anne atmete aus. Erleichtert, wie einfach das Gespräch wider Erwarten verlaufen war.

»Und, Anne …«

Die Anspannung war wieder da. »Ja?«

»Du wirst deine Schulung abbrechen müssen. Was mir leidtut, aber der Fall geht vor.«

»Ach ja, natürlich. Das ist kein Problem. Die kann ich nachholen.«

»Wir reden morgen darüber. Braucht ihr noch Unterstützung aus Dortmund? Techniker?«

»Nein. Im Moment haben wir genug Leute.«

Sie legte auf und atmete befreit. Dieser Fall war die Gelegenheit, Thorsten zu beweisen, was in ihr steckte. Dass er sich auf sie verlassen konnte. Dass sie doch teamfähig war.

Ihr Blick suchte Hellmann, und sie stutzte, als sie ihn im Gespräch mit einem Mann in schwarzem Umhang und roten Kniestrümpfen sah. Im ersten Moment hatte sie geglaubt, Finn Theile sei zurückgekehrt, doch der Mann trug nur dasselbe Kostüm. Er war von breiterer Statur, und die Haare unter seinem Hut glänzten silbergrau. Trotzdem war eine gewisse Ähnlichkeit vorhanden.

»Das ist Norbert Theile«, sagte Hellmann. »Meine Kollegin Anne Kirsch.«

Der Mann reichte ihr die Hand. Sein Gesicht war fahl und die Augen rot gerändert.

»Ich bin der Vater von Finn …«

Und von Ralf, dachte Anne.

»… der Frau Wicke gefunden hat. Hannah, sie ist – ich meine, sie wurde tatsächlich ermordet? Das ist sicher? Kann es nicht doch ein Unfall oder ein Herzinfarkt gewesen sein?«

Anne schluckte eine ironische Bemerkung herunter. »Wir sind uns sicher, Herr Theile.«

»Natürlich.« Der Mann blickte von ihr zu Hellmann und schien nach den richtigen Worten zu suchen.

»Hören Sie, Finn hat mir gesagt, dass Sie nach Ralf und Jessica fahnden. Weil es Blutspuren in ihrer Wohnung gab. Wahrscheinlich hören Sie das oft, aber ich versichere Ihnen, dass mein Sohn nicht gewalttätig ist. Im Gegenteil. Schon als Kind war er eher schüchtern und zurückhaltend. Er konnte gut mit Worten umgehen. Deshalb sind diese Ritterspiele so ein guter Ausgleich für ihn.«

Wir wissen, dass er Jessica geschlagen hat, dachte Anne. Trotzdem glaubte sie, dass Norbert Theile wirklich überzeugt war von dem, was er sagte. Aber wie gut kennt man seine Kinder wirklich? Anne dachte an ihre eigenen Eltern. An ihren Vater weit weg in den USA und an ihre Mutter Roswitha, die sich vermutlich genauso vor sie gestellt hätte, obwohl Anne definitiv gewalttätig sein konnte, wenn sie sich ungerecht behandelt fühlte.

»Wenn wir die beiden gefunden haben, werden wir sicher mehr wissen«, sagte Hellmann.

Anne dachte an ihre Notizen.

»Sagen Sie, haben Sie eine Ahnung, warum Frau Wicke Ihren Sohn einen Dieb genannt hat?«

Sie hatte mit allem gerechnet, aber nicht mit dem leisen, schuldbewussten Lächeln.

»Ja. Sie meint mich damit. Aber da meine Söhne mir sehr ähnlich sehen, haben sie einen Großteil der Vorwürfe abbekommen. Es ist eine uralte Geschichte. Ich war damals fünfzehn und habe Hannahs Schwester Irmtraud ihr Taschengeld geklaut. Hinterher tat mir die Sache leid, und das nicht nur wegen der Tracht Prügel, die ich damals von meinem Vater bekommen habe. Ich habe mich bei Irmi entschuldigt, und heute haben wir ein gutes Verhältnis. Vor ihrer Rente war sie Grundschullehrerin und hat Ralf und Finn unterrichtet. Sie trägt mir nichts nach. Aber seit Hannah dement ist, kommt diese alte Geschichte immer wieder hoch.«

Kapitel 24

»Wir sollten diese Freundin von Jessica befragen«, sagte Hellmann. »Kanea Raschke. Ich kann das übernehmen. Wir müssen so viel wie möglich über Ralf Theile, Jessica Schütte und über das Mordopfer herausfinden. Vielleicht erfahren wir auf diesem Weg auch nützliche Dinge über die beiden Verdächtigen im Fall Gunnar Braun.«

»Du hast tatsächlich Micha auf dem Schirm«, murmelte Anne kopfschüttelnd. Seit ihr Hellmann von den bisherigen Ergebnissen seiner Ermittlungen erzählt hatte, trug sie sich mit verrückten Gedanken herum.

Wenn Micha nicht nur ein Arschloch, sondern ein Verbrecher wäre, würde das ihre Probleme mit ihm in einem völlig anderen Licht erscheinen lassen. Vielleicht würde Thorsten ein schlechtes Gewissen bekommen, da er zumindest indirekt dafür verantwortlich war, dass sie an Michas Seminar teilgenommen hatte. Vielleicht wären die Schuldgefühle so stark, dass er auf einen weiteren Versuch verzichten würde.

Sie rief sich zur Ordnung. Noch war nichts bewiesen. Bisher hatten sie nur Vermutungen, und die Hausdurchsuchungen waren noch nicht genehmigt. Das Letztere könnte sich schnell ändern, wenn sie weitere Indizien gegen Micha fänden.

»Dann fahre ich zu Irmtraud Wicke«, beschloss Anne. »Sie war hier Lehrerin. Bestimmt kann sie uns interessante Dinge erzählen. Zum Beispiel über Ralf Theile.« *Oder Micha*, fügte sie in Gedanken hinzu.

In der Tür stand eine voluminöse Frau in einer mit Puderzucker bestäubten Schürze.

Anne war einen Moment sprachlos, denn sie hatte sich von Irmtraud Wicke eine andere Vorstellung gemacht.

»Wat is, Schätzeken?«

»Sind Sie Frau Wicke?«

»Nee, bin ich nich'. Aber dat Irmi is' drinne. Wir können se doch jezz nich' allein lassen, wo dat mit Ette passiert is'. Die is' völlig oppe. Kommse rein, woll?"

Aus der Wohnung schallte Anne lebhaftes Geplauder entgegen. Sie trat ein und sah etwa zwanzig Frauen auf Sofas und Stühlen verteilt sitzen. Auf einer Theke, die Koch- und Essbereich trennte, standen drei angeschnittene Kuchen.

»Wolln Se auch wat? 'nen Kaffee oder 'n Stück Obstboden? Wir haben allet mitgenommen, können dat gute Zeuch ja nich' wegschmeißen.«

»Nein, danke. Ich würde gerne einen Moment mit Frau Wicke sprechen. Ich bin von der Polizei.«

Die Frau sah sie groß an, dann drehte sie sich zu den anderen um. »Irmi, watt sachste, kannste mit der Polizei reden? Oder soll se morgen wiederkommen?«

Eine schlanke, für ihr Alter erstaunlich attraktive Frau mit Kurzhaarschnitt erhob sich vom Sofa. »Ist schon gut, Ulla.« Sie reichte Anne die Hand. »Kommen Sie, wir gehen nach nebenan. Dort sind wir ungestört.«

Irmtraud Wicke führte sie in einen benachbarten Raum, der wie ein Krankenzimmer eingerichtet war. Hannah Wicke hatte in einem höhenverstellbaren Bett geschlafen. Schrank und Nachttischchen vervollständigten die schlichte Einrichtung. Anne sah eine Tablettenbox, Stereoanlage und einen kleinen Fernseher.

Was sie faszinierte, waren die unzähligen gerahmten Fotos an den Wänden. Sie zeigten Schulklassen. Manche in Farbe, andere in Schwarz-Weiß aufgenommen. Der Hintergrund war immer dasselbe Gebäude, das jetzige Heimatmuseum. Dem Alter nach waren es Grundschüler.

»Das sind eigentlich meine Fotos«, erklärte Irmtraud. »Klassen, die ich unterrichtet habe. Aber meine Schwester hat sie geliebt. Sie hat sie immerzu anschauen wollen, also habe ich sie ihr aufgehängt.«

»Die Grundschule war also im Heimatmuseum?«

»Ja. Sie wurde 2007 geschlossen. Danach habe ich in Marsberg gearbeitet, bis ich vor drei Jahren pensioniert wurde.« Ihr Lächeln sah wehmütig aus.

»Aber Hannah war es immer, die die Kinder um sich geschart hat. Sie selbst hat keine bekommen können. Eine Chlamydien-Infektion mit neunzehn. Sie liebte es, wenn die Kinder zu ihr in den Laden kamen. Dann hat sie ihnen Sagen und Legenden erzählt. Sie interessierte sich sehr für die Geschichte Obermarsbergs, und sie wusste unheimlich viel. Eine Zeit lang hat sie auch Stadtführungen angeboten, so wie ich, doch dann machte ihr das Alter einen Strich durch die Rechnung.«

»Mein herzliches Beileid«, murmelte Anne.

Jedes Mal, wenn sie mit Angehörigen sprach, wurde ihr bewusst, was für ein Einschnitt so ein plötzlicher Tod war. Dass jeder Mensch eine Lücke hinterließ.

»Haben Sie Ihre Schwester gepflegt?«

»Nein. Das hätte Hannah auch nicht gewollt. Der mobile Pflegedienst kam einmal die Woche. Wir wohnen zusammen, seit ich geschieden bin. Und in den letzten Jahren war das auch gut so. Sie hat geistig stark abgebaut und wäre allein nicht mehr klargekommen.«

»Aber ihre Spaziergänge hat sie allein unternommen?«

»Ja. Sie hatte einen Schlüssel. Hin und wieder, wenn sie nachts weg war, habe ich mir Sorgen gemacht. Aber ich konnte sie nicht einsperren. Sie hätte es auch nicht hingenommen.« Irmtraud hatte die Hand auf das Bettgestell gelegt und schloss die Augen.

Es wäre nicht mehr lange gutgegangen, dachte Anne. *Und sie weiß es. Irgendwann hätte sie ihre Schwester einsperren oder in ein Heim geben müssen.*

»Hat Ihre Schwester etwas gehört oder gesehen, weshalb sie sterben musste? Hat sie Ihnen etwas anvertraut?«

Irmtraud Wicke sog überrascht die Luft ein. »Sie denken, dass sie deshalb getötet wurde?«

Anne hob die Hände.

»Ich möchte wissen, was Sie denken.«

»Ich weiß es nicht. Viel Geld hatte sie nicht bei sich. Vielleicht hat sie jemanden verärgert. Sie konnte manchmal richtig böse sein.«

Beschimpft hat sie hauptsächlich die Theiles, dachte Anne.

»Zu wem hatte sie Kontakt?«

»Zum Pflegedienst natürlich. Linda war es meist, die kam. Sie ist hier, vielleicht kann sie Ihnen noch mehr erzählen. Freunde in ihrem Alter hatte Hannah nicht. Sie mochte keine Senioren. Sie hat sich immer nur für Kinder interessiert.«

Linda Braun. Anne hatte sie beim Hereinkommen nicht bemerkt, hatte nur einen flüchtigen Blick in die Runde geworfen. »Danke für den Hinweis! Mit Linda würde ich mich gern ebenfalls unterhalten.«

Anne stellte sich vor die Wand und betrachtete die Fotos. Sie bemerkte Irmtrauds Irritation, die das Gespräch offenbar für beendet hielt.

»Ich hatte gehofft, dass Sie mir noch in einer anderen Sache helfen können. Als Lehrerin wissen Sie doch bestimmt viel über die Leute im Ort.«

»Natürlich.« Irmtraud trat neben sie und betrachtete mit ihr die Fotos.

»Vielleicht haben Sie mitbekommen, dass Ralf Theile und Jessica Schütte vermisst werden. Kennen Sie die beiden?«

Irmtraud trat zwei Schritte zur Seite und zeigte auf das Foto einer rothaarigen Schülerin mit frechen Zöpfen.

»Jessica habe ich vier Jahre lang unterrichtet. Sie war ein aufgewecktes Mädchen. Reif für ihr Alter. Nach ihrer Grundschulzeit hatte ich wenig Kontakt zu ihr. Im Dorf erzählt man sich, sie hätte in der Oberstufe eine Beziehung zu einem ihrer Lehrer gehabt, aber ich weiß nicht, ob das stimmt.«

Sie warf Anne einen Seitenblick zu. »Ich verbreite nicht gern Gerüchte, aber ich weiß, dass der Lehrer tatsächlich die

Schule verlassen musste. Mehr kann ich Ihnen dazu nicht sagen.«

»Das genügt mir«, sagte Anne. Sie betrachtete das Foto. War Ralf auch in dieser Klasse?«

»Nein. Der müsste ein, zwei Jahre älter sein. Hier ist er.« Irmtraud deutete auf einen schmächtigen Jungen, der scheu in die Kamera lächelte. Die Ähnlichkeit zu seinem Bruder war unverkennbar.

»Das war eine anstrengende Klasse«, seufzte sie. »Fast nur Buben.«

Anne entdeckte noch andere bekannte Gesichter. Ein kerniger Junge mit sonnengebräuntem Gesicht. »Ist das Gunnar Braun?«

»Ja. Er hat sich kaum verändert, nicht wahr? Hier, der mit der großen Zahnlücke ist Till Walters. Er und Ralf waren damals schon beste Freunde. Und das ist Karl.« Sie deutete auf einen dicklichen Jungen mit Mondgesicht.

Hinter Karlchen stand ein größerer Junge, der ihm die Hand auf die Schulter gelegt hatte. Die Geste wirkte besitzergreifend, dachte Anne. Sie kannte den Jungen, das ungebändigte Haar, der leicht überhebliche Ausdruck im Gesicht.

»Ist das Micha Bannenberg?«

»Ja. Sie kennen ihn?«, fragte Irmtraud verwundert.

»Ich habe einen seiner Kurse besucht.«

»Ach.« Die ehemalige Lehrerin betrachtete schweigend das Bild, und Anne meinte förmlich spüren zu können, wie alte Erinnerungen in ihr wach wurden.

»Wie haben Sie ihn als Kind erlebt?«

»Micha?«

»Ja.«

»Wieso wollen Sie das wissen? Das hat doch nichts mehr mit meiner Schwester zu tun. Ich kann Ihnen nicht einfach private Dinge erzählen.«

»Sie haben bestimmt gehört, was mit Gunnar Braun geschehen ist. Wir ermitteln auch in diesem Fall.«

Irmtraud sah entsetzt aus.

»Sie denken doch nicht, dass Micha das war?«

»Wir haben noch keinen konkreten Tatverdacht«, sagte Anne beschwichtigend. »Aber wir wissen, dass es zwischen Micha und Gunnar Auseinandersetzungen gab.«

Irmtraud rieb sich über den Nacken. »Gott, wie furchtbar! Als ich es gehört habe, konnte ich es kaum glauben.«

»Wir werden den Fall aufklären«, versprach Anne. »Doch Sie müssen uns sagen, was Sie wissen.«

»In Ordnung. Ja. Also zu Micha: Ehrlich gesagt fällt es mir schwer, Ihnen eine Antwort auf Ihre Frage zu geben. Im Unterricht hat er gut mitgemacht, und er konnte charmant sein, was bei so kleinen Buben ungewöhnlich ist. Er war beliebt, aber ich glaube, er hatte keine engen Freunde. Ich hatte auch nicht den Eindruck, dass ihn das interessierte. Er hat viel Zeit mit Karl verbracht. Der Arme war ein Außenseiter und wurde viel geärgert, heute würde man es vielleicht Mobbing nennen. Micha hat sich seiner angenommen, und darüber hätte ich mich freuen sollen, aber ... Ich weiß nicht, wie ich das sagen soll. Ich hatte nie den Eindruck, dass es eine Freundschaft unter Gleichen war, eher so wie ... na ja, Herrchen und Haustier.« Irmtraud zuckte mit den Schultern. »Aber das ist lange her. Ich mag mich irren.«

»Ich glaube nicht, dass Sie sich irren«, murmelte Anne. »Nein, ich glaube, Sie haben einen wirklich guten Blick.«

Anne sah sich in der Wohnung um und entdeckte Linda Braun. Ihr hübsches kindliches Gesicht war halb unter einer großen Haube verborgen.

»Können wir uns auch noch einmal kurz unterhalten?«

Linda sah sich überrascht um, und Irmtraud nickte ihr aufmunternd zu.

»Geht doch wieder in Hannahs Zimmer. Ich könnte jetzt einen Kaffee brauchen.«

Als Anne die Tür hinter sich schloss, hörte sie die anderen Frauen aufgeregt tuscheln. Die dicke Frau in der bestickten Schürze fragte, ob sie als Nächste an der Reihe sei.

Anne beobachtete Linda, die die Finger ineinander verschränkt hatte und sichtlich nervös am Bettgestell stand.

»Ich glaube nicht, dass ich Ihnen viel sagen kann.« Linda zuckte mit den Schultern. »Sie wollen mich doch nach Hannah fragen, nicht?«

Anne hatte das tatsächlich vorgehabt, aber jetzt fragte sie sich, warum Linda so nervös war.

»Oder?« Lindas Blick irrlichterte zu den Fotos. *Nein, zu einem ganz bestimmten Foto*, dachte Anne. Dem, das sie eben noch mit Irmtraud zusammen betrachtet hatte.

Anne stellte sich direkt davor. »Interessant, diese Klassenfotos, nicht?«, bemerkte sie. »Ihr Mann ist auch drauf.«

»Was wollen Sie mich fragen?«

Anne antwortete nicht. Sie blieb vor dem gerahmten Foto stehen und wartete, bis Linda schließlich an ihre Seite trat. Dann erst sah Anne auf. Der Gesichtsausdruck der anderen Frau war seltsam starr geworden. Jetzt, da sie das Foto betrachtete, schien sie sich nicht mehr losreißen zu können.

»Sagen Sie es mir.«

Linda blinzelte. »Wie bitte?«

»Ich glaube nicht, dass es Gunnars Anblick ist, der sie so erschüttert.«

Linda kniff die Kiefer zusammen.

»Wer ist es dann? Micha?«

Die Frau atmete aus. »Ihr Kollege hat Ihnen bestimmt erzählt, dass wir zusammen waren. Das sind keine guten Erinnerungen für mich.«

»War er gewalttätig?«

Linda schüttelte den Kopf. »Nicht direkt. Nein. Ich möchte nicht darüber reden.« Sie machte Anstalten zu gehen, doch Anne stellte sich ihr in den Weg.

»Nein!« Linda prallte vor ihr zurück. Sie atmete heftig. »Das geht Sie nichts an.«

»Schon gut. Entschuldigen Sie. Ich wollte Sie nicht bedrängen. Warten Sie bitte! Ich wollte Ihnen eigentlich ein paar Fragen zu Hannah Wicke stellen.«

»Warum tun Sie es dann nicht?«, fauchte Linda.

Anne ging auf ihren aggressiven Tonfall nicht ein. »Abgesehen von Ihrer Schwester waren Sie ihre Vertrauensperson. Gab es besondere Ereignisse? Hat sie Ihnen etwas erzählt?«

Linda runzelte die Stirn. »Sie hat ständig erzählt. Von alten Freunden, alten Kunden. Von ihrem Vater, der zu viel getrunken hat.«

»Nichts Aktuelles?«

»Nein.«

»Fällt Ihnen zum Thema Hexensage etwas ein?«

Linda zuckte die Achseln. »Hannah hat oft irgendwelche Sagen erzählt. Ich habe dann meist abgeschaltet. Manchmal habe ich auch Musik gehört. Die alten Geschichten interessieren mich nicht.«

Anne unterdrückte ein Seufzen. Sie hatte sich mehr von dem Gespräch mit Hannah Wickes Angehörigen erhofft, aber bisher hatten sie nichts. Nicht den kleinsten Hinweis, dem sie nachgehen konnten. Kein Motiv.

»Etwas fällt mir noch ein, jetzt, wo sie danach fragen.«

Anne hob den Kopf.

»Hannah hat hin und wieder von einem jungen Mann erzählt, mit dem sie sich trifft. Ich weiß nicht, ob es was für Sie ist. Wahrscheinlich ist es eine Fantasie oder eine alte Erinnerung. Sein Name war mir völlig unbekannt.«

»Welcher Name?« Anne fühlte Erregung, mahnte sich aber, nicht zu viel zu erwarten.

»Sie nannte ihn Magnus«, berichtete Linda. »Hannah hat mir erzählt, dass sie sich treffen und Liebe machen, aber das ist doch völlig verrückt. Sie war über siebzig. Es war bestimmt ein verflossener Liebhaber aus ihrer Jugendzeit, an den sie sich erinnert hat.«

»Vermutlich ja«, murmelte Anne enttäuscht. »Wo hat sie sich angeblich mit diesem Magnus getroffen, wissen Sie das?«

Linda zupfte mit den Fingern an ihrer Unterlippe. »Ich weiß es nicht. Doch. Einmal hat sie von einem Schäferstündchen nachts im Buttenturm erzählt. Ich dachte, das könnte tatsächlich romantisch sein.« Sie lachte traurig. »Sie tat mir leid. Es muss Jahrzehnte her sein, dass sie zuletzt einen Freund hatte. Verheiratet war sie jedenfalls nie. Ich glaube trotz Irmis Gesellschaft war sie einsam.«

Anne begleitete Linda hinaus. Sie wechselte noch ein paar Worte mit Irmtraud und versprach, sich dafür einzusetzen, dass der Leichnam ihrer Schwester möglichst schnell freigegeben wurde. In Gedanken war sie jedoch ganz woanders.

Lindas Worte hatten eine Erinnerung angestoßen. Sie sah sich wieder mit den anderen im Kellerverlies stehen. Es war dunkel. Sie versuchte Saskia zu beruhigen, und Micha erzählte von Hexen, die früher hier unten eingesperrt worden waren. Bei Jessica Schütte hatte man die Hexensage gefunden. Auch in dieser Geschichte wurde eine Hexe in ein Verlies gesperrt. Als man sie am nächsten Morgen fand, war sie erwürgt worden. Vom Teufel.

Eine seltsame Unruhe überfiel sie, und ihr kam ein Gedanke, der fantastisch und absurd war. So absurd wie die Geschehnisse der letzten Tage hier in Obermarsberg.

Kapitel 25

»Die arme Frau Wicke«, seufzte Kanea und räumte Waffeleisen, benutztes Besteck und Schüssel in einen Plastikkorb.
»Sie hat keinem was getan.«

»Kannten Sie sie näher?«, fragte Hellmann. Er hielt ihr
die Holztür der Hütte auf, als sie mit dem Korb hinaus-
kam. Ein Opel Corsa parkte mitten auf der Eresburgstraße,
auf der vor wenigen Stunden noch reges Markttreiben ge-
herrscht hatte. Jetzt waren die Besucher verschwunden, und
zwei Männer mit Müllsäcken sammelten auf, was übrig geblieben war.

Kanea ging zum offen stehenden Kofferraum und stellte den Korb ab. Dabei beantwortete sie Hellmanns Fragen,
konnte aber weder zum Mordopfer noch zu Ralf oder Jessica
viel sagen.

»Ich studiere in Kassel und bin nicht mehr oft hier«, erklärte sie entschuldigend. »Jessica und ich waren nicht befreundet. Aber sie hatte im Ort nicht viele Freunde, zumindest unter den Frauen nicht, deshalb hat sie mich gefragt, ob
wir den Waffelstand zusammen machen.«

Sie sprach betont locker, aber Hellmann hörte etwas anderes in ihrer Stimme mitschwingen. Er hatte das Gefühl,
dass ihre Beziehung zu Jessica nicht ganz so unbefangen
war, wie sie ihn glauben machen wollte.

»Wissen Sie von der Internetseite, die Jessica betreibt?«

Kanea schlug den Kofferraum ihres Corsas zu, und er
konnte ihr Gesicht nicht sehen.

»Ich habe Gerede gehört, aber besucht habe ich die Seite
nicht.«

»Ist das der Grund, weshalb sie unter den Frauen hier keine Freunde hat?«

»Nein. Eher weil sie sich an alle Männer ranschmeißt.«

Kanea schürzte die Lippen. Sie suchte Hellmanns Blick. »Ob verheiratet oder liiert, keiner ist vor ihr sicher. Das kann eine Freundschaft schnell kaputt machen.«

»Haben Sie das auch erlebt? Dass sie Ihrem Freund Avancen gemacht hat?«

Kanea kramte in ihrer Handtasche nach dem Autoschlüssel und gab ein schnaubendes Geräusch von sich, das kein Ja und kein Nein war. Sie feuerte ihre Tasche mit mehr Wucht als nötig auf den Beifahrersitz. Dann zögerte sie.

»Mir fällt noch etwas ein. Es ist schon mehrere Wochen her und erschien mir von Anfang an merkwürdig. Ich hatte dem keine Bedeutung beigemessen, doch jetzt, da so viele schreckliche Dinge hier passieren, kommt es mir wieder in den Sinn. Ich weiß nicht, ob es für Sie interessant ist. Das müssen Sie entscheiden.«

Hellmann hatte mit wachsender Ungeduld zugehört. »Ja?«

»Ich habe Semesterferien und war in den letzten Wochen einige Male kurz bei meinen Eltern zu Besuch. Anfang August – ich glaube, es war ein Sonntag – rief mein Vater mich an und bat mich, ihm zu helfen. Bei seiner Stadtführung war ihm ein Mann abhandengekommen, und mein Vater hatte Angst, dass er gestürzt sein oder sich verirrt haben könnte.

Wir suchten eine Weile erfolglos, erst abends traf mein Vater ihn im Gasthaus vor der Theke an. Er war natürlich ärgerlich, doch den Mann schien das nicht zu stören. Er sagte, er habe sich gelangweilt und die Stadtführung abgebrochen.«

»Okay«, sagte Hellmann, der das Interesse bereits wieder verloren hatte.

»Mein Vater meinte, der Mann habe sich auffällig für die Drakenhöhlen interessiert. Und den Schatz, der angeblich dort versteckt liegt.«

»Ein Schatz?«

»Der Sage nach soll in den Höhlen eine Kette aus purem Gold versteckt sein, die so lang ist, dass man sie dreimal um den Berg wickeln kann.«

»Glauben Sie, dass der Mann nach der Kette gesucht hat?«

Kanea zuckte mit den Schultern. »Wenn, dann ist er ein Idiot. Die Drakenhöhlen sind nicht passierbar. Viel zu gefährlich. Und wenn schon die Einheimischen den Schatz nicht gefunden haben, wird es erst recht keinem Touristen gelingen.«

Hellmann machte sich Notizen, auch wenn er nicht glaubte, dass die Geschichte von Interesse war.

»Wissen Sie den Namen des Mannes?«

»Nein. Aber er ist wiedergekommen.«

Jetzt merkte Hellmann doch auf. »Hast du ihn auf dem Markt gesehen?«

»Er ist Teil von Michas Seminargruppe. Den Namen weiß ich leider nicht, da müssen Sie meinen Vater fragen.«

Winfried Raschke öffnete die Tür und blickte Hellmann verwundert an. »Kriminalpolizei? Meine Tochter hat Sie zu mir geschickt?«

Hellmann berichtete in knappen Worten von dem Gespräch mit Kanea, und Raschke schüttelte verwundert den Kopf. »Auch ich war verblüfft, diesen Kerl bei Michas Truppe wiederzusehen, aber wenn ihm das Programm dort besser gefällt.«

Er zuckte mit den Schultern. »Aber Sie suchen den Mörder der armen Frau Wicke, nicht wahr? Klar würde ich gerne glauben, dass es ein Fremder war und niemand von uns, aber ich fürchte, jetzt ist Kanea wohl die Fantasie durchgegangen. Der Mann war unhöflich und verantwortungslos, mehr nicht.«

»Können Sie mir von der Begegnung erzählen?«

»Kommen Sie herein. Ich würde Sie ins Wohnzimmer bitten, aber meine Frau hat sich dort hingelegt. Gehen wir in die Küche. Trinken Sie einen Wacholder mit mir?«

Hellmann lehnte dankend ab, und Raschke seufzte.

»Dann trinke ich auch keinen.«

»Wissen Sie noch, wie der Mann heißt?«

»Den Namen weiß ich nicht mehr, aber ich habe ihn gewiss aufgeschrieben.«

Raschke verschwand und kam kurz darauf mit einem Ordner wieder, den er auf dem Küchentisch ablegte.

»Meine Frau lässt mich alles abheften. Für die Steuer«, erklärte er und blätterte durch die Seiten. »Man kann nie wissen, sagt sie immer.« Er bot Hellmann einen Stuhl an, aber der blieb lieber stehen.

»Da steht er ja«, sagte Raschke schließlich. »Der Name« lautet Benno Grundmann.«

Er erzählte von dem Vorfall, hatte aber nichts Neues mehr zu berichten. Als Hellmanns Telefon klingelte, nahm er die Gelegenheit wahr, sich schnell zu verabschieden. Draußen meldete er sich mit einem kurzen »Ja?«.

Lothars Stimme klang geschäftsmäßig. »Wir haben Ralf Theiles Wagen auf einem Feldweg zwischen Obermarsberg und Giershagen gefunden. An der Auffahrt zum Mäuseturm. Das ist ein alter Wartturm.«

»Kenne ich«, erwiderte Hellmann. »Ich komme sofort hin.«

Er rief Anne an, beschrieb ihr die Lage des Turms und fragte, ob er sie abholen solle.

Anne schien zu zögern. »Das ist großartig. Wirklich. Aber da

ist noch etwas, das ich überprüfen möchte. Es dauert nicht lange. Ich komme nach.«

»So? Was denn?«

»Es ist nur eine Idee. Vielleicht total verrückt, aber es lässt mir sonst keine Ruhe. Ich melde mich.«

Irritiert legte er auf. Das musste eine merkwürdige Idee sein, wenn sie so ein Geheimnis darum machte.

Kapitel 26

Anne stellte ihr Auto in der Nähe der alten Stiftskirche Peter und Paul ab. Auf einer Wiese nahebei grasten hübsche schwarze Pferde, und in der Nähe sah Anne eine Gruppe in schwarz-weiße Tracht gekleideter Reiter.

Sie folgte dem Schild, das in Richtung Buttenturm und Drakenhöhlen wies.

Erst als sie den Buttenturm erreicht hatte, der sich wie ein großer steinerner Würfel vom Abendhimmel abhob, fiel ihr auf, dass sie keine Taschenlampe bei sich trug. Es war nach zwanzig Uhr, und bald würde es dunkel werden. Hier, jenseits der Straßen, gab es keine Beleuchtung. Sie würde zusehen müssen, dass sie vor Einbruch der Dunkelheit wieder ins Dorf kam, sonst würde sie womöglich den Pfad zurück nicht mehr finden.

Ich sehe kurz nach, ob an meinem Verdacht etwas dran ist, versprach sie sich. *Dann gehe ich zurück.*

Die Tür zum Turm stand offen. Oben auf der Spitze konnte sie das neue Geländer sehen, das Gunnar Braun angebracht hatte. Das Metall leuchtete in der Abendsonne.

Anne lauschte, doch es waren nur die üblichen Geräusche des Waldes zu hören. Blätter, die sich im Luftzug bewegten. Vögel und kleine Tiere im Unterholz. Es roch nach Abend, nach frischem Gras und Wald.

Die vielen Besucher des Mittelaltermarktes hatten Spuren hinterlassen. Um den Turm herum war das Gras platt getrampelt. Die Stelle, wo ihre Gruppe am Donnerstag im Gras gesessen hatte, war nicht mehr auszumachen. Es war ein Ort, umgeben von Wald.

Jetzt, wo die Marktbesucher fort waren, erschien er Anne ideal für ein heimliches Stelldichein. Oder für ein Versteck. Ging ihre Fantasie mit ihr durch?

Anne stieg mit langsamen Schritten die Treppe hinauf und blickte durch die geöffnete Tür, die wie ein schwarzes Loch im Stein gähnte. Sie hörte nichts. Zwar war es stockdunkel im Turminneren, aber es konnte niemand dort sein, sonst würde der Bewegungsmelder anspringen. Es sei denn, jemand hatte ihn abgestellt.

Einen Augenblick lang dachte sie an ihre Dienstwaffe, die in Dortmund im Schließfach lag. Es gab keinen Grund, die Pistole zu ziehen, aber allein durch den Besitz hätte sie sich sicherer gefühlt.

Anne betrat den Turm. War es erst zwei Tage her, dass sie unten im Verlies eingesperrt gewesen war?

Beim nächsten Schritt flammte unter dem schmiedeeisernen Gitter in der Mitte des Bodens Helligkeit auf, die den gesamten Innenraum ausleuchtete. Niemand war zu sehen, und weder von der Deckenöffnung, die auf die Spitze führte, noch vom Kerkerverlies drang ein Laut zu ihr.

Anne ließ sich auf die Knie sinken und beugte sich über das Bodengitter. Der Kerker schien leer zu sein, doch von ihrer Position aus konnte sie nicht den gesamten Raum überblicken. Versuchsweise hob sie das Gitter an und stellte fest, dass es sich leicht öffnen ließ. Um Gewissheit zu haben, dass Jessica nicht hier unten lag, brauchte sie sich nur auf den Boden zu legen und den Kopf durch das Loch zu stecken.

Die Vorstellung löste ein unangenehmes Schwindelgefühl in ihr aus. Der nackte Felsboden lag fünf Meter unter ihr.

Anne lauschte sekundenlang. Dann, bevor ihre Bedenken überhandnehmen konnten, legte sie sich platt auf den Bauch und schob ihren Oberkörper vor. *Nur ein kurzer Blick hinein.* Sie spürte die Kälte am Bauch und an den Beinen. Mit den Händen stützte sie sich auf den Rand.

Dann beugte sie den Kopf hinunter.

Ein kurzer Blick. Ich bin allein hier.

Auf dem Turm ist niemand. Ich hätte ihn von unten gese-
hen. Wenn er sich nicht platt auf den Boden gelegt hat. Hätte
ich besser nachschauen sollen?

Anne öffnete die Augen und sah nackte Felswand. Hier unten war nichts versteckt. Keine Hexe.

Ein Geräusch über ihr.

Panik durchzuckte Anne, und sie stieß sich mit den Handflächen nach oben. Ihre Armmuskeln brannten.

Sie hob den Kopf aus dem Loch und blickte in die weit aufgerissenen Augen von Finn Theile, der im Eingang stand.

»Was tun Sie hier?«

Sie hatten die Frage gleichzeitig gestellt. Anne war mit einem Sprung auf die Füße gekommen, und Finn ließ langsam die Luft entweichen, die er angehalten hatte.

»Mein Gott, im ersten Moment dachte ich, Sie …« Sein Blick fiel auf das geöffnete Kellerverlies. »Ist sie da drin?«

»Wer?«

»Die Hexe.«

Jetzt blieb Anne für einen Moment die Luft weg. Er hatte den gleichen Gedanken wie sie gehabt.

»Ist Jessica da drin?«, fragte er jetzt drängender.

»Nein.«

Seine Schultern fielen herab. *Erleichterung oder Erschöpfung,* dachte Anne.

»Warum bist du hier?«

Er zuckte die Schultern, lächelte scheu. »Es war ein total verrückter Gedanke, aber ich habe mir plötzlich vorgestellt, wie es wäre, wenn tatsächlich jemand die Sagen Wirklichkeit werden lässt. Ich meine mit dem Bäcker am Pranger und Clodoald sind es schon zwei. Dazu kommt die Hexensage. Aber Sie sagen, da ist nichts, also habe ich mich wohl geirrt.«

»Das war wirklich eine verrückte Idee«, bemerkte Anne.

Mit einem Ruck schob sie das Gitter an seinen Platz. »Das müsste mal festgemacht werden. Das Loch ist verdammt tief.«

Finn nickte mit gerunzelter Stirn.

Anne klopfte sich den Staub von den Händen. Sie hatte genug Zeit vergeudet. Jetzt musste sie so schnell wie möglich zum Mäuseturm.

»Ich muss weiter. Gehen Sie nach Hause! Es war ein langer Tag.«

Er hob den Kopf. Seine Stirn glättete sich. »Sie kamen mir vorher schon bekannt vor. Jetzt fällt mir ein, woher ich Sie kenne. Sie sind in Michas Kurs, nicht wahr?«

Verdammt! Den hatte sie bereits erfolgreich verdrängt. »Nicht mehr. Ich hab den Kurs abgebrochen. Ein Todesfall ist wichtiger.«

»Und Sie waren hier. Sie kannten das Verlies. Sie glauben auch, dass alles zusammenhängt.«

»Langsam«, unterbrach ihn Anne. »Ich halte es nicht für unmöglich, das stimmt. Allerdings sind Vermisstenfälle und Mordfälle meist nicht so kompliziert, wie es im Fernsehen oder in Büchern gerne dargestellt wird. Es gibt fast immer einfache Erklärungen. Um jemanden zu töten, braucht man ein starkes Motiv. Angst, Hass, Eifersucht, Liebe.«

»Habgier«, wandte Finn ein. Man brauchte kein Psychologiestudium, um zu erkennen, wovon er ablenken wollte.

Anne nickte. »Auch das.«

Sie nahm Finn sanft bei den Schultern und führte ihn hinaus. Sie hatte keine Zeit mehr zu verlieren. Vielleicht hatten die Techniker bei Ralfs Wagen schon etwas gefunden. »Kommen Sie, wir gehen.«

◆

Der Mäuseturm lag einige Kilometer von Obermarsberg entfernt, umgeben von endlosen Feldern, auf denen Hellmann Kühe und Pferde grasen sah. Vereinzelte Höfe und Scheunen durchbrachen die Einsamkeit.

Der silberne Toyota mit Frankfurter Kennzeichen stand mit weit geöffneten Türen auf einem kurzen Schotterweg, der zum Wartturm führte. Gebhard und sein Team arbeiteten unermüdlich. Vordersitze und Lenkrad hatten sie bereits untersucht und keine Blutspuren gefunden.

Hellmann ging über die Wiese zum Turm, den Blick konzentriert auf den Boden geheftet. Ein Mordfall und zwei vermisste Personen, und bisher standen sie mit leeren Händen da. Theiles Wagen war die erste heiße Spur. Warum hatte er ihn hier abgestellt?

Kollege Lothar wartete beim Turm, die Daumen in seinen Gürtel gehakt.

»Es wird bald dunkel«, sagte er, als Hellmann ihn erreicht hatte. »Wir haben nicht genug Scheinwerfer, um das ganze Gelände auszuleuchten. Wenn Theile sich hier in einer Scheune versteckt, wird er unbemerkt abhauen können, sobald es dunkel wird.«

Hellmann sah sich um. Lothar hatte recht. Es gab zahlreiche Versteckmöglichkeiten, und sie konnten unmöglich alle vor Einbruch der Dunkelheit überprüfen.

»Ich rufe die Chefin an. Vielleicht kriegen wir auch eine Hundestaffel. Überprüft ihr bitte zuerst die östlich gelegenen Scheunen, und sag Gebhard, wir brauchen noch einen Scheinwerfer hier oben.«

»In Ordnung.«

Hellmann betrachtete den Mäuseturm. Er war rund, etwa dreizehn Meter hoch und von viereinhalb Metern Durchmesser. Eine Stahltreppe führte von außen zur einzigen Türöffnung in drei Metern Höhe. Dahinter herrschte völlige Schwärze.

»Lothar!« Hellmann joggte hinter ihm her. »Hast du eine Taschenlampe für mich?«

Mit der Lampe in der Hand umrundete Hellmann zuerst den Turm. Dann stieg er die Außentreppe empor, die sich halbkreisförmig am Turm nach oben wand. Drinnen gab es kein Fenster, und das Tageslicht verlor sich auf wenigen Metern. Hellmann leuchtete mit der Taschenlampe hinein. Der Lichtkegel huschte über gemauerte Wände und die Treppe, die zu einem kleinen Loch in der Decke führte.

Hellmann wusste, dass Lothar den Turm bereits überprüft hatte. Trotzdem begann sein Herz schneller zu schlagen, als er langsam die steile Treppe im Innern hinaufstieg.

War Ralf Theile hier gewesen? Aber warum?

Hellmann gelangte ins zweite Obergeschoss, dann ins dritte, wo er endlich Tageslicht aus der Luke über sich dringen sah. Er stieg bis auf die Spitze hinauf. Ein frischer Wind wehte ihm ins Gesicht.

Von hier aus konnte man die Umgebung gut überblicken. Vereinzelte Windräder drehten sich am Horizont, und in der Ferne sah Hellmann den eckigen Turm der Stiftskirche von Obermarsberg. In der anderen Richtung lag Giershagen.

Bis auf die Scheunen, die als Verstecke dienen konnten, bemerkte Hellmann nichts Ungewöhnliches an diesem Ort. Falls Ralf Theile sich hier in einer der Scheunen versteckt hatte, warum hatte er dann sein Auto gut sichtbar stehen lassen? War er so kopflos geflohen? Oder hatte er hier einen anderen Wagen geparkt gehabt und war nur hergekommen, um die Fahrzeuge zu wechseln?

Dann mussten sie davon ausgehen, dass er alles geplant hatte. Sowohl die Tat als auch den Zeitpunkt, der geschickt gewählt war. Ein Tag, an dem alle beschäftigt waren, an dem man sich gut verkleiden konnte. Ralf war Ritter gewesen, aber er hätte nur das Kostüm wechseln müssen, und niemand hätte ihn erkannt. Das war ebenso genial wie einfach. Hatte Hannah Wicke ihn beobachtet und deshalb sterben müssen?

Hellmann strich sich übers Gesicht. Es passte gut zusammen, doch er durfte sich an dieser Vorstellung nicht festbeißen. Bisher war es nur eine Theorie, die er nicht beweisen konnte. Außerdem durfte er den Fall Gunnar Braun nicht aus dem Hinterkopf verlieren, auch wenn er keine Verbindung sah.

Hellmann klemmte sich die Taschenlampe in den Hosenbund und stieg wieder hinunter. Die Treppe war so steil, dass er beide Hände brauchte und rückwärtsgehen musste.

Er war erleichtert, als er im ersten Stock ankam und wieder festen Boden unter den Füßen spürte. *Wie seltsam, dass der Eingang hier ist und nicht auf Bodenhöhe,* dachte er. *Aber vielleicht hatte man den Wartturm früher so gebaut, um ihn besser verteidigen zu können.*

Erleichtert wandte er sich dem Ausgang zu, hielt jedoch abrupt inne. Er bewegte die Taschenlampe zurück. Für einen Moment hatte er etwas aufblitzen sehen. Ganz schwach nur. Da war es erneut.

Hellmann trat näher und ging in die Hocke. Er hatte keine Plastikbeutel in der Tasche, aber Handschuhe. Er streifte sich den rechten über und streckte dann die Hand aus, um nach dem Smartphone zu greifen. Die Oberfläche war glatt schwarz, im Dunkeln kaum sichtbar, bis auf den feinen Silberrand, der matt glänzte. Das Telefon war ausgeschaltet und staubfrei. Lange hatte es noch nicht im Turm gelegen.

Endlich, dachte Hellmann. *Endlich eine Spur.* Er würde einen Monatslohn darauf verwetten, dass es Ralf Theiles Smartphone war.

Kapitel 27

Anne ließ Finn vorgehen und achtete darauf, dass sie genug Abstand hielt, um ungestört mit Hellmann telefonieren zu können. Die Nachricht, dass er Ralfs Telefon gefunden hatte, elektrisierte sie. »Du denkst, er hat dort die Fahrzeuge gewechselt? Ein guter Gedanke. Ja, dann muss er einen Helfer gehabt haben.«

Sie betrachtete den aufrechten Rücken des jungen Nachtwächters. Hatte er Ralf geholfen? Hatte er gelogen, als er sagte, er wisse nicht, wo sein Bruder ist? Aber wieso war er es gewesen, der sie zu Jessicas Wohnung gerufen und der Hannah Wicke gefunden hatte? Brauchte er eine Erklärung dafür, dass seine Spuren an den Tatorten waren? *Nein, zu absurd. Oder teuflisch schlau?*

Sie beschleunigte ihre Schritte und holte zu ihm auf.

»Besitzen Sie ein Auto, Finn Theile?«

Er warf ihr einen irritierten Blick über die Schulter zu. »Nein.«

»Wie kommen Sie dann zur Schule oder zur Arbeit?«

»Ich mache eine Ausbildung zum Industriemechaniker in Essentho, und dorthin nimmt mich unser Nachbar mit. Manchmal benutze ich auch den Wagen meiner Mutter.«

Die Fahrzeuge der Eltern würden die Kollegen überprüfen. »Der Wagen Ihres Bruders wurde am Mäuseturm gefunden.«

Finn stockte. War die Überraschung in seinem Gesicht echt? Wenn nicht, war er ein besserer Schauspieler als sie. »Was? Und wo ist Ralf?«

»Wir haben nur den Wagen gefunden.«

Finn senkte den Blick, dann beschleunigte er seine Schritte. Anne war geneigt, ihm zu glauben. Aber dann musste Ralf einen anderen Komplizen gehabt haben. Sie mussten seinen Freund überprüfen, diesen Till Walters.

»Vielleicht wurde Ralf von dort abgeholt«, überlegte sie laut. »Wenn er mit dem Auto unterwegs ist, wird er weiter nach Giershagen gefahren sein. Von dort gehen verschiedene Landstraßen ab, die wir überprüfen. Für Ralf wäre es besser, wenn er sich freiwillig stellt.«

»Ich weiß nicht, wo er ist.« Finns Stimme klang müde, aber nach wie vor fest. »Aber ich weiß, dass er nichts getan hat.«

Auf der Wiese sah Anne wieder die schwarzen Pferde und die Reiter in den Trachtenkostümen. Etwas schien nicht in Ordnung zu sein. Jemand gestikulierte heftig. Anne hörte alarmierte Stimmen.

Zwei Frauen aus der Gruppe kamen ihr auf dem Pfad entgegen. Eine atmete schwer, ihr Gesicht hochrot. Die andere hatte geschwollene Wangen und Augenlider, als hätte sie geweint.

Anne beschleunigte ihre Schritte. »Was ist passiert?«

»Haben Sie unten im Wald ein Pferd gesehen?«, fragte die Frau mit dem roten Kopf.

Die Frage brachte Anne aus dem Konzept. Finn antwortete: »Nein. Fehlt Ihnen ein Tier?«

»Ja«, schniefte die andere Frau. »Meine Stute Lilli. Sie hat einen weißen Fleck am rechten Ohr.« Sie sah hoffnungsvoll von Finn zu Anne, und als sie realisierte, dass die beiden nichts gesehen hatten, begann sie heftig zu blinzeln, und ihre Mundwinkel zitterten.

»Was machen wir denn jetzt?«, schluchzte sie.

»Tut mir leid, Jutta, aber wir müssen die anderen Tiere wegbringen«, sagte die zweite Frau. »Wir suchen schon seit anderthalb Stunden. Vielleicht können wir den Förster anrufen.« Ihr Blick suchte Anne. »Haben Sie die Telefonnummer?«

Sie schüttelte bedauernd den Kopf.

»Ich weiß sie nicht auswendig, aber ich kümmere mich darum«, versprach Finn.

Die Frau sah erleichtert aus. »Ich gebe Ihnen meine Handynummer, dann können Sie mich anrufen.« Sie wandte sich zu der anderen. »Wir bringen die Tiere weg, und danach kommen wir wieder. Vielleicht hat der Förster Lilli dann schon gefunden.«

Anne hatte es eilig weiterzukommen. »Viel Glück bei der Suche!«

Als sie durch den Ort fuhr, fiel ihr ein, dass sie gar nicht wusste, wo der Mäuseturm lag. Sie hielt neben Finn an und kurbelte das Fenster herunter.

Als hätte er es geahnt, war er stehen geblieben. Sie fragte ihn nach dem Weg, doch er starrte vor sich hin, schien ihre Frage gar nicht zu hören.

»Wie komme ich am besten zum Mäuseturm?« rief Anne, jetzt lauter.

Finn drehte den Kopf in ihre Richtung. Sein Gesicht war kreideweiß geworden. Er bewegte die Lippen.

»Was ist? Was haben Sie gesagt?«, fragte Anne.

»Der Rittersprung!« Sein Mund stand offen. Er atmete hektisch. »Das Pferd«, rief er gehetzt. »Die nächste Sage. Es war Abenddämmerung, als der Ritter vom Felsen gestürzt ist.« Sein Gesicht verzerrte sich. »Oh Gott, Ralf!« Er lief los.

Es dauerte nur wenige Sekunden, bis Anne begriff. Entschlossen riss sie die Tür auf, sprang aus dem Auto und rannte hinter Finn her. Sein schwarzer Mantel verschwand hinter einer Hausecke, aber Anne wusste ungefähr, wohin sie musste. Im Laufen zerrte sie ihr Telefon aus der Tasche und dankte dem Himmel, dass sie Hellmann auf der Kurzwahltaste eingespeichert hatte.

»Was ist?«

»Wir brauchen einen Krankenwagen«, stieß sie hervor. »Und Einsatzkräfte. Beim Rittersprung. Ralf Theile ist möglicherweise auf einem Pferd am Berghang unterwegs. Verdammt, frag jetzt nicht, einer der Einheimischen wird es dir sagen können. Der Rittersprung! Der Sage nach ist dort ein Ritter herabgestürzt. Beeil dich bitte!«

Sie konnte Hellmanns Skepsis spüren, aber er zögerte nur einen Augenblick. »Ich komme.«

»Danke«, keuchte Anne. »Das vergesse ich dir nie.«

♦

Wie ein Zugvogel, der einem unsichtbaren Magnetfeld folgt, rannte Finn geradeaus. Er kümmerte sich nicht um Straßen und Wege, sondern sprintete durch Gärten und sprang über Zäune. Die Angst verlieh ihm eine Geschicklichkeit, die er sich selbst nicht zugetraut hätte.

Es gab einige Trampelpfade entlang des Berghangs, die zum Rittersprungfelsen führten, doch Finn brauchte ihnen nicht zu folgen. Er war hier aufgewachsen, war als Junge durch die Wälder gestreift und kannte die Umgebung, als wäre die Karte auf seine Netzhaut geprägt worden.

Er erreichte den alten Stadtwall, kletterte über einen Zaun und ließ sich den Berghang hinabrutschen. Er brach durch dichtes Brombeergestrüpp und achtete nicht auf die Dornen, die seine Arme und Beine aufrissen und den schwarzen Umhang zerfetzten. Zum Glück trug er keine Holzschuhe, sonst hätte er auf Strümpfen laufen müssen. Aber auch das hätte ihn nicht aufgehalten.

Schweigend rutschte er bergab und hörte nur seinen eigenen schnellen Atem und das Pochen des Blutes in seinem Kopf. Kein Schlagen von Hufen, kein Wiehern. War das ein gutes Zeichen? Oder kam er zu spät?

Endlich erreichte er den Schieferfelsen, sprang das letzte Stück herunter und kam wenige Meter vom Geländer entfernt zum Stehen. Keuchend sah er sich um.

Kein Pferd. Kein Reiter. Seine Unterschenkel und Hände brannten.

Doch der Schmerz war dumpf und wurde durch das Adrenalin zurückgedrängt, das durch seine Adern pumpte.

Als er sich über das Geländer beugte, um in die Tiefe zu sehen, zitterten seine Beine. Doch die zerschmetterten Körper von Pferd und Reiter und die stöhnenden Schreie existierten nur in seinem Kopf. Das Unterholz war unversehrt. *Es ist nicht passiert. Du bist rechtzeitig gekommen.*

Finn drehte sich um und lehnte sich gegen das Geländer, versuchte seinen rasenden Puls zu beruhigen und langsamer zu atmen. Doch er wusste, dass es nicht mehr lange dauern würde. Der Himmel hatte sich verdüstert. Die Abenddämmerung war da.

Dann ertönte im Wald ein Knall, als hätte jemand einen Böller gezündet, und Finn wusste, dass es jetzt geschah. Das Pferd würde durchdrehen vor Angst, und von irgendwoher würden Ralf und das Tier auf ihn zu galoppieren. *Wenn sie nicht vorher abstürzen.*

Oben im Dorf ertönte Sirenengeheul. Die Polizistin hatte Verstärkung geholt. Doch er wusste, sie würden zu spät kommen.

Ralf war nicht mehr weit entfernt, das spürte er.

Finn stellte die Beine auseinander, um einen besseren Stand zu haben, und wartete. Er wusste nicht, von welcher Seite sein Bruder kommen würde. Er wusste nicht, wie er allein ein heranpreschendes und vermutlich panisches Pferd aufhalten sollte. Aber darüber würde er sich Gedanken machen, wenn es so weit war.

♦

Finn Theile war aus ihrem Blickfeld verschwunden, doch Anne war sich sicher, dass sie den Rittersprungfelsen auch ohne seine Hilfe wiederfinden würde. Sie rannte durch eine enge Gasse, aber als sie den Stadtwall erreichte, erkannte sie, dass sie sich zu weit nördlich befand. Sie folgte dem Wall, sah ein Schild, das zum Rittersprung wies.

Der Trampelpfad führte den Berghang hinab, und Anne war sich sicher, dass es derselbe Weg war, den sie mit Michas Gruppe hinaufgekommen war.

Sie sprintete den Pfad entlang und musste an Micha denken. Sie sah ihn vor sich, wie er mit ausgebreiteten Armen am Geländer stand und ihnen die Geschichte vom Rittersprung erzählte. Sein Lächeln verwandelte sich in ein überlegenes Grinsen.

Die Erinnerung löste Aggressionen aus, und Anne ließ zu, dass Wut und Energie sie durchströmten. Sie durfte jetzt nicht innehalten. Nicht nachdenken, nicht zweifeln. Sie hatte eine Entscheidung getroffen, war Finns plötzlicher Eingebung gefolgt. Nun musste sie durchziehen, was sie begonnen hatte. Sie hörte den Knall, dessen Echo im Tal zurückgeworfen wurde.

Anne drehte sich um. Würde dort hinter der nächsten Biegung gleich ein Reiter hervorpreschen? Der Gedanke schien wahnwitzig. Der Pfad war viel zu schmal, von dicken Wurzeln und Steinen durchzogen. Zur einen Seite hin fiel er steil ab. Es ging kilometerweit nach unten, über Felsen, Dornen und Unterholz. Niemand, der seine fünf Sinne beisammenhatte, würde ein Pferd hier entlangführen, geschweige denn reiten.

Anne versuchte in den Bauch zu atmen. Wo war Finn? Der Rittersprung konnte nicht weit entfernt sein. Sollte sie weitergehen? Sie wollte es tun, konnte sich von der Biegung hinter ihr aber nicht losreißen. Die Kurve, der hervorspringende Fels. Jetzt hörte sie das Schlagen der Hufe, und nur einen Lidschlag später preschte das Pferd hervor. Groß und schwarz tauchte es hinter dem Felsen auf und galoppierte direkt auf Anne zu.

Ihr Blick traf den des Tiers. Seine Augen waren übergroß vor Panik. Auf dem Pferd saß der Ritter wie eine Puppe, und sein Oberkörper schwankte bedrohlich hin und her. Sein Kopf war von einem Helm bedeckt und das Visier heruntergeklappt. Er konnte offenbar überhaupt nichts sehen.

Hufe rutschten weg, lösten Lawinen von Steinen und Blättern aus. Anne breitete die Arme aus, versuchte sich groß zu machen. »Halt!«, rief sie. »Halt an!« Sie riss die Arme hoch über den Kopf. Wieder knallte es, und Anne sah das Pferd zusammenzucken.

»Gott, jemand schießt«, schrie sie, dann raste das Tier fast mit der Gewalt eines ICEs auf sie zu. Anne warf sich zur Seite und rollte einige Meter den Abhang runter. Irgendetwas bohrte sich schmerzhaft in ihre Schulter, doch sie achtete nicht darauf, sprang auf die Füße und hastete über den Waldboden, der unter ihr nachgab und den Abhang hinunterrieselte, zum Weg zurück.

Sie rief nach dem Tier, obwohl sie wusste, dass es sinnlos war. Dann sah sie den Rittersprung.

Finn Theile stand dort. Auch er hatte die Arme erhoben. Sein schwarzer Umhang bauschte sich hinter ihm. Das Pferd galoppierte direkt auf ihn zu. Er hatte keine Chance.

Anne hörte das Tier aufschreien. Sie hörte Todesangst. Ihr war, als riefe auch der Ritter, doch seine Stimme wurde durch den Helm gedämpft. Annes Hand verkrampfte sich auf ihrer Brust. Sie wollte den Blick abwenden, konnte es aber nicht.

Das Pferd stürzte auf den Jungen zu. Dann sah Anne etwas in seiner Hand, eine rötliche Reflexion der Abendsonne. Ein Horn. Finn setzte es an die Lippen, und ein lang gezogener, dumpfer Ton hallte durch den Wald.

Oben hörte Anne das Rufen der Kollegen. *Findet den Schützen*, sendete sie ihnen ein lautloses Stoßgebet zu. Finn blies noch einmal in sein Horn, und das Pferd wurde langsamer. Bewegte die Ohren. *Es kennt die Geräusche*, dachte Anne. *Trompeten, Fanfaren.*

Direkt vor Finn kam das Pferd zum Stehen, wirkte aber immer noch unruhig und verängstigt. Es schnaubte wütend.

Endlich hatte Anne den Rittersprung erreicht und half Finn, das aufgebrachte Tier festzuhalten. Seine Flanken zitterten.

»Das war einfach unglaublich.«

»Irgendetwas stört es!«, rief Finn. »Schnell, helfen Sie mir, Ralf herunterzuholen!«

Der Reiter war mit seinen Händen vorne am Sattel festgebunden, und Seile hielten seine Füße unter dem Bauch des Tiers zusammen. Anne verfluchte ihre mangelnde Ausrüstung und versuchte zuerst, den Knoten an den Füßen zu lösen, was sich als äußerst schwierig herausstellte, da das Pferd nicht stillhielt.

»Was zum Henker ist hier los?«, schnaufte Hellmann hinter ihr.

»Na endlich! Schnell, hast du ein Messer?«

Mithilfe von zwei weiteren Kollegen gelang es ihnen, den Reiter herunterzuholen, dem sofort die Beine wegknickten. Sanitäter nahmen ihn entgegen, um ihn aus seiner Rüstung herauszuschälen.

Finn löste mit schnellen Griffen den Sattel und fuhr mit der Hand über den Rücken des Tiers. Als er die Finger öffnete, sah Anne die scharfkantigen Steine, die sich in das Fell gebohrt hatten.

Anne merkte, wie sie selbst vor Erleichterung ganz schwach wurde.

»Jetzt ist alles vorüber«, sagte sie zu dem Pferd und strich ihm über den schwarzen Hals. »Du bist in Sicherheit.«

Kapitel 28

Anne betrachtete die beiden Brüder, die zusammen im Rettungswagen saßen. Ralf Theile hatte eine Decke um die Schultern geschlungen und trug einen frischen Verband um den Kopf, wo die Sanitäter eine Platzwunde genäht hatten. Trotz des verschwitzten Leinenhemds und all seiner Blessuren war er ein attraktiver Mann, aber Anne konnte immer noch den schmächtigen Jungen in ihm sehen, der ihr auf Frau Wickes Fotos schüchtern entgegengelächelt hatte.

»Ihre Eltern werden gleich hier sein und Sie abholen«, sagte Anne zu ihm. »Können Sie mir vorher ein paar Fragen beantworten?«

Ralf trank einen Schluck Wasser und reichte das Glas seinem Bruder. Er sah angestrengt aus, litt vermutlich noch unter den Nachwirkungen seines halsbrecherischen Ritts.

»Ja, natürlich. Wenn Sie mir zuerst sagen, ob Sie Jessica gefunden haben. Ich habe schon Ihre Kollegen gefragt, aber niemand wollte mir etwas mitteilen.«

»Nein. Sie wird noch vermisst. Wann haben Sie Frau Schütte zuletzt gesehen?«

»Gar nicht! Ich habe eine Nachricht bekommen und bin zum Mäuseturm gefahren ...«

»Bitte erzählen Sie der Reihe nach«, unterbrach ihn Anne. »Beginnen Sie mit gestern Abend. Sie und Jessica haben sich gestritten. Worum ging es bei dem Streit?«

Ralf blinzelte heftig. »Sie hat mich provoziert. Ich weiß nicht, warum, es kam aus heiterem Himmel. Aber so ist sie manchmal. Aus dem Nichts fängt sie Streit an und lässt nicht locker, bis er eskaliert. Ich hätte mich nicht provozieren lassen dürfen, aber es ist passiert. Ich hatte die Nacht davor kaum geschlafen.«

Er warf Finn einen schuldbewussten Seitenblick zu. »Wir hatten was miteinander. Ich dachte, es würde ihr etwas bedeuten, deshalb hat es mich so wütend gemacht, als sie sich Till an den Hals warf. Dabei hätte ich wissen müssen, dass es nichts bedeutete. Ach verdammt, ich hab ihr eine gescheuert. Deswegen fühle ich mich mies.«

»Danach sind Sie nach Hause gegangen?«

»Ja.« Wieder sah er seinen Bruder an, der das Gesicht abgewandt hatte und eisern schwieg. *Finn ist der Stärkere von beiden*, begriff Anne plötzlich. *Er ist es vermutlich immer gewesen und merkt es doch selbst nicht.*

»Und weiter?«

»Danach habe ich sie nicht mehr gesehen. Obwohl ich nach ihr gesucht habe. Ich wollte mich entschuldigen. Dann, beim Armbrustschießen, vibrierte mein Telefon, und ich bekam eine Nachricht von ihr. Nein, nicht von ihr. Es war ein Bild. Mit Jessicas Gesicht. Sie hatte Angst, und da war Blut an ihrer Lippe. In der Nachricht stand, dass die Hexe entführt worden sei.«

Er stockte und schluckte hart. »Dass ich sofort zum Mäuseturm kommen müsse, sonst würde sie sterben. Ich solle niemanden einweihen.« Er brach ab. Finn legte ihm die Hand auf den Arm.

»Sie sind allein zum Mäuseturm gefahren?«, vermutete Anne.

Ralf nickte. »Ich hatte nicht daran gedacht, eine Taschenlampe mitzunehmen. Dort drin ist es stockdunkel. Aber ich wagte auch nicht umzukehren. Ich nahm das Schwert aus meiner Tasche, in der auch der Rest meiner Rüstung war. Dann bin ich den Turm hochgestiegen, wie so ein dämlicher Ritter, der seine Prinzessin befreien will.«

Seine Mundwinkel zuckten, doch nicht vor Lachen.

»Im Turm ist es eng, und das schwere Schwert behinderte mich eher, als es mir nützte. Trotzdem fühlte ich mich stark.

Als ich ins zweite Obergeschoss emporstieg, krachte etwas auf meinen Kopf. Ich verlor das Gleichgewicht und war drauf und dran, die Treppe runterzustürzen. Doch jemand hielt mich am Arm fest, und ich erinnere mich nur noch an ein feuchtes Tuch über meinem Gesicht. Der Geruch war stark. Ich hörte das Scheppern, als das Schwert unten aufschlug. Dann weiß ich nichts mehr.«

Der Täter hatte also Diethylether oder Chloroform benutzt. Sie würden die umliegenden Apotheken überprüfen, auch wenn man sich das Mittel leicht übers Internet beschaffen konnte.

»Wann und wo sind Sie aufgewacht?«

»Erst als ich auf dem Pferd saß. Ich wusste nicht, wo ich war, konnte mich nicht bewegen, und das Tier schwankte. Ich konnte kaum etwas sehen. Mir war übel, und ich hatte solche Angst, mich übergeben zu müssen. Ich hatte ja den Helm auf. Dann knallte es hinter mir. Ein Schuss oder ein Silvesterböller. Das Pferd stürzte los. In dem Moment begriff ich, wo wir waren, und ich wusste, dass wir abstürzen würden. Ich wollte das Pferd zum Stehen bringen, aber ich konnte Hände und Beine nicht bewegen.«

Er war blass geworden und streckte die Hand nach dem Wasserglas aus. Doch seine Hände zitterten so stark, dass er es wieder absetzen musste. Finn half ihm schweigend.

»Ich hoffte nur noch, dass wir tief genug fallen würden. Damit es schnell geht.«

Anne hörte einen Wagen kommen, wandte ihren Blick aber nicht von Ralf ab. Wenn es die Eltern waren, würde Hellmann sie zurückhalten, bis sie mit der Befragung fertig war. »Zum Glück hat Ihr Bruder das Schlimmste verhindert.«

Sie sah zu Finn. »Das war unglaublich schlau und mutig von Ihnen. Ich wäre nicht auf den Gedanken gekommen, das Pferd durch ein Horn zu beruhigen.«

»Es war das Einzige, was ich zur Hand hatte.« Finn lächelte bescheiden. »Aber es war gut, dass Ihre Kollegen rechtzeitig da waren und den Täter verjagt haben. Wenn er noch mal geschossen hätte, wäre das Tier bestimmt total durchgedreht.«

»Das ist gut möglich.«

Anne blickte hinüber zum Wald, wo mehrere Suchtrupps und Hundeführer die Umgebung nach Spuren durchkämmten. Mittlerweile war es vollkommen dunkel geworden, und sie sah nur das gelegentliche Aufblitzen eines Scheinwerfers zwischen den Baumwipfeln.

Hoffentlich finden sie hier etwas, dachte sie. *Bisher war er uns immer einen Schritt voraus, und die letzte Katastrophe haben wir nur mit Mühe abwenden können. Wenn wir Jessica nicht bald finden, wird es zu spät für sie sein.*

»Was denkst du?«, fragte Anne, nachdem sie Hellmann von ihrem Gespräch mit Ralf Theile berichtet hatte.

Es war vollständig dunkel geworden, und Hellmann stand mit dem Rücken zur offen stehenden Tür der Schützenhalle, die als provisorischer Einsatzstützpunkt eingerichtet worden war. Das Licht, das auf den Vorplatz fiel, beleuchtete sein Gesicht nicht.

»Ich denke, er sagt die Wahrheit. Die Nachricht auf seinem Smartphone haben wir gefunden. Sie wurde von Jessicas Telefon abgeschickt, und ich denke, eine Funkzellenüberprüfung wird ergeben, dass es hier im Umkreis passiert ist.«

Er seufzte. »Wenn wir ihr Handy nur orten könnten. Aber seitdem war es nicht mehr eingeschaltet.«

»Dann kann Ralf Hannah Wicke nicht getötet haben.«

Sie sah sein Kopfschütteln.

»Bleibt noch Magnus.«

»Wer ist Magnus?«

»Ihr heimlicher Liebhaber. Falls er existiert.« Anne berichtete ihm von ihren Gesprächen mit Linda und der pensionierten Lehrerin. Eine Reaktion sah sie nicht, hörte aber sein ungläubiges Lachen.

»Also ich kann mir zwar vorstellen, dass ein Rentner in der Lage ist, seine Geliebte zu erwürgen, aber dass er Jessica und Ralf und ein Pferd entführt und einen Ritter darauf festbindet, keine Chance.«

»Ich meine keinen Rentner. Linda sprach von einem jüngeren Liebhaber. Ist das so abwegig?«

Anton Hellmanns Schnauben war eine deutliche Antwort.

»Nur weil du es dir nicht vorstellen kannst, muss das nicht heißen, dass sich kein Mann auf eine wesentlich ältere Frau einlassen würde«, sagte Anne. *Linda hielt es für eine Fantasie oder eine Erinnerung. Aber es ist alles, was wir im Moment haben.*

»Wie auch immer. Wir überprüfen den Namen. Vielleicht bringt uns das weiter.« Hellmanns Ton verriet deutlich, für wie wahrscheinlich er das hielt. »Das Wichtigste ist, dass wir Jessica Schütte finden. Ich denke nicht, dass sie allzu weit entfernt ist. Der Täter hat sie am Freitagabend entführt und ist samstagnachmittags bereits wieder vor Ort gewesen, um sich Ralf Theile zu holen – und Hannah Wicke zu erwürgen, falls wir recht haben und es tatsächlich derselbe Mann war. Dass es ein Mann ist, darüber sind wir uns einig, oder?«

Anne wiegte den Kopf. »Ich glaube nicht, dass eine Frau Ralf Theile auf das Pferd gehoben hat. Aber können wir eigentlich davon ausgehen, dass Jessica Schütte Opfer in dieser Sache ist? Was, wenn sie das Blut in ihrer Wohnung verschmiert hat, um uns irrezuführen? Was, wenn sie Ralf Theile zum Mäuseturm gelockt hat? Eine blutige Lippe kann man nachstellen.«

»Glaubst du das?«

Sie zögerte. Wenn sie versuchte, ihre Theorie in Worte zu fassen, klang sie noch unglaubwürdiger als in ihrem Kopf. »Nur mal angenommen, es gibt einen Zusammenhang, so wie Finn angedeutet hat. Also nicht nur zwischen der Entführung und Ralf Theile sowie der Ermordung von Frau Wicke, sondern auch mit all den anderen seltsamen Ereignissen.« Sie holte ihren Notizblock heraus und stellte sich ins Licht. Hellmann blickte über ihre Schulter.

»Mittwochnacht: Thomas Kresnik wird an den Schandpfahl gebunden. Es gibt einen Bezug zu einer Sage. Freitag-morgen: Gunnar Braun wird angegriffen und geblendet. Be-zug zu einer Sage. Samstag: Hannah Wicke wird erwürgt, so wie die Hexe in der Geschichte, und Ralf Theile muss die Hauptrolle in der Rittersprungsage spielen. Das sind die Fakten.«

»Großer Gott! Du denkst, wir haben es mit einem Serien-täter zu tun? Mit einem Verrückten? Der ein Faible für alte Sagen hat und sie hier alle neu inszeniert?« Sie hörte Un-glauben in seiner Stimme, aber auch Faszination.

Für Hellmann musste dieser Fall ein Geschenk sein, aber auch eine Fallgrube, in die er jederzeit stürzen konn-te. Je nachdem, wie die Geschichte ausging. Es war für ihn die Chance, sich zu beweisen. Sein Sprungbrett nach Dort-mund, wo er so lange schon hinwollte. Oder, wenn es schief-ging, das Grab für seine berufliche Laufbahn.

Aber war es für sie nicht ähnlich? Ihre Zukunft hing an einem seidenen Faden. Dieser Fall würde alles entscheiden. So war es. »Glaubst du das alles wirklich, Anne?« Seine Stimme klang belegt.

»Ja«, sagte sie. »Und ich erinnere mich daran, dass du im Fall Gunnar Braun zwei Verdächtige hattest. Einer von bei-den besitzt große Überredungskunst, ist suggestiv und übt Macht über andere Menschen aus. Er könnte Jessica Schütte zu seiner Komplizin gemacht haben.«

Hellmann befeuchtete seine Lippen. »Du sprichst von Micha Bannenberg. Aber wir haben nichts gegen ihn in der Hand. Es gibt keine Verbindungen zu Ralf oder Jessica oder zu Hannah Wicke.«

»Vielleicht gibt es sie, und wir kennen sie nur nicht. Mor-gen ist wieder Markttag, und der Ort wird voller Menschen sein. Was, wenn der Täter mit seiner Inszenierung noch nicht fertig ist? Wenn er sich weitere Opfer sucht? Wir ha-ben keine Zeit zu verlieren. Wir müssen Michas Wohnung durchsuchen. Ich rufe Thorsten an und besorge uns Rücken-deckung. Dann fahren wir hin.«

»Das ist die verrückteste Geschichte, die ich je gehört habe«, sagte Thorsten.

Anne lächelte. »Geht mir genauso. Obermarsberg ist ein seltsamer Ort. Überall sind hier historische Denkmäler und Schautafeln mit Sagen und Geschichten. Dazu kommen die vielen kostümierten Leute, die hier herumlaufen. Ich weiß auch nicht, es ist irgendwie – magisch.«

»Bleiben wir beim Fall. So wie ich dich verstehe, geht es um Micha Bannenberg, deinen ehemaligen Kursleiter.« Er klang abgekämpft, und Anne wurde bewusst, dass er selbst auch den ganzen Tag gearbeitet hatte.

»Habt ihr noch irgendetwas anderes?«, fragte er. »Eine Verbindung zu diesem Rolf Theile?«

»Ralf«, korrigierte sie leise.

»Ralf. Zu der vermissten Frau oder zu der Toten. Habt ihr noch etwas?«

»Nein«, musste Anne zugeben. »Nur die Aussage der Pflegerin der Toten – die übrigens die Ehefrau von Gunnar Braun ist –, dass Hannah Wicke sich mit einem jüngeren Mann getroffen hatte, den sie Magnus nannte. Es gibt niemanden in der Gegend, der so heißt. Wir denken, es ist ein Kosename.«

»Und du glaubst, Micha ist dieser Magnus?«

Vor Annes innerem Auge entstand das Bild von Micha Bannenberg in den Armen der alten Frau. Wie sie ihm mit den knorrigen Fingern durch die dichten Locken fuhr und über die glatte, braun gebrannte Haut strich.

Nein, wollte sie sagen. »Ja. Vielleicht. Wir haben aber keinen Hinweis darauf«, kam sie seiner Frage zuvor. »Es ist nur eine Vermutung, aber es ist die beste Spur, die wir im Moment haben. Die einzige.«

Sie hörte seinen leisen Seufzer und wusste, dass er Nein sagen würde, noch bevor er sprach. Warum hatte sie ihn nur angerufen und es nicht selbst durchgezogen? Ach ja, weil sie sich keine Fehler mehr erlauben durfte.

»Ich frage mich wirklich, warum ich dir das sagen muss, Anne. Aber das reicht nicht. Es geht hier um Mord, und da kannst du nicht einfach ins Blaue hinein ermitteln.« Jetzt klang er wirklich verärgert. »Verdammt, mach endlich deine Arbeit!«

♦

Finn hockte in dem Sessel, in dem er als Kind bei gemeinsamen *Wetten, dass ...?*-Abenden Platz genommen hatte. Jetzt saßen sie wieder zusammen. Ralf neben Norbert auf dem Dreiersofa, und Eva hatte einen gepolsterten Hocker hingestellt, damit er seine Beine hochlegen konnte.

Sie öffnete eine Flasche Weißwein. Ralf schüttelte schwach den Kopf, als sie ihm ein Glas reichte.

»Mein Magen ist noch nicht in Ordnung. Ich bleibe bei Kamillentee.«

Aber Finn, der sonst nie Wein trank, nahm ein Glas. Jetzt, wo alles vorbei war, spürte er seine Hände zittern und wie ihm abwechselnd heiß und kalt wurde.

Norbert hatte durchs Fernsehprogramm geschaltet und das Gerät auf Evas Aufforderung hin wieder ausgemacht. Jetzt redeten sie, tranken Wein oder Tee und aßen aufgewärmte Gulaschsuppe und frisch aufgebackenes Baguette.

Finn spürte, dass es ein brüchiger Frieden war. Aber auch er wollte ihn jetzt nicht kaputt machen. Für heute hatten sie genug durchgemacht. Sie redeten über dies und das, aber niemand sprach Jessicas Namen aus.

Dann klingelte es an der Tür, und er schreckte auf. In Norberts irritiertem Gesicht sah er, dass auch sein Vater niemanden erwartete.

»Vielleicht ist es Till«, sagte Ralf.

»Vielleicht.« Eva sprang auf. Sie wirkte merkwürdig erfreut.

Finn hörte eine Frauenstimme, und für einen Moment durchzuckte ihn die widersinnige Hoffnung, es könnte Kanea sein. Doch welchen Grund hätte sie, ihn jetzt zu besuchen?

Die Frau, die den Raum betrat, hatte schulterlanges Haar und trug einen hellen Trenchcoat. Mit schnellen Schritten war sie bei Ralf, hockte sich neben ihn und fuhr mit den Händen über seine Arme.

»Sandra!« Er und ihr Vater waren gleichermaßen überrascht. Sie schlüpfte neben Ralf aufs Sofa und gab ihm einen innigen Kuss.

»Ich bin so froh, dass du wohlauf bist. Als Eva mich angerufen hat, bin ich sofort losgefahren. Mein armer Schatz! Wie geht es dir?«

Er schluckte und hielt sie fest. »Du bist gekommen.«

»Natürlich.«

»Wo ist Toni?«

Sie drehte den Kopf und sah zu Eva, die mit dem schlafenden Jungen im Arm an der Tür stand.

»Ich bringe ihn ins Bett«, flüsterte sie strahlend.

Finn sah zu, wie Sandra seinem Bruder über die Wange strich. »Ich muss wirklich besser auf dich aufpassen.«

Du hast ja keine Ahnung, wie recht du damit hast.

Norbert und Finn tranken ihren Wein aus und zogen sich wie auf eine unausgesprochene Vereinbarung zurück, um dem Paar ein wenig Zeit für sich zu lassen.

Jetzt, da das Adrenalin nachgelassen hatte, spürte auch Finn die Erschöpfung. Er ging hoch in seine Wohnung und blieb an Ralfs geöffneter Zimmertür stehen. Seine Mutter hatte das Kinderreisebett aufgestellt und Toni hineingelegt.

Finn trat ein und betrachtete den schlafenden Jungen. Den halb geöffneten Mund, durch den er langsam ein- und ausatmete. Die kleine, speckige Hand, die entspannt neben seinem Gesicht auf dem Kissen lag.

Er dachte, dass es gut wäre, wenn Jessica einfach verschwunden bliebe.

Kapitel 29

Mach endlich deine Arbeit, hatte Thorsten gesagt. Anne kochte innerlich. Was, glaubte er, tat sie den ganzen Tag? Sie hatte Heiko verärgert und ihren Urlaub für diesen Fall abgebrochen. Zugegeben, es war der schrecklichste Urlaub ihres Lebens gewesen, aber was spielte das für eine Rolle? Und wie stellte Thorsten sich das überhaupt vor?

Sie sollte zu Heiko fahren, dann würde sie ihn noch sehen, bevor er sich schlafen legte. Der Gedanke, sich neben ihm in einem richtigen Bett auszustrecken, war verlockend. Sie würde endlich wieder ein festes Dach über dem Kopf haben. Nach einer erholsamen Nacht und einem leckeren Frühstück mit Kaffee und Orangensaft würde sie sich besser auf den Fall konzentrieren können. Vielleicht würde sie dann durchblicken.

Aber was war mit Jessica Schütte? Wo war sie? Was, wenn sie keine Komplizin, sondern doch ein Opfer war und sich in einer schrecklichen Notlage befand?

Anne biss die Zähne zusammen und stieß die Luft hindurch. Nein, weder sie noch Anton Hellmann würden sich heute Nacht schlafen legen.

Thorsten brauchte Indizien gegen Micha, und die würde sie besorgen. Währenddessen lief die Fahndung nach Jessica weiter. Aber solange sie keinen Anhaltspunkt hatten, wo sie nach ihr suchen konnten, machte Anne sich wenig Hoffnungen auf Ergebnisse.

Hellmann hatte beschlossen, sich noch einmal Thomas Kresnik vorzunehmen. Sie selbst würde versuchen, mehr über Micha oder Magnus in Erfahrung zu bringen. Es war kurz vor elf. Die Straßen waren verlassen, aber Anne wusste, dass es ein Gasthaus im Ort gab. Bestimmt würde sie dort noch jemanden antreffen.

Die Gaststätte »Bei Steiers« lag abseits der Straße, an einem mit kleinen Laternen beleuchteten Fußweg. Durch ein geöffnetes Fenster drangen laute Stimmen, und Anne trat ein.

Heiße Luft schlug ihr entgegen. Sie drängte sich durch eine Gruppe historischer Schützen und gelangte bis vor die Theke. Dort bestellte Anne eine Cola und ließ sich auf einem der Barhocker nieder.

Neben ihr stand Stolze, Gunnar Brauns Nachbar, dieses Mal nicht in Pyjama und grünen Filzpantoffeln, sondern elegant gekleidet, aber Anne erkannte ihn trotzdem. Er ereiferte sich lautstark darüber, dass der historische Markt morgen stattfinden solle, trotz allem, was passiert war. Wie eine Pistole zückte er seinen Zeigefinger und tippte einem der Männer im Marketendergewand hart gegen die Brust.

»Jetzt beruhige dich mal, Sturmius«, sagte der mehrmals.

Anne ignorierte die beiden, nippte an ihrer Cola und sah sich unter den Anwesenden um. Sie hatte gehofft, Karlchen zu sehen, der ihr einiges über Micha hätte erzählen können. Stattdessen entdeckte sie hinter einer Gruppe Frauen wilde Surferlocken und ein knallbuntes T-Shirt.

Anscheinend war Micha alleine hier, ohne ihre kleine Truppe. Anne wunderte das. Als sie noch Teil des Seminars gewesen war, hatte er sie nie länger als ein oder zwei Stunden alleine gelassen. Ja, er hatte sie regelrecht überwacht.

Nur nachts nicht, dachte sie. *Nachts haben wir geschlafen, und sowohl wir als auch er hätten sich unbemerkt entfernen können.* Sie hatte nicht vergessen, dass Micha an dem Morgen, als sie zu Gunnars Haus gelaufen waren, bereits vollständig angezogen gewesen war.

Auch Jessica war in der Nacht verschwunden. Aber was war mit Ralf Theile? Konnte Micha ihn überhaupt entführt haben? Mittags war Ralf noch beim Armbrustschießen gesehen worden. Die Nachricht von Jessicas Smartphone hatte ihn um dreizehn Uhr neunzehn erreicht. Nach eigener Aussage war er sofort zum Mäuseturm gefahren.

Um diese Zeit war Micha bei der Gruppe gewesen. Sie waren zusammen zur Nikolaikirche gegangen, wo der erste Auftritt stattgefunden hatte. Aber Micha war zwischendurch fort gewesen, um die Kutsche zu organisieren, wenn auch nicht lange. Zeit genug, um sich im Mäuseturm auf die Lauer zu legen, Ralf zu betäuben und fortzubringen? Anne konnte sich das kaum vorstellen, zumal in Obermarsberg keine Autos fahren durften. Es sei denn natürlich, er hatte Hilfe gehabt. Dann wäre es vorstellbar.

Sie fuhr ein wenig zusammen, als sich plötzlich ein nackter braun gebrannter Arm neben ihr auf die Theke stützte. Sie spürte Michas Anwesenheit im Rücken. Sie roch sein Aftershave.

Als sie sich umdrehte, lächelte er breit, und sie sah in seinen Augen, dass er angetrunken war.

»Na, Anne. Hast du jetzt Feierabend und trinkst einen mit mir?«

Er stand unangenehm nahe bei ihr, und Anne hätte ihn am liebsten weggestoßen.

»Ich trinke keinen Alkohol.«

Ihr Ton war abweisend, aber sie rutschte keinen Millimeter nach hinten.

»Warum nicht? Vielleicht täte dir das gut? Vielleicht würdest du dann etwas lockerer werden und nicht so verklemmt sein.« Er berührte ihre Wange.

Sie packte sein Handgelenk. »Fass mich nicht an!«

»Na, na!« Er hob die Hände und grinste träge. »Nun werd nicht gleich hysterisch. Irgendein Problem mit Männern hast du, aber das ist nicht mehr meine Baustelle.« Er hob sein Glas, um ihr zuzuprosten.

Anne beschloss, etwas zu wagen. Vielleicht konnte sie ihn aus der Reserve locken.

»Ich dachte nicht, dass ich dein Typ bin, Micha. Ich dachte, du stehst eher auf reifere Frauen.«

Sein Grinsen verschwand, und er runzelte die Stirn.

»Auf viel reifere Frauen«, fügte Anne bissig hinzu. »Hannah Wicke zum Beispiel. Was sagst du, Micha? Hat sie dir gefallen? Oder sollte ich lieber Magnus zu dir sagen?«

»Magnus?«

Für einen Moment sah er so verwirrt aus, dass sie schon befürchtete, einen Fehlwurf begangen zu haben. Dann jedoch veränderte sich sein Gesichtsausdruck schlagartig und wurde lauernd.

»Was du nicht sagst, Anne. Eine blühende Fantasie hast du, das muss ich dir lassen.«

Sie setzte ungerührt ihre Cola an die Lippen. Irgendetwas hatte ihr Gespräch bewirkt, auch wenn sie sich nicht sicher war, was.

»Du solltest dich von dem Typ lieber fernhalten.« Eine junge Frau hatte sich neben Anne gestellt. Sie trug zahlreiche Ringe im Ohr und hatte aufwendig verzierte Fingernägel, auf die winzige gekreuzte Klingen im Mittelalterstyle gemalt waren. »Glaub mir, Mädel, ich weiß, wovon ich rede.«

»Danke für den Tipp, auch wenn deine Sorge unbegründet ist.« Sie bot der Fremden ihre Hand an. »Ich bin Anne. Von der Polizei.«

Die Frau wirkte erstaunt und verlegen. »Oh, dann entschuldigen Sie bitte.«

»Von mir aus können wir beim Du bleiben. Ich würde gerne hören, was du mir über Micha erzählen wolltest. Hast du schlechte Erfahrungen mit ihm gemacht?«

»Ich? Nein. Eine Freundin von mir. Ich bin Nadine.«

»Du meinst Linda?«, fragte Anne.

»Ja. Das stimmt.«

»Dann verstehe ich, wieso du Micha nicht leiden kannst.«

»Sie hat es Ihnen … dir erzählt?« Nadine wirkte überrascht.

»Ja.« Eine Notlüge. Noch nicht einmal richtig gelogen. Einen Teil hatte Linda wirklich erzählt, doch Anne wusste, dass da noch mehr war.

»Ich weiß Bescheid. Trotzdem würde ich es gerne noch mal von dir hören. Oft hat ein Unbeteiligter eine andere Perspektive. Bitte«, fügte sie hinzu. »Es geht um Gunnar. Wir sind mit den Ermittlungen leider noch nicht sehr weit gekommen. Bitte erzähl mir, was du weißt!«

Nadine atmete aus und fingerte an ihrem Bierglas herum. »Offiziell wurden die beiden ein Paar, als Linda gerade achtzehn geworden war. Aber ich glaube, da lief schon länger was, auch wenn sie es nicht zugegeben hat. Er war vierzehn Jahre älter. Die meisten der anderen Mädchen fanden es cool. Micha sah gut aus und war sexy, und viele beneideten Linda. Mir war er schnell suspekt, und für ihre Eltern war es ein Schock, glaube ich.«

»Wieso war er dir suspekt?«

»Na ja, damals konnte ich das nicht richtig einordnen. Heute denke ich, dass sie ihm einfach hörig war. Sie interessierte sich nur noch dafür, was er dachte, fand das gut, was er gut fand, und ließ ihn alles entscheiden. Einmal bekam ich mit, wie er ihr das Telefon abnahm und es einsteckte. Als ich sie fragte, ob er ihre Anrufe kontrolliere, leugnete sie es und fing Streit an. Ich hatte das Gefühl, dass etwas gewaltig schieflief, aber ich kam gar nicht mehr an sie ran. Die beiden wohnten zusammen, und sie kapselte sich von allen ab. Von ihren Eltern und von mir. Es gab nur noch Micha. Er hat sie wie sein Eigentum behandelt, und sie kam nicht mehr von ihm los. Ich begann mir richtig Sorgen zu machen. Erst Gunnar schaffte es, sie da rauszuholen.«

Anne hatte gebannt zugehört. »Was tat er?«

Nadine nahm einen Schluck von ihrem Bier. »Er machte es auf die traditionelle Art«, erklärte sie schmunzelnd. »Er haute Micha eine rein. Ich glaube, das war auf einem Schützenfest. Linda und Gunnar verliebten sich ineinander, er holte sie aus der Wohnung raus. Micha konnte nichts dagegen tun. Er hat noch versucht, Linda zu erpressen, denn er hatte Nacktfotos von ihr, aber Gunnar musste ihn nur ein-, zweimal verprügeln, dann hörte das auf.«

Sie lachte schadenfroh. »Danach habe ich es mir zur An-
gewohnheit gemacht, alle Frauen zu warnen, mit denen Micha flirtet.«

Anne erwiderte ihr Lachen, aber in ihrem Geist arbeitete
es bereits. Der Gedanke, dass Micha Jessica zu seinem Werkzeug gemacht haben könnte, erschien ihr nicht mehr ganz so
weit hergeholt.

Wenn sie recht hatte, brauchte sie ihm nur zu folgen,
wenn er das Gasthaus verließ. Dann würde er sie irgendwann zu Jessica führen.

Kapitel 30

Hellmann sah zu den schwarzen Fenstern von Thomas Kresniks Wohnung hinauf. Der Bäckergeselle schlief vermutlich, und Hellmann musste ihn wieder einmal wecken. Unangenehm, aber leider war es nötig.

Er drückte den Klingelknopf. Wartete und schellte erneut. Sein Blick fiel auf die Briefkästen. Der von Thomas Kresnik schien seit einiger Zeit nicht mehr geleert worden zu sein. Trotzdem hatte jemand versucht, mit roher Gewalt einige Prospekte hineinzustopfen.

Hellmann klingelte beim Nachbarn. »Polizei, Entschuldigen Sie die Störung. Ist der Herr Kresnik nicht zu Hause?«

»Polizei!« Der Türöffner summte.

Ein Männchen im Unterhemd kam aus seiner Wohnung und winkte aufgeregt. »Wird Zeit, dass Se ma' kommen!« Es dirigierte Hellmann in ein Wohnzimmer, in dem bitterer Pfeifengeruch hing.

»Herr Bartmann, wissen Sie, wo sich Thomas Kresnik aufhält?«

Das Männchen schien ihn nicht gehört zu haben. Es kramte eine Kladde aus dem Schrank und blätterte eilig durch die Seiten. »Hier! Heute waret richtich schlimm. Ruhestörung durch 'n Markt. Seit sieben Uhr morgens bölken und wullacken die vor meinem Schlafzimmerfenster. Röppen die Schilder rum. Da wirste ganz rammdösig.«

Er blätterte eine Seite zurück. »Gestern Krach durch Frau Koschik. Die hört immer Schlager beim Fensterputzen. Das macht die extra, das sach ich Ihnen, und dann is' se den ganzen Vormittach zugange!«

»Eigentlich bin ich aus einem anderen Grund hier«, unterbrach ihn Hellmann. »Ihr Nachbar« – er deutete mit dem Finger nach oben –, »ist der nicht da?«

Das Männchen schüttelte energisch den Kopf. »Der is' heute nich' nach Hause gekommen. Den hör ich immer, wenn er durch den Flur trampelt wie 'ne Herde Elefanten. Gestern Nacht waret richtich schlimm. Immer hoch und runter war er zugange. Und 'ne furchtbare Mucke hört der. Dieset Gebrülle. Da krich ich die Pimpernellen!«

Herr Bartmann blätterte zu den Seiten, auf denen er Thomas Kresniks Verfehlungen notiert hatte. »Wenna Urlaub hat, isset ganz schlimm. Aber der iss bald wech, woll? Weil der seine Miete nich' zahlt. Dat sach ich Ihnen. Genuch is' genuch«, nickte er, angespornt von Hellmanns Interesse. »Die Räumungsklage is' durch. Dat dauert nich' mehr lang. Wissen Se, wo der Schlunz sein Geld reinsteckt? Sexhotlines und so wat. Schmuddelfilmchen.«

»Woher wissen Sie das?«

Das Männchen strich zufrieden seinen fransigen Kinnbart entlang. »Ich hab den beobachtet. Wusste gleich, dass der nix taugt. Immer Mahnungen inner blauen Tonne. Nee, von dem lass ich mich nich' betuppen!«

»Sie haben sicher einen Zweitschüssel zu seiner Wohnung. Nur um nach dem Rechten zu sehen.«

Das Männchen sah ihn schief an, offenbar irritiert durch den Unterton. »Um nach dem Rechten zu sehen. Dat stimmt.«

Als Hellmann Kresniks Wohnung aufsperrte, fragte er sich einen Moment lang, was er hier überhaupt tat. Er drang unbefugt in eine Wohnung ein und verletzte damit die elementarsten Grundsätze der Polizeiarbeit. Nichts, was er hier finden würde, war vor Gericht ein zulässiger Beweis, und er hatte nichts, was eine Wohnungsdurchsuchung rechtfertigte.

Das ist Annes Schuld, dachte er und ließ die Tür hinter sich ins Schloss fallen. *Sie hat mich durch ihren Eigensinn angesteckt.*

Aber war es wirklich so? Hatte nicht vielmehr die Bemerkung des Vermieters diesen Verdacht in ihm ausgelöst? Wer Sexhotlines in Anspruch nahm, sah sich bestimmt auch Sexseiten im Internet an. Warum nicht Jessica Schüttes Seite? Er musste nur einen winzigen Hinweis finden, um eine offizielle Durchsuchung genehmigt zu bekommen.

Schon als er den Wohnungsflur betrat, fiel ihm auf, dass etwas verändert war. Das Plakat von Alfred Hitchcocks *Psycho* fehlte. Hellmann ging weiter, warf einen raschen Blick in die anderen Zimmer.

Die Türen zum Kleiderschrank standen offen. Der Schrank war leer. Im Wohnzimmer fehlte der Fernseher. Auch hier leere Schränke, die allesamt aussahen, als würden sie nur noch für den Sperrmüll taugen. Im Schlafzimmer stand kein Bett mehr. Der Lärm, den Herr Bartmann gestern Nacht gehört hatte, schien einen simplen Hintergrund gehabt zu haben: Sein Mieter war ausgezogen.

♦

Micha Bannenberg nippte an seinem Jägermeister und beobachtete Anne und Nadine, die in konspirative Gespräche verwickelt waren. Er selbst ließ sich von Mirko zutexten, der ordentlich getankt hatte und nicht merkte, dass ihm niemand zuhörte.

Es war nicht schwer zu erraten, worüber die beiden Schlampen palaverten. Nadine ließ schließlich keine Gelegenheit aus, ihn schlecht zu machen. Anne tat zwar so, als würde sie ihn keines Blickes würdigen, doch ihm entging nicht, dass sie ihn über den Spiegel über der Theke im Auge behielt. Nein, wenn die ihn verarschen wollten, mussten sie früher aufstehen.

Anne hatte ihm etwas zum Nachdenken gegeben. Etwas äußerst Bedeutsames, das war ihm jetzt klar. Sie hatte es ihm gesagt, ohne die Tragweite ihrer Worte zu begreifen. Natürlich nicht, sie mochte Polizistin sein und sich wer weiß was darauf einbilden, aber letzten Endes war sie genauso dumm und leicht zu manipulieren wie die anderen Idioten und Dorftrottel hier.

Oh, es war ihr gelungen, ihn zu überwältigen. Damit hatte er nicht gerechnet, und es war ein Punkt für sie, aber ihr letzter Punkt, das war mal sicher. Jetzt glaubte sie, dass sie ihm auf der Spur wäre, und der Sermon, den die Schlampe Nadine ihr erzählte, würde sie in dieser Annahme bestätigen. Nur weil er Gunnar am liebsten den Hals umgedreht hätte. Aber die Sache mit dem Brandeisen, nein, das war er nicht gewesen.

Und was Jessicas Verschwinden anging, so hatte er gedacht, sie wäre abgehauen. Aber das, was er soeben erfahren hatte, ließ die Sache in einem völlig anderen Licht erscheinen. Magnus nannte er sich also. Eigentlich witzig, wenn es Micha nicht so verdammt übel aufstoßen würde. Er hatte versucht, ihn zu täuschen. Ihn, den Puppenspieler, den Meister von Täuschung und Manipulation.

Micha verzog die Lippen. Allein der Versuch war eine Anmaßung. Dass er so lange nicht dahintergekommen war, machte ihn wütend, auch wenn es nur der Tatsache geschuldet war, dass seine Seminarteilnehmer ihn abgelenkt hatten. Seine Probanden, wie er sie nannte, die Versuchskaninchen, die er brauchte und beobachtete, um seine Doktorarbeit schreiben zu können, auch wenn ihn die Arbeit mit ihnen mitunter ungeheuer nervte und ermüdete.

Aber nun hatte er eine persönliche Rechnung offen. *Magnus – ha!* Es war so lächerlich, dass er am liebsten laut gelacht hätte.

In einer anderen Situation hätte er ein wenig mit Anne und ihrem blödsinnigen Verdacht gespielt, aber jetzt hatte er keine Zeit, sich mit ihr zu beschäftigen. Etwas anderes forderte seine Aufmerksamkeit. Er wollte so schnell wie möglich handeln und konnte nicht riskieren, dass sie ihm folgte.

Er wartete auf ihren Blick im Spiegel. Als sie die Augen abwandte, gab er dem Barkeeper ein Zeichen, dass er später zahlen würde, drückte dem verdutzten Mirko sein halb volles Glas Jägermeister in die Hand und glitt zum Ausgang. Die Vorstellung von Annes Gesicht, wenn er plötzlich verschwunden war, amüsierte ihn königlich.

Draußen umrundete er mit schnellen Schritten das Gasthaus und blieb stehen, um zu lauschen. Er hatte sich nicht in ihr getäuscht. Sekunden später hörte er das Schlagen der Tür und die schnellen Schritte, als Anne den Weg zur Straße hinunterlief. *So berechenbar,* dachte er höhnisch, *dass es fast schon langweilig ist.*

Er stieg durch den angrenzenden Garten und klingelte an der Haustür vom alten Herrn Walters.

Natürlich würde Anne schnell die richtigen Schlüsse ziehen und zurückkehren, doch er hörte schon die schlurfenden Schritte des alten Mannes, der immer bis tief in die Nacht fernsah, und wurde hereingelassen. Sie mochte ausgebildete Polizistin sein, trotzdem brauchte sie sich nicht einzubilden, ihn in seinem Revier beschatten zu können. Aber das war nicht der einzige Grund, weshalb er bei dem alten Herrn geklingelt hatte.

»Tut mir leid, dass ich dich so spät störe, Till. Aber ich brauche noch einmal den Museumsschlüssel.«

Till Senior griff in den Wandkasten neben seiner Wohnungstür und ließ den Schlüssel am Zeigefinger baumeln. Er sah ernst aus. »Die Polizei hat mich gefragt, ob ich den Schlüssel verliehen hab, aber natürlich habe ich denen nix erzählt. Es ist ja schon eine Weile her, dass du ihn dir zuletzt geholt hast. Aber vielleicht ist es besser, wenn du dir bald einen anderen Ort für deine amourösen Abenteuer suchst.« Er grinste komplizenhaft.

»Wo du recht hast, hast du recht Till. Ich möchte nicht, dass du für mich lügen musst. Heute Nacht ist das letzte Mal, versprochen.« Er hob die Hand, und der Alte schlug ein.

»Kann ich kurz bei dir pinkeln?«

Wie erwartet zog Till Senior sich zurück und überließ ihm das Gästeklo, das direkt neben der Haustür lag. Micha überprüfte am Klofenster, ob die Luft rein war, bevor er das Haus verließ und den kürzesten Weg zum Museum einschlug. Heute Nacht hatte er dort keine Verabredung.

Er betrat das Gebäude, bewegte sich im Dunkeln durch die Räume, die er so gut wie seine eigene Wohnung kannte. Er nahm ein paar historische Waffen an sich. Auch wenn er Magnus sowohl physisch als auch psychisch überlegen war, konnte es nicht schaden, Entscheidungshilfen bei der Hand zu haben. Dann betrat er die Bergbauausstellung und holte sich, was er brauchte.

Als er ins Lager zurückkehrte, registrierte er erfreut, dass seine Seminarteilnehmer noch wach waren und zusammen am Lagerfeuer saßen. Das würde die Sache beschleunigen.

Helme, Lampen und Waffen ließ er außer Sichtweite zurück und setzte sich zu ihnen ans Feuer. Zufrieden registrierte er, dass seine Arbeit mit der Gruppe schon von Erfolg gekrönt war. Daniel, der Versager, hatte seine Komplexe so weit überwunden, dass er sich traute, Gitarre zu spielen. Neben ihm saß Saskia und summte das Lied mit, da sie den Text nicht konnte. Die beiden würden bei seinem Plan das größte Problem darstellen, und wäre Micha ein anderer gewesen, hätte er sie im Lager zurückgelassen. Aber die Herausforderung kitzelte ihn, und wenn er die beiden richtig einschätzte, würde es nicht schwer sein, die richtigen Saiten in ihnen zum Klingen zu bringen. Dann würden sie alles tun, was er verlangte.

Micha setzte sich in den Kreis und lauschte dem Lied, bis es endlich beendet war. Daniel lief knallrot an, als er ihn lobte. Während des nächsten Lieds bat er Saskia, ein Stück mit ihm zu kommen, wo sie unter vier Augen reden konnten.

»Ich habe beobachtet, welch tolle Fortschritte ihr alle macht«, vertraute er ihr an. »Daniel vor allem. Um ihn habe ich mir anfangs die größten Sorgen gemacht. Er ist unglaublich schüchtern, ist dir das auch aufgefallen? Aber jetzt geht er viel mehr aus sich heraus. Er wagt etwas und spielt sogar Gitarre.«

Micha sah sie intensiv an und lächelte warm, als er seinen letzten Pfeil auf sie abschoss. »Die Gemeinschaft mit euch tut ihm richtig gut. Mit dir vor allem.«

Befriedigt registrierte er ihr leises Erröten und nahm ihre Hand in seine.

»Ich bin wahnsinnig stolz auf dich. Auf den Mut, den du bewiesen hast, als wir unten im Buttenturm waren. Obwohl diese ganze Sache eine schreckliche Fehleinschätzung von mir war, die mir immer noch leidtut. Aber was mir nicht leidtut, ist, dass ich mit ansehen konnte, wie grandios du diese schwierige Lage gemeistert hast.«

Sie sah unsicher aus. »Findest du?«

»Aber um Daniel mache ich mir Gedanken«, redete er schnell weiter. »Er steht so kurz davor, sich selbst zu überwinden. Ich kann es fühlen.«

Er legte die Hand auf sein Herz. Eine Geste, die bei labilen Frauen in der Regel gut ankam. Dann beugte er sich vor. »Die Wahrheit ist, dass ich es nachempfinden kann. Weil ich selbst einmal an dem Punkt gewesen bin.«

»Ist das wahr?«

»Ja. Deshalb liegt mir so viel daran, dass er es schafft. Aber du musst mir helfen. Wenn du stark bist, wird er auch stark sein, verstehst du? Ich brauche dich, Saskia. Wirst du mir helfen?«

Kapitel 31

Jessica zitterte. Die Schwärze, die sie umgab, war vollkommen. So undurchdringlich, wie sie an der Oberfläche kaum möglich war. Hierherunter verirrte sich kein Sonnenstrahl, kein Stern und kein Mond schimmerte. In diesem Grab gab es nur Kälte.

Ihre Hand schloss sich fester um den Griff der Taschenlampe. Sie war ein schwacher Trost, denn der kleine Lichtpunkt gab ihr das Gefühl, noch verletzlicher zu sein, als sie ohnehin schon war. Er zeigte ihr schonungslos die Aussichtslosigkeit ihrer Lage, machte sie sichtbar für jeden, der dort im Dunkeln lauern mochte.

Bei jedem Schluck spürte sie den Schmerz im Hals. Sie hatte zu viel geschrien. Der Schall war durch die Höhle und die Gänge zurückgekommen, ohrenbetäubend laut.

Sie hatte nach Ralf gerufen. Nach ihren Freunden. Schließlich selbst nach ihrer Mutter, deren Namen sie nie wieder hatte aussprechen wollen. Nach ihrem Vater, den sie niemals kennengelernt hatte. Irgendwann hatte sie es aufgegeben. Bis auf die Tropfen, die sich hin und wieder von der Gesteinsdecke lösten, um auf der nassen Erde aufzuschlagen, war es jetzt vollkommen still.

Es war kalt. Zehn Grad, schätzte sie, vielleicht kälter.

Am Anfang war es gut auszuhalten gewesen, doch die Kälte kroch durch Hose und Jacke und die dünnen Schuhe, die er ihr gegeben hatte. Auf ihrer Kleidung und ihrem Gesicht sammelte sich Feuchtigkeit, die langsam die Wärme aus ihr heraussaugte. Das Metall um ihren Knöchel spürte sie längst nicht mehr.

Es war eine mittelalterliche Fußfessel, die durch zwei Schrauben zusammengehalten wurde. Rostig und schartig, aber effektiv. Am Anfang hatte sie versucht, die Kette aufzubiegen. Ohne Werkzeug ein Ding der Unmöglichkeit. Sie hatte versucht, sich in dem engen Radius zu bewegen, den die Kette ihr gewährte, war vor- und zurückgegangen und auf und ab gesprungen, um sich warm zu halten.

Jetzt saß sie da und dachte an sein Gesicht, als er ihr die Taschenlampe und das Buch gegeben hatte.

»Schau es dir an! Mein Werk. Sieh dir an, was ich geschaffen habe. Dann wirst du verstehen.«

Wutentbrannt hatte Jessica die Taschenlampe nach ihm geworfen. *Hätte ich seinen Kopf doch nicht verfehlt*, dachte sie bitter.

»Du bist durcheinander«, hatte er verständnisvoll gesagt. »Mit der Zeit wirst du Vernunft annehmen.«

Mit der Zeit.

Jessica kauerte sich zusammen. Er hatte ihr von seinem Plan erzählt. Mit ernster Stimme über wahnsinnige Ideen gesprochen, und als sie ihn angeschrien hatte, war er ruhig geblieben.

»Du wirst dich daran gewöhnen. Es braucht nur Zeit. Aber das ist kein Problem. Wir haben Zeit.«

Er hatte sich für das provisorische Lager entschuldigt, für sein Verhalten und dafür, dass er sie unter Zwang hierher gebracht hatte. Für die Verletzung an ihrer Hand.

»Du hättest dich nicht wehren dürfen. Dass du in das Messer gefasst hast, war deine Schuld. Ich habe deine Wunde versorgt, und ich werde dir alles bringen, was du brauchst. Ich werde gut für dich sorgen. Es wird nur schlimmer, wenn du dich wehrst, aber das wirst du bald begreifen.«

»Du bist ja völlig irre!«

Er hatte tadelnd den Kopf geschüttelt und sie angesehen wie ein Kind, das nicht begreifen will, warum es ins Bett soll. »Du wirst alles verstehen. Lies mein Buch, und du wirst es verstehen.«

Sie hatte ihn beleidigt, ihm Verwünschungen an den Kopf geworfen, ihn verflucht, sich über ihn lustig gemacht.

Äußerlich war er ruhig geblieben. Nur die dünn gegeneinandergepressten Lippen hatten ihn verraten. »Ich lasse dich allein, bis du dich beruhigt hast. Dann kannst du auch zu essen und zu trinken haben. Wenn du musst, benutze den Eimer, den ich dir hingestellt habe. Du willst doch dein neues Zuhause nicht beschmutzen.«

Dann hatte er die Taschenlampe und das Buch in ihre Reichweite gelegt und war in einem der Stollen verschwunden. Sie hatte seinen Schritten gelauscht, bis das einzige Geräusch, das die bleierne Stille unter der Erde durchdrungen hatte, langsam verklungen war.

Seitdem war sie allein. Hockte auf dem Boden, auf der Isomatte, die er ihr hingelegt hatte, und die ebenfalls schon klamm vor Feuchtigkeit war. Sie umklammerte den Plastikgriff der Taschenlampe, roch ihre eigene Angst und versuchte, nicht durchzudrehen.

Wie lange war sie schon hier? Sie konnte es nicht sagen. Hier unten schien sich die Zeit zu einer Ewigkeit auszudehnen. Aber der erste Markttag musste schon vorüber sein. Mit Sicherheit hatte Kanea ihr Verschwinden bemerkt und vielleicht Ralf, wenn es ihn überhaupt interessierte. Sie hatte sich ihm gegenüber furchtbar verhalten, diesen üblen und unnötigen Streit provoziert. Nein, Ralf war bestimmt froh, wenn er sie nicht zu Gesicht bekam. Aber Kanea würde nach ihr suchen. Zumindest hoffte sie das.

Nur, wie sollte jemand darauf kommen, wo sie war? Hunde vielleicht? Konnten Polizeihunde solche Spuren erschnüffeln? Würde Kanea die Polizei rufen? Oder würde sie vielleicht glauben, Jessica hätte sich davongemacht und sie im Stich gelassen?

Panik drohte sie zu übermannen, und Jessica senkte den Kopf zwischen ihre Beine und bemühte sich, tief in den Bauch zu atmen. Sie durfte jetzt nicht die Nerven verlieren.

♦

Anne stand draußen in der Nacht und fluchte leise. Sie hatte die Umgebung der Gaststätte abgesucht, aber Micha war wie vom Erdboden verschluckt. Er konnte nicht mit dem Auto weggefahren sein, das hätte sie gehört. Vielleicht war er nach Hause gegangen.

Sie setzte sich in ihr Auto und fuhr durch die nächtlichen Straßen von Obermarsberg. Als sie an Michas Grundstück vorbeikam, sah sie ihn inmitten der anderen am Lagerfeuer sitzen und kam sich wie eine Idiotin vor.

Selbst wenn er Jessica zu seiner Komplizin gemacht hatte, heute Nacht hatte er offenbar nicht mehr vor, sich mit ihr zu treffen. Frustriert atmete sie aus und fuhr vorbei. Sie würde morgen früh weitermachen. Ihr Handy klingelte, und sie stoppte am Straßenrand. Es war Hellmann.

»Thomas Kresnik ist vorletzte Nacht ausgezogen«, berichtete er. »Nicht überraschend, nein. Offenbar hatte er Mietrückstände. Hast du irgendwas Neues?«

Anne seufzte lautlos. »Nein«, musste sie zugeben.

»Wir sollten jetzt nach Hause fahren und 'ne Runde schlafen.«

Anne rieb sich die Stirn. Er hatte recht. Sie war völlig erschöpft und sah deshalb vermutlich schon Dinge, die nicht da waren. »Okay. Bis morgen!«

Sie startete den Motor. Als sie an einer Kreuzung das Schild Richtung Giershagen sah, bog sie kurz entschlossen dorthin ab. Am Mäuseturm vorbeizufahren bedeutete nur einen kleinen Umweg. Sie wollte sehen, ob die Kriminaltechniker noch bei der Arbeit waren.

Die Scheinwerfer der Spurensicherung leuchteten weit über die nachtschwarzen Felder. Anne hielt an derselben Stelle, wo Ralfs Wagen gestanden hatte. Sie wollte nur kurz hören, ob es etwas Neues gab. Als sie ausstieg, spürte sie den frischen Wind im Gesicht, der über die Ebene strich.

Der Mäuseturm ragte dunkel empor. Sie konnte gut verstehen, warum die mittelalterlichen Einwohner der Eresburg den Wartturm an dieser Stelle errichtet hatten. Von der Spitze aus konnte man die ganze Gegend überblicken, und kein feindliches Heer hätte sich unbemerkt nähern können.

Hat der Täter diesen Ort aus denselben Beweggründen gewählt?, dachte sie, als sie auf die Gestalten zuging, die sich im Lichtkegel der Scheinwerfer bewegten. Er hatte von Ralf Theile verlangt, dass er allein kommen solle, und vom Turm aus hatte er prüfen können, ob dieser dem Befehl Folge leistete. Aber was, wenn Ralf es nicht getan hätte? Wenn er die Polizei eingeschaltet hätte?

Hätte der Täter auf dem Turm nicht selbst in der Falle gesessen? Auch er hätte über die offenen Felder nicht unbemerkt verschwinden können. Es gab nur zwei Zugänge zur nächsten Straße, die man leicht hätte blockieren können. Dann wäre der Täter nicht mehr weggekommen. Warum war er ein solches Risiko eingegangen? War er sich seiner Sache so sicher gewesen?

»Na, immer noch bei der Arbeit?«

Gebhard stapelte ein paar Kisten aufeinander und rollte ein Kabel ein. »Wir sind hier fertig. Sie sollten auch Feierabend machen, Frau Kirsch.«

»Das habe ich vor. Ich will mir nur den Ort ansehen, an dem Herr Hellmann das Smartphone gefunden hat.«

»Jetzt, im Dunkeln? Sind Sie sich sicher?«

»Das stört mich nicht.«

Gebhard öffnete den Kofferraum seines Wagens und lud die Kiste ein. Dann nahm er eine Taschenlampe heraus und reichte sie Anne. »Die werden Sie brauchen. Wir machen jetzt das Licht aus.«

»Danke! Ich beeile mich.«

Er zuckte mit den Schultern. »Die können Sie Anton wiedergeben. Wir verschwinden jetzt von hier. Ich bin reif fürs Bett.«

Das bin ich auch, dachte Anne.

Trotzdem schaltete sie die Taschenlampe ein und ging auf den Wartturm zu. Der Gedanke, den sie eben gehabt hatte, ließ sie nicht mehr los. Der Täter hatte alles perfekt geplant. Nur hier hatte er sich auf sein Glück verlassen. Das erschien ihr merkwürdig. Hatte er keinen Plan B gehabt? Keinen geheimen Fluchtweg?

Anne stieg die Stahltreppe hinauf, die zum Eingang emporführte. Unter ihren Füßen knarzte das Metall. Die Dunkelheit im Turm war fast greifbar, und das Licht der Taschenlampe kam kaum dagegen an. *Was für eine idiotische Idee, mitten in der Nacht hierherzukommen.*

Sie stieg durch den fensterlosen Turm nach oben. Drei Ebenen ging es in die Höhe, und die Treppen im Inneren führten beinahe senkrecht empor. Obwohl die Situation eine völlig andere war, musste Anne daran denken, wie sie im Kellerverlies des Buttenturms eingesperrt gewesen war. Sie fühlte einen leichten Druck im Brustkorb, der erst nachließ, als sie die Spitze erreichte. Sie trat ins Freie und atmete die frische Luft ein, die in ihre Nase drang. Der Himmel war sternenklar.

Unten sah Anne die Scheinwerfer des Polizeiwagens aufflammen, als der Motor gestartet wurde. Dann wendete das Auto, und sie konnte seinen Weg bis hoch zur Straße und von dort in Richtung Giershagen verfolgen.

Genauso hatte der Täter hier gestanden. Er hatte beobachtet, wie Ralf Theile angekommen war. Hatte er ihm hier eine Falle gestellt, ohne zu bedenken, dass er selbst in der Falle saß?

Erschöpft stützte Anne die Arme auf die Brüstung. Sie vergeudete ihre Zeit. Warum war sie nicht direkt zu Heiko gefahren?

Sie starrte auf das schwarze Loch, das in den Turm führte. Die Treppe war so steil, dass sie rückwärts hinabsteigen musste. Der Gedanke behagte ihr nicht, doch die Vorstellung, die Nacht auf der zugigen Turmspitze zu verbringen, war noch weit weniger verlockend.

Anne verfluchte ihre idiotische Idee hierherzukommen, biss die Zähne zusammen und tastete mit dem Fuß nach der obersten Treppenstufe. So rasch sie konnte, stieg sie hinunter und atmete auf, als sie wieder festen Boden unter den Füßen spürte. Sie trat durch den Ausgang ins Freie und begann die stählerne Wendeltreppe wieder hinunterzusteigen.

Auf halbem Weg hielt sie inne, runzelte die Stirn und betrachtete im Licht der Taschenlampe die gemauerten Wände. Warum lag der Eingang drei Meter über der Erde?

♦

Die Drakenhöhlen. Micha gab das Zeichen zum Anhalten. Wie lange war er schon nicht mehr hier gewesen? Zehn Jahre? Fünfzehn?

Die Eingänge, verschieden große Löcher im Zechstein, wurden durch Gitter und Zäune gesichert. Doch diese waren nicht hoch genug, dass man nicht darübersteigen konnte. Schilder mit der Aufschrift »Betreten verboten« hingen hier. Führungen wurden in den Drakenhöhlen nicht durchgeführt. Es war zu gefährlich.

»Dort sollen wir rein?«, unterbrach Saskias angespannte Stimme seine Gedanken.

Er unterdrückte eine scharfe Erwiderung. Was hatte er nur? War es die Erinnerung an die kalten Tunnel, die seine Nerven blankliegen ließ? Er war kein Kind mehr und hatte keine Angst vor der Dunkelheit. Wenn er wollte, dass sie mit ihm hineinkamen, musste er behutsam vorgehen.

»Jessica ist dort drin«, sagte er und hielt seinen Blick auf die Höhlenöffnung gerichtet. »Wahrscheinlich hat sie sich verirrt. Sie wird wahnsinnig vor Angst sein und Hunger und Durst haben. Vielleicht ist sie verletzt. Wir dürfen keine Zeit verlieren.«

Er dachte daran, wie sie als Kinder über die Absperrung geklettert waren. Angelockt von Geschichten über Schätze und Abenteuer.

Geheimnisvolle Bergwelten. Tunnel aus dem Mittelalter.
Immer noch konnte er die Stimme der Wicke in seinem Kopf hören. Sie erzählte von Hollen, Berggeistern, die unter der Erde lebten und einen Schatz bewachten.

»Bist du sicher, dass diese Jessica hier unten ist?« Saskias Stimme zitterte.

»Ja. Ihre Freundin hat mir erzählt, dass sie vor ihrem Exfreund in die Drakenhöhlen geflüchtet ist. Das habe ich euch doch gesagt.« Er ließ sanften Tadel in seiner Stimme mitschwingen.

Weit hatten sich Micha und seine Freunde damals nicht vorgewagt. Zu schaurig waren die finsteren Ritzen und Spalten gewesen. Zu schwer und scharfkantig die Steine, die sich bereits aus der Höhlendecke gelöst hatten.

»Aber warum ruft diese Freundin nicht die Polizei? Warum müssen ausgerechnet wir nach Jessica suchen?«

»Die Polizei weiß Bescheid, aber sie glauben es nicht. Sie haben mit ihren Hunden den Wald abgesucht und keine Spuren von Jessica gefunden. Und niemand weiß von den Gängen, die bis tief in den Berg führen.«

Nur einer von ihnen hatte sich damals hineingewagt. Als Kinder hatten sie ihn Maulwurf genannt. Ein unbeholfener, ängstlicher Junge, der in der Schule gehänselt worden war, der sich aber unter der Erde wie in seinem Element bewegt hatte. In Löcher, vor denen sich andere gefürchtet hatten, war er hineingekrochen. Dort hatte er sich versteckt, wenn er eine schlechte Note geschrieben hatte oder wenn die Hänseleien in der Schule zu schlimm geworden waren.

»Aber, dass es hier alte Tunnel und Stollen gibt, muss doch jedem klar sein«, warf Grundmann ein. »Das ist ein ehemaliger Bergbaustandort.«

»Die alten Stollen existieren noch«, erwiderte Micha. »Doch offiziell gibt es keinen Zugang mehr. Die Mundlöcher wurden zugeschüttet. Und die Drakenhöhlen sind keine Bergbaustollen. Es sind natürliche Höhlen, und die geheimen Gänge dort drin existieren nur in Sagen und Legenden.«

Und niemand hat sie bisher gefunden, außer dem Maul-wurf, dachte Micha. *Es war immer sein Versteck, und niemand hat davon gewusst, nur ich. So oft haben sie nach ihm gesucht, wenn er wieder tagelang verschwunden war. Das ganze Dorf ist losgezogen. Sie haben Felder und Wälder durchkämmt, doch sie haben ihn nie gefunden. Und auch ich habe so getan, als würde ich ihn suchen, obwohl ich genau wusste, wo er sich versteckte. Ich habe ihn nie verraten, denn durch dieses Wissen hatte ich Macht über ihn.*

»Hier drin wird sie niemand suchen«, fuhr er fort. »Wir sind ihre letzte Hoffnung. Aber wenn wir Erfolg haben wollen, müssen wir alle hineingehen. Es sind zu viele Höhlen, um sie nacheinander zu durchsuchen, und innen gibt es Abzweigungen. Am effektivsten sind wir, wenn wir uns aufteilen.« Er öffnete den Kofferraum und verteilte die Helme und die Lampen, die er aus dem Museum geholt hatte.

Saskia war bleich geworden, aber sie hatte einen entschlossenen Zug um den Mund. Sie würde tun, was nötig war, und sie würde stark sein, für Daniel. Dann holte Micha die Waffen. Grundmann bekam ein Kurzschwert, so wie er selbst eins trug. Die Streitaxt würde Kaestner nehmen. Saskia und Daniel reichte er zwei lange Dolche.

Damit werden wir dich aus deinem Versteck treiben, Maulwurf. Glaubst du, nur weil ich als Kind geschwiegen habe, werde ich jetzt auch schweigen? Nun, vielleicht hättest du recht gehabt, aber dann hättest du mit offenen Karten spielen müssen. Zu glauben, du könntest mich täuschen, war ein Fehler von dir. Ab jetzt spielen wir nach meinen Regeln, und wir werden sehen, wer am Ende gewinnt.

»Wieso die Waffen?«, brachte Saskia hervor, die als Einzige ihren Dolch noch nicht in den Gürtel gesteckt hatte.

»Nur für Klopfzeichen«, beruhigte Micha sie. Er holte eine Blechdose hervor und klopfte demonstrativ mit der Klinge seines Schwertes darauf. »Im Inneren des Berges haben wir keinen Handyempfang. Damit wir uns trotzdem verständigen können, werden wir uns akustische Signale geben. Für den Notfall kennt jeder den Morsecode für SOS, oder? Unter Tage klopft man statt einmal lang zweimal kurz. SOS würde also lauten: Tak tak tak, taktak, taktak taktak, tak tak tak. Ganz einfach, oder?«

Er spürte, wie ihr Atem sich beschleunigte und legte ihr die Hand auf die Schulter. »Du schaffst das, Saskia. Ich weiß es. Das Leben einer jungen Frau hängt von uns ab.«

»Ja«, sagte sie schwach. »Aber können wir nicht bis morgen warten?«

»Drinnen im Berg ist es gleichgültig, ob es Tag oder Nacht ist. Dort ist es immer dunkel und immer kalt.«

»Warum holen wir nicht Hilfe? Erfahrene Bergleute?«

Er drückte sie an sich. »Glaub mir, Saskia, ich habe es versucht. Die Leute halten mich für verrückt. Sie glauben nicht, dass es die geheimen Gänge wirklich gibt. Sie glauben nicht, dass Jessica wirklich hier unten ist. Ich würde dich nicht um Hilfe bitten, wenn es irgendeine andere Möglichkeit gäbe. Ich weiß doch, wie schwer es dir fällt.«

Er schluckte einmal schwer und hielt die Lampe so, dass sie sein Gesicht erhellte. In seinen Augen ließ er sie alles sehen, was sie wollte.

»Wir sollten sie hierlassen«, knurrte Grundmann mit einem abfälligen Blick auf Saskia und Daniel. »Die packen das eh nicht.«

Micha betrachtete den Unternehmer, wie er im Höhleneingang stand, die Hand auf den Griff seines Schwertes gelegt. *Die Veränderung, die ein Mann durchmacht, wenn man ihm ein Schwert in die Hand gibt, ist erstaunlich.*

»Sie schaffen es«, sagte Micha bestimmt. Er ließ den Blick über seine Gruppe schweifen. Auch Daniel hielt sich anders, seit er ihm das Schwert gegeben hatte.

Es ist in uns. In unseren Genen. Wir können es nicht leugnen. Wir haben nur vergessen, was es heißt, ein Mann zu sein. Diese ganze von Frauen beherrschte Gesellschaft hat uns verweichlicht und uns selbst zu Weibern gemacht. Aber etwas in uns erinnert sich.

Micha sah sie alle der Reihe nach an. »Ich weiß, dass sie dort drin ist. So sicher, wie ich weiß, dass ich atme. Vertraut ihr mir? Helft ihr mir, sie zu retten?« Er streckte die Hand aus. Sie alle schlugen ein.

Es war so einfach.

Kapitel 32

Die Stunden gingen dahin, und Jessica spürte ihre Beine und Hände nicht mehr. Die Taubheit schien sich in ihr auszubreiten, und sie begann sich zu fragen, ob sie hier unten sterben würde.

Er hatte versprochen, wiederzukommen und ihr Wasser und warme Decken zu bringen. Zuerst hatte sie noch gehofft, dass er in einen der tiefen Schächte hier unten stürzen und sich den Hals brechen würde. Dass ihm ein Stein auf den Kopf fiel und seine Schädeldecke knackte wie ein Ei. Doch je länger er fortblieb, desto mehr begannen andere Ängste sie zu plagen. Was, wenn er nicht wiederkommen würde? Wenn sie hier unten verrecken musste, tief unter der Erde, wo niemand sie hören konnte?

Schließlich nahm sie doch das Buch zur Hand. Sie musste sich ablenken, wenn sie nicht durchdrehen wollte. Es war gebunden, sah aber irgendwie billig aus. Ein Foto von Obermarsberg prangte auf dem Cover sowie in blutroter Überschrift der Titel: *Sagenstadt Eresburg – Die Auferstehung*, darunter der Name des Autors: *Carolus Magnus*.

Karl der Große. Wie lächerlich!

Jessica fühlte den starken Impuls, das Deckblatt abzureißen und das Buch in kleine Stücke zu zerlegen, sagte sich aber, dass sie das effektiver vor seinen Augen tun konnte. Wenn sie es überhaupt wagte. Oben hatte sie ihn ausgelacht und sich über seine tollpatschigen Annäherungsversuche lustig gemacht. Dort war sie stark gewesen und er der Trottel, den sie zu kennen glaubte. Hier unten war sie blind und ängstlich. Hier war sie ihm ausgeliefert.

In hilfloser Wut ballte sie die Fäuste und schlug auf das Buch, hämmerte darauf ein, bis ihr die Tränen kamen. Vor allem war sie wütend auf sich selbst. Sie hatte geglaubt, die Triebe und die verbotenen Gedanken der Männer zu kennen. Hatte geglaubt, sie beherrschen zu können. Hatte sich eingebildet, die Kontrolle zu haben.

Aber diese Gier in ihm hatte sie nicht gesehen. Erst als er sie offen zeigte. »Ich sehe, was ich will«, hatte er gesagt, »und ich will, was ich sehe.«

Dann hatte er sanft ihren Kopf gestreichelt, und sie hatte seine Hand weggeschlagen. Sie atmete schwer, als die Wut sie durchströmte.

Sie musste sich zusammenreißen. Viele Trümpfe hatte sie nicht in der Hand, aber einige wenige waren ihr geblieben. Er wollte sie, wollte Sex mit ihr, das hatte er deutlich gemacht. Ein Kind zeugen. Sie schnaubte voll Verachtung. Wenn sie so tat, als würde sie mitspielen, würde er vielleicht die Fußfessel lösen. Dann hätte sie eine Chance, ihn zu überwältigen.

Und dann? Sie hatte keine Ahnung, wo sie war. Vielleicht in einem alten Bergbaustollen oder in einer vergessenen Höhle. Würde sie den Ausgang finden, wenn sie freikam? Oder würde sie sich hoffnungslos im Bauch der Erde verirren? Sie mahnte sich, ruhig zu bleiben. Zuerst musste sie die Ketten loswerden, und da sie kein Werkzeug hatte, musste sie wohl oder übel auf ihn warten. Dann würde sie weitersehen. Sie schlug das Buch auf und begann zu lesen.

Geschichte? Was geht mich das an? Die Vergangenheit ist tot. Irrtum! Sie ist sehr lebendig. In diesem Buch geht es um Eresburg, heute Obermarsberg. Im Mittelalter eine bedeutsame Stadt. Heute zu einem unselbstständigen Stadtteil verkommen. Aber die Zeit wird kommen, da Eresburg wieder zu altem Glanz aufersteht. Ich habe den Anfang gemacht und begonnen, die Sagen neu zu erschaffen.

Es begann ganz harmlos. Mit einem Bäcker am Schandpfahl. Er hatte verdorbenen Kuchen gebacken. Doch nieman-

dem kam in den Sinn, ihn zu bestrafen. Weiter ging es mit dem Jäger. Er glaubte, er sei etwas Besseres, könne andere Leute in die Schranken weisen. Doch er selbst sprach sich das Urteil, als er Heiliges erblickte und sich auf das Schändlichste darüber lustig machte. Er bekam dieses Buch zu Gesicht – die Rohfassung – und wagte es, darüber zu spotten. Es gelang ihm nicht, meine Vision zu zerstören, dafür zerstörte ich seine und erweckte so die Clodoald-Sage zum Leben.

Diese Tat könnt ihr in der Presse nachlesen. Und ebenso über die Hexe, die der Teufel zu sich holte. Als dann der junge Ritter vom Felsen stürzte und zerschellte, erfuhren auch die überregionalen Zeitungen, dass hier etwas Großes begann.

Jessica spürte das würgende Entsetzen in ihrer Kehle, als sie begriff, dass sie es mit einem Verrückten zu tun hatte. Sie blätterte durch das Buch, es hatte beinahe sechshundert Seiten, Geschichte gemischt mit Fantastereien. Er musste Jahre daran gearbeitet haben. Hatte nach außen hin seine Fassade aufrechterhalten und sich heimlich diesen zerstörerischen Fantasien hingegeben. Diesem Wahn.

Jessica verstand nur die Hälfte von dem, was sie gelesen hatte. Sie begriff, dass ihr Entführer Gunnar Braun geblendet hatte, seine *Vision* zerstört hatte, auch wenn ihr die kranke Logik dahinter völlig abging.

Aber was meinte er mit dem Rest? War sie die Hexe, die der Teufel geholt hatte? Und wer war der junge Ritter?

»Gefällt es dir?«

Jessica fuhr zusammen, als die Stimme hinter ihr erklang. Da war kein Geräusch gewesen, kein Licht.

»Hast du mich nicht kommen hören?«

◆

Schritt für Schritt umrundete Anne den Turm und ließ den Lichtstrahl der Taschenlampe über die äußere Mauer wandern. Sie achtete auf Fugen und Risse im Stein, klopfte auf die Mauer, konnte aber keine Auffälligkeit feststellen. Danach nahm sie sich den Innenraum vor. Der Boden sah unauffällig aus und war teilweise mit hereingewehtem Laub bedeckt. Anne ließ sich auf die Knie sinken und fegte Laub und Staub beiseite.

Unterhalb der Treppe stieß sie auf die erste Rille. Sie folgte ihr mit den Fingern und ertastete ein Quadrat und in der Mitte eine Vertiefung. Sie kratzte Staub und Erde heraus und legte eine Art Griff frei. Probehalber zog sie daran und konnte das steinerne Quadrat ohne große Mühe wie eine Klappe öffnen.

Darunter kam ein schwarzes Loch zum Vorschein, das in die Tiefe führte.

»Unglaublich«, flüsterte sie. Dies musste der Fluchtweg sein. Ein geheimer Tunnel.

Sie widerstand dem Drang, sofort hinabzusteigen. Niemand wusste, dass sie hier war, und Thorsten vertraute darauf, dass sie die Grundsätze der Polizeiarbeit dieses Mal ernst nahm. Sie durfte ihn nicht wieder enttäuschen.

Gleichzeitig konnte sie unmöglich bis morgen warten. Der Himmel wusste, welche Sicherheitsvorkehrungen getroffen werden mussten, bevor sie den Tunnel untersuchen konnten. Bergführer, Atemschutzmasken, Deckenstützpfeiler. Nein. Der Schiebemechanismus der Steinplatte funktionierte. Offenbar wurde er hin und wieder benutzt, also war der Tunnel begehbar. Anne holte ihr Smartphone heraus und wählte Hellmanns Nummer.

Es dauerte eine Dreiviertelstunde, bis er kam. Er deutete auf einen etwas kleineren Typen mit ungekämmtem Haar und verquollenen Augen, der hinter ihm den Turm betrat und der Anne bekannt vorkam. »Das ist Jens, ein Freund und Kollege. Sein Bruder hat eine Baufirma, und er konnte uns zwei Schutzhelme organisieren.«

»Aus dem Tiefschlaf geweckt und keinen Kaffee«, grummelte Jens und reichte Anne einen der Helme. »Nur für dich, Schätzchen. Aber glaub ja nicht, dass ich in so ein altes Erdloch steige, no way.«

»Jens wird hier oben die Stellung halten«, erklärte Hellmann und setzte sich den anderen Helm auf. »Dann zeig uns mal deinen Geheimgang.«

»Shit«, murmelte Jens und starrte auf das schwarze Loch. »Ihr wollt da doch nicht ernsthaft rein?«

Anne leuchtete mit ihrer Lampe in den Schacht. In einer Seite der Wand waren Hand- und Trittgriffe aus Metall versenkt worden. Sie streckte den Arm aus und ruckelte am obersten. Er ließ sich nicht bewegen.

»Die Griffe scheinen fest zu sein. Trotzdem sollten wir den Ersten, der runtergeht, mit einem Seil sichern. Hast du eins gefunden?«

Hellmann nickte. »Ich bin mir nur nicht sicher, ob es lang genug ist.«

»Probieren wir es aus.«

Anne schlang sich das Seil um die Hüfte und begann es an ihrem Gürtel festzuknoten.

»Soll ich nicht lieber vorgehen?«

Sie hatte befürchtet, dass er das sagen würde, und antwortete schnell, bevor ihr Entschluss ins Wanken geriet. »Ich habe den Gang entdeckt, ich gehe zuerst. Außerdem bin ich die Leichteste von uns.«

Sie zurrte den Knoten fest und ließ sich mit den Beinen voran ins Loch hinab. Ihre Taschenlampe hatte sie sich ebenfalls in den Gürtel gesteckt, um beide Hände zum Klettern freizuhaben.

Mit den Fußspitzen ertastete sie den ersten Griff und stellte sich mit ihrem Gewicht darauf. »Er hält«, sagte sie, mehr um sich selbst zu beruhigen als zu Hellmann.

Der beugte sich vor und leuchtete mit der Taschenlampe ins Loch. »Der nächste Griff ist einen halben Meter tiefer.«

Anne hielt sich am Rand des Lochs fest, während sie den anderen Fuß nach unten senkte. Sie spürte das Metall an ihren Zehen. Auch der nächste Griff hielt.

»Alles in Ordnung?«

Ja, verdammt! Ich bin es nur nicht gewöhnt, mitten in der

Nacht in enge Tunnel zu steigen. Sie hätten vorher etwas hinabwerfen sollen. Dann hätte sie wenigstens ungefähr gewusst, wie tief es hinunterging.

Sechs Meter mindestens. Wenn es einen Tunnel gibt, muss er tief genug unter der Erde sein. Sonst hätte man ihn gefunden. »Mir geht es gut.«

Um ihren Worten Nachdruck zu verleihen, löste sie die Hand vom Rand und hing nun nur noch an den Metallgriffen im Loch. Sie versuchte jeden Gedanken auszuschalten und konzentrierte sich aufs Klettern. Begann die Sprossen zu zählen. *Vier, fünf, sechs, sieben … Einatmen, ausatmen.*

Nach vierzehn Griffen spürte sie den Grund. Sie atmete auf, als sie endlich wieder auf festem Boden stand, zog die Taschenlampe aus ihrem Gürtel und sah sich um. Der Tunnel war erstaunlich gut erhalten, etwa einen Meter breit und in der Mitte anderthalb Meter hoch. Altes Mauerwerk, durch das sich die Feuchtigkeit presste.

»Anne?«

Sie sah zu Hellmann empor. Der Schein seiner Taschenlampe war unendlich weit entfernt. »Hier ist ein Tunnel. Ich glaube, er führt in Richtung Obermarsberg.«

»Dann komme ich jetzt zu dir runter. Gibst du mir das Seil, damit Jens mich sichern kann?«

Sie knotete das Seil los, das er hinaufzog, und wartete ungeduldig, bis er endlich unten bei ihr ankam.

»Unglaublich«, murmelte er. »Wie alt mag dieser Gang sein?«

»Mittelalter?« Anne zuckte mit den Achseln. »Wenn er tatsächlich so alt ist, dann hält er hoffentlich noch eine kleine Weile. Zumindest bis wir alle heil wieder draußen sind.«

Hellmann leuchtete in den Tunnel, der sich so lang in eine Richtung zog, dass sie das Ende nicht sehen konnten. Zur anderen Seite gab es einen kleineren, ebenfalls gemauerten Stollen, durch den man bestenfalls kriechen konnte.

»Was glaubst du, was das ist?« Hellmann deutete in den Kriechtunnel.

Anne hatte sich bereits dieselbe Frage gestellt. »Ich weiß es nicht. Aber ich habe wenig Lust, mich dort hindurchzuzwängen. Vielleicht dient er der Belüftung.«

»Ja, das ist gut möglich.«

Hellmann blickte den Tunnel entlang, der in Richtung Obermarsberg führte.

»Dann packen wir 's«, sagte er, aber Anne sah, dass ihm nicht wohl dabei war. »Ich hoffe, dass die Belüftung noch funktioniert.«

◆

Das Licht ihrer Lampen huschte über zerklüfteten Fels. Steine und Geröll türmten sich dort auf, wo Gänge eingestürzt waren. Micha sah sich um. Saskia war so still geworden, dass er befürchtete, sie würde irgendwo zur Salzsäule erstarren, wenn er sie nicht im Auge behielt,

»Geh du voran«, forderte er sie auf. »Dann kommt Daniel, dann ich.«

Die beiden gehorchten ohne Widerrede. Saskias Bewegungen waren mechanisch. Sie ging mit kleinen, festen Schritten, hatte die Schultern gestrafft und sah tapfer aus, was Micha die Enge seiner Hose spüren ließ.

Gunnar, der Idiot, hatte ihm mal vorgeworfen, dass er sich daran aufgeile, wenn Frauen Angst hatten. Dabei war das Gegenteil der Fall. Es machte ihn scharf, wenn sie ihre Angst überwanden. Unter seiner Führung natürlich. Linda hatte er einmal dazu gebracht, ihre Hand in ein Wespennest zu stecken.

Ein Klopfzeichen ertönte jenseits der steinernen Wände. »Tak taktak.« Und noch einmal. »Tak taktak.« *Das Morse A.* Grundmann und Kaestner hatten also eine Wegkreuzung erreicht und teilten sich auf.

»Jessica?«, rief Saskia halblaut.

Sei ruhig, du dumme Kuh! Wer auf die Jagd gehen will, darf das Wild nicht verscheuchen.

247

»Psst! Wir wollen nicht mehr Geräusche machen, als unbedingt nötig.«

»Aber wieso denn? Wie sollen wir Jessica sonst finden?«

»Schallwellen können die Decke zum Einsturz bringen.«

Es war eine dreiste Übertreibung, aber er sah sie schlucken. Sie brauchte nicht zu wissen, warum sie wirklich hier waren. Natürlich würden sie auch nach Jessica suchen, aber Micha ging es um etwas anderes.

»Gebt acht, dass ihr nicht ins Wasser tretet.«

Er deutete auf die kleine Rinne, die an der rechten Seite des Wegs verlief. Ein deutliches Zeichen dafür, dass dieser Gang von Menschen angelegt worden war. Vielleicht befanden sie sich schon in einem alten Bergbaustollen.

An einer Seite tat sich ein Spalt in der Felswand auf. Micha ging in die Hocke, leuchtete hindurch und sah, dass auf der anderen Seite ein schmaler Gang weiterführte.

Dann bemerkte er noch etwas, seitlich an der Steinwand. Blut. »Hier sind wir richtig.«

Er erhob sich und klopfte zweimal das vereinbarte Zeichen für Kommen. »Taktak tak Taktak.« *Niemand kann es mit mir aufnehmen. Vor allem du nicht, Maulwurf. Sieh her, ich besiege dich auf deinem eigenen Terrain.*

Saskia stützte sich schwer atmend gegen den Felsen. Im Licht der Lampe hatte ihr Gesicht eine ungesunde Farbe angenommen. Aber wenn sie jetzt schlappmachte, würde es nichts mehr ändern. Micha hatte den richtigen Ort gefunden. Er brauchte Daniel und sie nicht mehr.

»Da müssen wir hinein?« Sie sprach, als wäre ihre Kehle zu eng.

»Du nicht. Du kannst hier auf uns warten, wenn du möchtest.« *Und sicherstellen, dass uns niemand von hinten überrascht.*

»Allein?« Ihre Stimme klang jämmerlich.

»Mit Daniel.«

In einer anderen Situation hätte er sie an die Hand genommen, einfach um zu sehen, wie weit sie gehen würde.

Aber jetzt beschäftigte ihn etwas anderes. Wenn sich der Maulwurf hier unten versteckte, musste er sie gehört haben. Die Lampen halfen ihnen, sich zu orientieren, machten sie aber auch zu einer guten Zielscheibe. Sie waren in der Überzahl und bewaffnet. Aber um diesen Vorteil auszunutzen, mussten sie rasch und koordiniert vorrücken.

Er wartete, bis Grundmann und Kaestner zu ihnen stießen. Dann deutete er auf den Spalt. »Zieht eure Waffen! Wenn wir auf Widerstand stoßen, müssen wir ihn sofort überwältigen.«

»Wen?« fragte Daniel.

Micha ignorierte ihn. Grundmann und Kaestner verstanden. Sie wussten, worum es ging. »Saskia und Daniel, ihr bleibt hier und gebt uns Rückendeckung.«

Er kletterte hinter Grundmann und Kaestner durch den Spalt. Sie mussten seitwärts gehen, weiter und weiter, bis der Durchgang sich verbreiterte und in eine Höhle mündete. Micha zog sein Kurzschwert. Die Klinge war ideal für den Kampf auf engem Raum.

Der Maulwurf mochte ihnen im Dunkeln auflauern, trotzdem hatte er allein keine Chance gegen sie.

Micha hörte ein Geräusch hinter sich und leuchtete in den Spalt. Saskia und Daniel steckten darin. Ihre Hände drückten gegen den Fels, die Körper gekrümmt wie Sardinen. Offenbar hatten sie sich entschieden, nicht zurückzubleiben. Dann mussten sie eben zusehen, wie sie durch den Spalt kamen.

»Da!«, rief Kaestner leise. Micha wandte den Kopf und sah, wohin er leuchtete. Am Rand der Höhle hockte eine Gestalt am Boden und starrte ihnen mit großen dunklen Augen entgegen. Das kupferfarbene Haar leuchtete wie Flammenzungen.

»Stopp«, zischte Micha und hielt Grundmann auf, der auf sie zulaufen wollte. »Vielleicht versteckt er sich hier irgendwo.«

Wenn der Maulwurf hier war, dann wurde er von der

Dunkelheit verborgen, denn Micha bemerkte keine weitere Lichtquelle. Nur ihre Lampen, die sie zu einer guten Zielscheibe machten.

»Leuchtet alle Ecken und Winkel aus!«

Er hieß Grundmann nach rechts und Kaestner nach links gehen, machte selbst ein paar Schritte auf Jessica zu und leuchtete nach vorne. Der Fels war zerklüftet, und es gab zahlreiche Spalten und Löcher, in denen man sich verbergen konnte.

»Jessica«, flüsterte er. »Ist er noch hier?«

Sie starrte ihm mit großen Augen entgegen, und als er begriff, dass sie ihn nicht sehen konnte, richtete er die Taschenlampe von unten auf sein eigenes Gesicht.

»Ich bin es, Micha. Wir wollen dich hier rausholen. Was ist mit Karlchen? Ist er noch hier?«

Sie presste die Lippen zusammen und nickte schnell.

»Wo?«

Ihr Atem beschleunigte sich schlagartig. Sie sah sich suchend um und schrie dann auf. »Hinter dir!«

Kapitel 33

Anfangs hatte sie sich nur zögerlich vorwärtsbewegt. Zweimal war Hellmann zurückgekehrt, um Jens zuzurufen, dass alles in Ordnung sei und dass sie sich noch ein Stück vorwagen würden.

Doch die Tunneldecke schien stabil und die Luft gut, also erbaten sie sich schließlich zwei Stunden. Wenn Jens nach dieser Zeit nichts von ihnen hörte, sollte er die Rettungskräfte alarmieren.

»Der Täter kennt sich hier unten aus«, überlegte Anne. »Wahrscheinlich ist er diesen Weg oft gegangen.«

Hellmann warf ihr einen Seitenblick zu. »Glaubst du?«

»Seit wir hier sind, habe ich das Gefühl, ihm näher zu kommen. Denk an den Mord an Frau Wicke. An das Verschwinden von Jessica und Ralf. Vielleicht auch an Gunnar Braun. Warum gibt es keine Zeugen? Warum wurde der Täter nie gesehen? Warum haben die Hunde keine Witterung aufgenommen? Vielleicht, weil er sich nicht überirdisch fortbewegt hat. Ich meine, wenn es hier einen Geheimgang gibt, warum nicht auch an anderen Stellen von Obermarsberg?«

Sie waren etwa eine halbe Stunde gelaufen, als der Tunnel sich veränderte. Wände und Deckenbogen waren nicht länger gemauert, sondern bestanden nur aus schierem Fels. Sie hatten den Eresberg erreicht.

Nach wenigen Metern traf der Tunnel auf einen Stollen, der in zwei verschiedene Richtungen abzweigte.

»Das ist ein Bergbaustollen«, flüsterte Hellmann. »Sieh mal!« Er deutete auf den Boden, wo noch Reste von Gleisen zu sehen waren. »Wohin jetzt?«

Anne versuchte sich im Geist eine Karte von Obermars-berg vorzustellen. Sie waren aus südlicher Richtung gekommen. Wenn sie sich richtig erinnerte, lagen die Mundlöcher auf der östlichen Seite des Berges. Diese waren jedoch alle verfüllt worden, wie sie von der Stadtführung wusste. In dieser Richtung würden sie also nur auf zugeschüttete Tunnel stoßen. »Wir müssen nach links«, entschied sie. »Tiefer hinein.«

»In Ordnung.« Hellmann zog eine kleine Spraydose aus der Jackentasche und sprühte ein pinkes Kreuz an die Wand gegenüber dem Tunnel, aus dem sie gekommen waren.

»Auch von Jens' Bruder?«, fragte Anne lächelnd.

Er nickte. »Markierspray für Bau- und Forst.«

»Du hast echt an alles gedacht.«

Sie folgten dem Stollen nach Westen. Der Boden war feucht und mit Schlacke bedeckt. Nach kurzer Zeit waren Annes Schuhe durchweicht. »Hast du auch kalte Füße?«

»Ja.« Hellmann sah zu seinen ehemals schwarzen Lederschuhen hinunter. »Ich wünschte, ich hätte daran gedacht, mir Gummistiefel anzuziehen. Wer weiß, ob ich die je wieder sauber kriege.«

Anne hatte das Gefühl, dass es mit jedem Schritt kälter wurde. Ihr Atem bildete kleine Dampfwolken vor ihrem Mund. Auch mit ihrer dünnen Jacke war sie vollkommen falsch angezogen. Wieder teilte sich der Stollen, und dieses Mal wusste Anne nicht, welches die richtige Abzweigung war. Sie sah Hellmann an.

»Nein. Wir teilen uns nicht auf«, beantwortete er ihre unausgesprochene Frage. »Das ist mir zu riskant.«

»Welchen nehmen wir dann?«

Hellmann zuckte mit den Achseln. »Wir sind eben nach links gegangen, dann lass uns wieder links gehen.«

Er markierte die Abzweigung, und sie betraten den Stollen. Sie kamen an mehreren Eingängen vorbei, die aber offensichtlich Sackgassen waren.

Dann hob Hellmann mit einem Ruck den Kopf, und Anne

hörte es auch. Stimmen. Sie klangen aufgebracht, schienen zu streiten. Dann schrie jemand auf.

Anne und Hellmann drehten sich beinahe gleichzeitig um und rannten zur letzten Markierung zurück. Sie mussten in den anderen Stollen.

Bei der Abzweigung hielt Anne Hellmann zurück. »Lass mich allein gehen. Du läufst zu Jens und holst Verstärkung.«

»Kommt nicht infrage«, knurrte er.

»Aber …«

»Du gehst zurück.«

Anne schnaubte und verschränkte die Arme über der Brust. »Nein.«

»Dann gehen wir zusammen oder gar nicht.«

Micha fuhr herum und sah die große Gestalt hinter sich aufragen. »Das ist nur Kaestner.« Er drehte sich um, beugte sich zu Jessica hinunter. »Keine Angst, er gehört zu mir. Was ist mit Karlchen? Wo steckt er?«

Ihr Blick irrte suchend umher. »Ich weiß es nicht. Er hat mir die Taschenlampe abgenommen.« Sie begann heftig zu zittern. »Holt mich hier raus! Bitte!«

Kaestner ging neben ihr in die Hocke und begann die Kette zu untersuchen, mit der sie gefesselt war.

»Wie geht es dir?« Saskia war tatsächlich ohne Hilfe aus dem Spalt herausgekommen und hielt nun die bebende Jessica im Arm.

Idioten. Die war doch gefesselt und würde uns nicht weglaufen. Sie mussten Karlchen finden. Micha hatte immer gewusst, dass er nicht ganz normal war. Aber auch er hatte sich täuschen lassen. So dumm wie Karlchen tat, konnte er gar nicht sein, sonst wäre er nie so weit gekommen. Hatte er tatsächlich mit der alten Wicke angebandelt? Micha verzog den Mund und lachte in sich hinein.

Karlchen würde ihm einige Dinge erklären müssen. Doch erst einmal musste er ihn finden. Er lauschte, hörte jedoch nur Jessicas Schluchzen hinter sich.

Wenn dieses verdammte Weibsstück nur endlich mal den Mund halten würde.

Da war etwas. Vorne links, wo Kaestner hätte suchen sollen. Ein leises Klacken, vielleicht von einem Stein, der durch einen unachtsamen Tritt bewegt wurde.

Mit einem Satz sprang Micha durch die Höhle. Er hielt sein Schwert in der Hand, doch Karlchen würde er auch mit bloßen Händen überlegen sein. Damals hatte ein einziges Wort von ihm genügt, um den Jungen in ein winselndes Häufchen Elend zu verwandeln.

»Karlchen«, sagte er lauernd. »Komm her!«

Er fand den Gang, aus dem das Geräusch gekommen war. An einer Stelle senkte sich die Decke herab, und hervorspringende Kanten zwangen Micha, gebückt zu gehen.

»Was spielst du hier? Verstecken? Hast Angst vor mir, ja? Ich kenne dich, Karlchen. Hast immer verstecken gespielt, bist in den Berg gekrochen, bis niemand mehr folgen wollte. Aber heute wirst du mich nicht so einfach los, Karlchen. Ich komme dir nach, und ich finde dich. Du hast geglaubt, du kannst mich verarschen. Pech für dich. Dafür wirst du jetzt bezahlen müssen.«

Er hörte Grundmann hinter sich näher kommen. Wenigstens einer hatte Mumm in den Knochen. Er würde tun, was getan werden musste. Die Decke wurde wieder höher, und er konnte aufrecht gehen. Der Gang schien leer, aber Micha wusste, dass Karlchen hier sein musste. Mit langsamen Schritten ging er vorwärts.

»Du hast uns verarscht!«

Saskias Stimme kam von hinten, und sie klang völlig verändert. Ihr Ton veranlasste Micha, sich auf der Stelle umzudrehen. Im ersten Moment glaubte er, einer Sinnestäuschung zu erliegen.

Sie und Daniel standen hinter ihm, beide mit gezückten Dolchen. Die Klingen waren kürzer als die seines Schwertes. Dafür waren sie schärfer. Wie lange Messer, die Klingen an beiden Seiten geschliffen.

»Was ist denn in euch gefahren?«, schnaubte er.

»Dir ging es nie um Jessica, nicht wahr? Sie ist dir völlig gleichgültig. Ebenso wie wir.«

Er konnte es kaum fassen, aber sie kamen näher. Das Winselnde, Ängstliche war aus ihren Gesichtern gewichen und hatte einer Entschlossenheit Platz gemacht, die er vorher nicht in ihnen gesehen hatte. Aber das war nicht möglich. Es musste Theater sein, er hatte sie doch durchschaut. Er hatte alles geplant. Sie waren Wachs in seinen Händen gewesen.

»Ihr irrt euch. Wir haben sie gesucht und gefunden. Jetzt kümmert euch um sie.« Schritt um Schritt wich er weiter zurück. »Wir haben keine Zeit für so etwas. Wir sind hier nicht allein. Karlchen ist hier drin. Er hat sie hier eingesperrt, und er hat auch die alte Frau auf dem Gewissen. Wir müssen ihn finden und unschädlich machen. Er versteckt sich hier. Er wird uns …«

Weder Saskia noch Daniel reagierten auf seine Worte. Mitten im Satz stieß er mit der Schulter gegen ein Stück Felsen. Ein leiser Schmerzenslaut entfuhr ihm, und er rieb sich die Schulter.

»Verdammt, begreift ihr denn nicht? Er ist wahnsinnig! Wir müssen jetzt zusammenhalten. Wenn er den Ausgang versperrt, sitzen wir in der Falle. Niemand weiß, dass wir hier sind. Wir kommen hier nicht mehr raus!«

Er rechnete nicht wirklich damit, dass es Karlchen gelang, sie hier unten einzusperren. Es war ein Trumpf, den er ausspielte. Und wirklich, Saskia kam abrupt zum Stehen. Ihr Gesicht verzerrte sich.

Er wartete auf die Panik in ihren Augen. Doch sie kam nicht. Stattdessen trat sie einen entschlossenen Schritt vor und stieß zu. »Du elender Lügner!«

Die Spitze des Dolches drang in seine Hand ein, und in dem Moment, in dem der Schmerz sein Bewusstsein erreichte, hörte er sein Kurzschwert scheppernd zu Boden fallen. Ein Tritt traf ihn in die Rippen.

Das war Daniel! Wie ist das möglich?

»Halt! Tut das nicht!«

Saskia hatte sein Schwert aufgehoben und schlug damit zu. Die Klinge traf seinen Arm, den er schützend vors Gesicht hielt. Der nächste Hieb traf sein Schlüsselbein, und der Schmerz fuhr ihm durch die ganze rechte Seite. Dabei begriff er, dass sie mit der flachen Seite zuschlug. *Sie verprügeln mich.*

»Ich denke, das reicht jetzt«, sagte jemand mit scharfer Stimme. Micha kannte sie. Ein Tritt erwischte ihn hart in der Seite. Dann hörte es auf.

Er hatte sich auf dem Boden zusammengekrümmt. Jetzt nahm er die Hände vom Gesicht und versuchte, etwas zu sehen. Sein ganzer Körper brannte, und jeder Atemzug war wie ein kleiner Stich in der Brust.

Er sah Anne Kirsch, die auf ihn zutrat. Ihre Schuhe füllten sein Blickfeld aus, und er schlug die Arme vor den Kopf und krümmte sich wieder zusammen. Doch sie schnaubte nur. Ihre Schuhe entfernten sich.

»Helft ihm hoch!«, befahl sie Saskia und Daniel. »Und ich hoffe für euch, dass er noch laufen kann, sonst dürft ihr beide ihn hinaustragen.«

»Wir müssen Karlchen suchen«, keuchte Micha. »Er ist derjenige, den ihr sucht.«

Dann erst sah er den untersetzten, rotgesichtigen Mann, der neben dem anderen Polizisten stand. Seine Hände waren ihm auf den Rücken gefesselt.

»Er hat keinen Widerstand geleistet«, erklärte Anne ruhig. »Er war klug genug zu begreifen, wann er verloren hat.«

Sie blickte auf, und Micha hörte Kaestners Stimme. »Ich hab das Mädel losgemacht. Wir sollten uns beeilen und sie hier rausschaffen. Sie ist unterkühlt.«

Der große Kerl trug Jessica in den Armen und fühlte sich wohl wie Superman. Micha wollte eine bissige Bemerkung machen, die ihm im Halse stecken blieb, als Daniel und Saskia ihn unsanft packten.

Kaestners Blick wanderte von den Polizisten und Karl-chen zu Micha. »Was ist denn hier los?«

»Später«, wehrte Anne ab. »Jetzt gehen wir nach draußen. Sind alle da? Wo ist Grundmann?«

»Ich dachte, er wäre bei euch. In der Höhle ist er nicht mehr.« Kaestner rief nach Grundmann, und seine Stimme hallte durch den Tunnel. Es kam keine Antwort.

Kapitel 34

Anne saß in ihrem Büro in der Polizeiwache in Dortmund und schrieb ihren Bericht über den Serientäter im Sauerland. Sie dachte an Karl Raschke, wie er vor ihr im Vernehmungszimmer gesessen hatte. Ein unbeholfener Mann mit einem roten Gesicht, der kaum den Blick von der Tischplatte hob und der ihr nicht länger als fünf Sekunden in die Augen sehen konnte.

Es fiel ihr schwer, sich vorzustellen, wie dieser Mann mit seinen Händen eine alte Frau hatte erwürgen können. Dass er es getan hatte, daran bestand kein Zweifel.

Von sich aus erzählte er nicht, aber er antwortete auf Fragen. Ja, er habe zu Hannah Wicke eine intime Beziehung unterhalten. Angeblich sei aus einer langjährigen Freundschaft körperliche Nähe entstanden. Anne hegte den Verdacht, dass er die Verwirrtheit der alten Frau ausgenutzt hatte, um sich ihr zu nähern. Aber da Hannah Wicke es ihnen nicht mehr sagen konnte, würden sie die Wahrheit vermutlich nie erfahren.

Ihre Anklage würde auf Mord lauten. Karlchen hatte Hannah Wicke beiseitegeschafft, weil sie zu viel wusste und ihn zu verraten drohte.

Er hatte davon geträumt, etwas Großes zu leisten.

»Meine Mutter hat das so gewollt. Deshalb hat sie mich Karl genannt. Nach Karl dem Großen.«

»Haben Sie sich deshalb Carolus Magnus genannt?«

»Das ist mein Pseudonym. Ich hatte vor, es geheim zu halten. Wenn Karlchen ein Buch schreibt, interessiert es niemanden. Aber wenn Karl der Große ein Buch schreibt und wenn bekannt wird, was ich getan habe ... Dass die Sagen Wirklichkeit geworden sind ...«

»Also haben Sie Thomas Kresnik an den Schandpfahl gebunden?«

Karlchen nickte. »Das Betäubungsmittel habe ich aus Lindas Auto geklaut. Von meinem Vater wusste ich, wie es wirkt. Ich hatte ihn schon einige Male damit ruhiggestellt. Thomas und Gunnar zu betäuben war leicht. Die Tabletten habe ich mit einer Küchenreibe zerrieben und in meine Bierflasche geschüttet. Dann musste ich nur im richtigen Moment die Flaschen vertauschen.«

Er lehnte sich zurück, schien Gefallen an der Vernehmung zu finden.

»Warum die beiden? Was haben Sie Ihnen getan?«

»Thomas hat am Schützenfest die Kuchen versaut«, erklärte Karlchen. »Dafür habe ich ihn bestraft. Und Gunnar hat mein Manuskript gesehen. Es war nicht beabsichtigt. Ich habe im Museum daran gearbeitet, und er war da, um irgendetwas zu reparieren. Ich verbot ihm, es anzuschauen, aber er wollte nicht hören. Und dann hat er ... hat er sich darüber lustig gemacht.«

Die letzten Worte presste er heraus.

Anne fragte ihn nach Jessica und erfuhr, dass Karlchen, der außer zu Hannah Wicke in seinem Leben noch keine sexuellen Kontakte zu einer Frau unterhalten hatte, regelmäßiger Besucher von Jessicas Internetseite gewesen war. Bis ihm die Fantasie nicht mehr genügte.

»Und mit Ralf Theile wollten Sie Ihren Nebenbuhler loswerden«, vermutete Anne.

Das wiederum stritt Karlchen ab und wand sich auf seinem Stuhl. »Ich brauchte einen Ritter. Ralf bot sich an, er war einfach wegzulocken.«

»Eifersucht spielte also keine Rolle?«

»Nein, nein.«

»Hatten Sie von Anfang an geplant, ein Pferd aus dem Fanfarenzug zu entführen?«

Karlchen zuckte mit den Schultern. »Da habe ich mich auf mein Glück verlassen. Auf dem historischen Markt sind immer Pferde vor Ort. Den Ritter darauf festzubinden, das war schwierig. Aber im Wald gibt es einen Felsen, der sich gut für diesen Zweck eignet. Ich habe Ralf dort oben abgelegt, das Pferd unten hingeführt, den Ritter hinuntergezogen und festgebunden. Dann bedurfte es nur noch einiger Steine unter dem Sattel und zweier Schüsse aus dem Jagdgewehr meines Alten«, erklärte er, offenbar hoch zufrieden mit sich. Dass ihm eine lebenslange Gefängnisstrafe drohte, schien er völlig auszublenden.

Anne schloss ihren Bericht mit dem Einsatz der Feuerwehr und der Höhlenrettung, die in einem langwierigen und kräftezehrenden Einsatz Grundmann aus einem halb verschütteten Tunnel geborgen hatten. Der Unternehmer war schwer verletzt gewesen und hatte im Delirium etwas von einem Schatz gefaselt und von Berggeistern, die ihn verfolgt hätten. In ihrem Bericht schrieb Anne nur, dass Grundmann sich offenbar aus freien Stücken von seiner Gruppe getrennt und dann in dem Stollensystem unterhalb Obermarsbergs verirrt hatte.

Die Auseinandersetzung zwischen Micha Bannenberg und Saskia und Daniel ließ sie unerwähnt. Sie wollte den beiden Letzteren nicht durch ein Verfahren wegen Körperverletzung schaden, und Micha hatte ebenfalls kein Interesse daran, dass bekannt wurde, wie er von einer Frau mit Helfersyndrom und einem schüchternen jungen Mann verprügelt worden war.

Anne scrollte noch einmal nach oben und merzte die Tippfehler aus. Dann druckte sie ihren Bericht aus, ging zu Thorstens Büro und legte ihn schwungvoll auf dessen Schreibtisch.

»Das war's. Der Fall ist abgeschlossen.«

»Danke!« Er hielt den Blick auf seinen PC-Bildschirm gerichtet und schien selbst gerade etwas zu schreiben.

Anne wartete unschlüssig in der Tür.

Endlich wandte Thorsten den Kopf in ihre Richtung. »War noch was?«

»Nein.« Sie zögerte. »Ich dachte nur … Hast du mit Hellmann gesprochen?«

»Ja, natürlich. Ein guter, fähiger Kollege. Ich wünschte, ich würde hier die Personalentscheidungen fällen, dann wäre er in meinem Team. Aber ich denke, es wird nicht mehr lange dauern, bis er kommen kann. Sofern er dann noch will.«

»Er möchte nach Dortmund. Da bin ich mir sicher.« Sie zögerte. »Hat er dir erzählt, wie wir den Tunnel gefunden haben? Als *Team*?«

»Hm«, brummte Thorsten und wandte sich wieder ab. Dann grinste er. »Entspann dich, Anne! Ich habe mit dem Kriminaldirektor gesprochen. Fürs Erste verzichten wir auf die Polizeischule. Aber …« Sein Gesicht wurde schlagartig ernst. »… ich erwarte, dass du dich in Zukunft an Vereinbarungen hältst. Keine Alleingänge, ja? Sonst gibt es auch keine Schulung mehr. Dann bist du sofort draußen.«

Anne nickte heftig und unterdrückte ein triumphierendes Lächeln, das er sicher in den falschen Hals bekommen hätte. »Ich verspreche es dir.«

◆

»Beeil dich«, ermahnte Hellmann Jens, der mit einer Brötchenhälfte im Mund im Badezimmer stand und sich die Haare bürstete. »Wir haben um neun Uhr Dienstbesprechung. Ich möchte nicht schon wieder zu spät kommen.«

»Bim pfon pfepfg.«

Jens lief in sein Zimmer und kramte in dem Chaos auf seinem Schreibtisch nach dem Haustürschlüssel, fand ihn endlich auf dem Boden neben dem Mülleimer und stürmte mit halb offenem Hemd aus der Wohnungstür und die Treppe hinunter. Hellmann wartete bereits unten an der Haustür, als Frau Bonensteffen, die Vermieterin, mit einem Korb Wäsche aus dem Keller kam.

»Guten Morgen«, grüßte er.

Sie nickte freundlich. »Haben Sie und Ihr Partner sich gut eingelebt?«

»Ja, danke.«

Er hielt Jens die Tür auf, der grußlos an ihr vorbeistürmte und lächelte entschuldigend. »Auf Wiedersehen, Frau Bonensteffen!«

Erst im Auto fiel Hellmann auf, was ihn die ganze Zeit gestört hatte. »Ich glaube, unsere Vermieterin hält uns für homosexuell.«

Jens verschluckte sich an seinem Brötchen. Er würgte, und Hellmann trat geistesgegenwärtig auf die Bremse, bevor Jens die Tür aufriss und hustend ausspuckte.

»Was?«, keuchte er, als er wieder Luft bekam. »Sag mal, spinnst du? Wie kommst du denn darauf?«

Hellmann setzte den Blinker und fuhr weiter.

»Na, weil sie dich immer meinen Partner nennt. Sie hat doch keine Ahnung, dass wir so eng zusammenarbeiten. Nur, dass wir Kollegen sind.«

Jens schüttelte fassungslos den Kopf. »Nein, das glaub ich nicht. Das kann doch nicht sein. Wie kommt die denn darauf? Sehe ich schwul aus, oder was?«

»Das ist doch keine Frage des Aussehens. Außerdem ist es nicht schlimm. Jetzt, wo wir Bescheid wissen, können wir es richtigstellen.«

»Ich hab nix gegen Schwule, wenn du das denkst«, knurrte Jens. »Aber der Gedanke, dass ich und 'n Kerl …«

»Wir erklären ihr, dass wir Partner im Polizeidienst sind. So wie im *Tatort*. Das müsste sie doch verstehen.«

»Vielleicht guckt sie keine Krimis«, murmelte Jens düster.

Hellmann musste grinsen. Er hatte nicht gedacht, dass sein Mitbewohner die Angelegenheit so schwernahm.

»Ich werde das richtigstellen«, versprach er. »Gleich heute Abend. Ich werde Frau Bonensteffen erzählen, dass wir nur eine WG haben. Ganz beiläufig. Zum Beispiel, wer in welchem Zimmer wohnt. Dann kriegt sie auch nicht mit, dass wir gemerkt haben, dass sie uns für schwul gehalten hat.«

Jens stierte aus dem Fenster. Schließlich nickte er. »Das wird das Beste sein. Wenn sie erkennt, dass wir überhaupt keinen Gedanken daran verschwendet haben, wird sie begreifen, dass es total abwegig ist.«

Hellmann nickte. »Und spätestens, wenn wir Mädels mit nach Hause bringen, wird alles klar sein.«

♦

Am 17. Dezember wurde in Obermarsberg die Messe zu Ehren des heiligen Sturmius von Fulda gefeiert, und die Nachtwächter zogen mit ihrem Stundenlied und Hörnerklang in die Kirche ein.

Danach hatte der Spielmannszug der Freiwilligen Feuerwehr zu einem Konzert in die Schützenhalle eingeladen. Finn war heute nicht in Feierstimmung, doch er wusste, dass dort jemand auf ihn wartete, und diesen Jemand wollte er auf keinen Fall enttäuschen.

Als er die Halle betrat, reckte Toni, der vor Kurzem zwei geworden war, beide Hände in die Höhe. Im Takt der Blasmusik wippte er auf den Zehen und juchzte, als Finn ihm sein Horn überließ.

Mit stolz geschwellter Brust stand Toni neben seinem Onkel und blies mit ganzer Kraft ins Horn, auch wenn er dem Instrument noch keinen Ton entlocken konnte.

Finn fing Sandras Blick auf, die an einem der Tische saß. Er würde jetzt auf Toni achten, auch wenn man den Knirps hier ruhigen Gewissens hätte stehen lassen können. Um nichts in der Welt wäre er von den Musikern fortgegangen.

Am Tisch neben Sandra sah Finn Gunnar und seine Frau. Der kräftige Mann hatte Narben im Gesicht zurückbehalten und sah mit seinen neuen Augenlidern immer ein wenig schläfrig aus. Aber er konnte sehen.

Jessica war heute ebenfalls gekommen. Sie trug ein tief ausgeschnittenes Kleid und flirtete mit Till. Mit Ralf zusammen hatte Finn sie schon lange nicht mehr gesehen, aber das lag vielleicht daran, dass Sandra seinen Bruder jetzt immer ins Sauerland begleitete. Finn fragte nicht nach dem Grund dafür. Er konnte sich denken, dass seine Mutter etwas damit zu tun hatte.

»Na, du Großer?« Ralf kam und strubbelte Toni durch die Haare, der sich in seiner Konzentration aber nicht stören ließ.

»Er macht sich gut am Horn, oder?«, sagte er zu Finn. »Vielleicht wird er später auch mal Nachtwächter. Wie sein Onkel. Er hat Oma schon nach einem schwarzen Umhang gefragt, so wie du ihn hast.«

Finn nickte und betrachtete den kleinen Kerl. »Es ist schön, dass du ihn jetzt öfter mitbringst.«

Ralf zuckte mit den Schultern. »Sonst war es immer Sandra, die in Frankfurt bleiben wollte. Aber sie sagte gestern, solange sie mich nicht zu jedem Dorffest begleiten muss, sei das Landleben ganz erträglich. Letztes Wochenende war sie mit Kanea in Willingen. Die beiden verstehen sich gut.«

Er ließ den letzten Satz in der Luft hängen, aber Finn überhörte die Anspielung geflissentlich. Er würde nicht über Kanea reden, solange er sich nicht sicher war, was sie für ihn empfand.

»Bald wird Toni alt genug für seine erste Geschichte sein«, sagte Finn stattdessen. »Wenn er Nachtwächter werden will, sollte er wissen, wozu die Zunftbrüder früher da waren. Dass sie Diebstähle verhinderten und vor Feuer und Überfällen gewarnt haben.«

Ralf lächelte. »Ich bin sicher, der Opa wird ihm all das erzählen, keine Sorge.«

»Die eine oder andere Geschichte wird ihm auch sein Onkel erzählen«, erklärte Finn. »Ein Kind sollte wissen, wo seine Wurzeln sind.«

Liebe Leser!

Ich hoffe, ich konnte Sie gut unterhalten. Das historische Obermarsberg hat mich ungeheuer fasziniert, und wenn es mir gelungen ist, einen Teil davon in meiner Geschichte rüberzubringen, dann bin ich sehr zufrieden.

Bei meiner Erzählung habe ich mich bemüht, möglichst nah an den tatsächlichen Verhältnissen zu bleiben. Ein paar dramaturgische Ausschmückungen bitte ich Sie, mir zu verzeihen. Beispielsweise gibt es in Obermarsberg keine Bäckerei. Die Rittersprungsage habe ich in kleinen Teilen verändert, und die Charaktere und ihre Handlungen in meiner Erzählung sind natürlich nicht real, sondern meiner Fantasie entsprungen.

Tatsächlich durchziehen Reste der alten Bergbaustollen den Eresberg, diese sind aber nicht passierbar, und ich möchte ausdrücklich davor warnen, die Drakenhöhlen zu betreten. Dies ist verboten und lebensgefährlich!

Meines Wissens existiert kein Tunnel unter dem Mäuseturm, aber vielleicht habe ich ihn auch nur nicht gefunden.

Wer Interesse an Obermarsberg hat, dem möchte ich eine Stadtführung und den Besuch des Heimatmuseums nahelegen. Beides hat mich sehr inspiriert. Auch der historische Markt, der alle drei Jahre Anfang September stattfindet, ist einen Besuch wert.

Gerne können Sie mich auf meiner Website besuchen: www.mareikealbracht.de oder schreiben Sie mir auf Instagram oder Facebook.

Noch nicht genug von Anne Kisch?

Leseprobe

MORDSKÄLTE

Heiße Reifen Sauerland e. V. gefällt Bikertreff Dreislar

Bikertreff Dreislar
Gesponsert

Holt eure Maschinen aus dem »Stall« und kommt!
Am Samstag, den 15. Juni, ist Bikertag!!!
Pott Kaffee + Apfelkuchen 3,00 €
Currywurst + Pommes Majo/Ketchup 4,00 €
Solange der Vorrat reicht!
Übernachtung mit Frühstück im Doppelzimmer 25 € p. P

52-mal gefällt mir

Susi Groß: Waren letztes Wochenende dort. Toller Bikertreff an der Grenzlandtour NRW/Hessen. Sehr freundliche Leute.

Christian Brockmann: Wir kommen und freuen uns schon!

Elias Pe: @moni Na, wie wärs?

Ha. Ss: Ihr miesen Schweine, verrecken sollt ihr!!! Ich mach euch fertig.

Kapitel 1

Das Geräusch des aufheulenden Motors riss Gilbert Kreimer aus dem Schlaf. Für einen Moment war er orientierungslos, und das Bild des riesigen Containerschiffes, von dem er geträumt hatte, zerfloss in Schwärze. Kurz darauf setzte das Fiepen in seinem rechten Ohr ein, das ihn gnadenlos in die Wirklichkeit zurückholte.

Ächzend drehte er sich zur Seite und blickte auf die Leuchtanzeige seines Weckers. Bald Mitternacht. Nicht mal eine Stunde lang hatte er geschlafen.

Das Motorgeräusch wurde leiser, nur um sofort wieder zu einem durchdringenden Heulen anzuschwellen, als der Biker die lange Gerade in Richtung Medelon hochjagte.

Gilbert schloss die Augen und versuchte das Bild der MS Carolina heraufzubeschwören. Der hohe schwarze Bug. Sechzehn Meter Tiefgang und eine Geschwindigkeit von bis zu fünfundzwanzig Knoten. Er versuchte in den Traum zurückzusinken wie ein Schwimmbecken, aus dem er aufgetaucht war, doch die Carolina war fort.

Hass verzerrte sein Gesicht. Er stieg aus seinem Bauch empor und wärmte seine ausgemergelte Brust wie ein starker Weinbrand. Gilbert lauschte auf das Motorgeräusch. Er hörte, wie der Biker vom Gas ging, als er sich der Rechtskurve näherte.

Dann kam der Knall. So ohrenbetäubend, als wäre ein Teil der Landschaft weggesprengt worden.

Danach war Stille. Bis auf den Tinnitus in seinem Ohr, der niemals verstummte.

Eine Weile lag Gilbert Kreimer nur da und stellte sich vor, was passiert war. Dann drehte er sich zufrieden auf die Seite. »Geschieht dir recht, Sausack!«

Er konnte nicht sagen, warum er liegen blieb, denn Schlaf würde er heute Nacht nicht mehr finden. Vielleicht tat er es, um noch für wenige Minuten die Stille zu genießen, bevor Sirenengeheul sie zerschneiden würde. In seinem früheren Leben als Schiffsmechaniker hatte er nicht gewusst, dass er die Stille liebte. Er hatte so vieles nicht gewusst.

Kapitel 2

Freitag Morgen, 14.06. – Dreislar – Sauerland

Mit einer energischen Bewegung stopfte Elsbeth ihren Wischer in die mobile Station. Sie ließ das Wasser abtropfen und ging ein zweites Mal über die Fliesen im Eingangsbereich des Gefriergemeinschaftshauses. Die Tür hatte sie verkeilt, sodass sie weit offen stand, damit der Raum trocknete. Dann löste Elsbeth den Eimer aus der Halterung und kippte das Wasser in den nächsten Gulli.

Wilhelm war damals gegen die Anschaffung der Wischstation gewesen. *Für die hundertzwanzig Mark kriegt man bei Sockenkarl drei Hosen.*

Bei dem Gedanken daran schüttelte Elsbeth den Kopf. *Wozu braucht der Mann drei Hosen, wenn ich fast jeden Tag wasche?*

Die rollbare Wischtuchpresse entlastete ihren Rücken, und das war die Hauptsache, schließlich war sie keine siebzig mehr. Außerdem ließ sich alles gut im Kofferraum transportieren. Elsbeth öffnete die Klappe ihres Twingos, den sie halb auf dem kleinen Vorplatz und halb auf der engen Straße geparkt hatte. Wenn Wilhelm das sähe, würde er wieder Zustände kriegen, aber wer fuhr schon aus Dreislar über den Ziegenberg in Richtung Neukirchen?

Sorgfältig verstaute sie ihre Putzutensilien.

»Warum überlässt du den Putzdienst nicht den Jüngeren?«, hatte Wilhelm heute Morgen gefragt.

»Welche Jüngeren meinst du denn? Birgit? Ansgar? Die Gerda geht selbst stark auf die siebzig zu und hat Probleme mit dem Blutdruck. Ansgar hat Hüfte und Birgit den schlimmen

Fuß.« Elsbeth schnaubte bei der Erinnerung. »Nein. Es sind keine Jüngeren mehr da, und das ist das Drama.«

Sie schloss die Kofferraumklappe und sah, wie Birgit die Ölfestraße entlanghumpelte. Ein paar Kilos abzunehmen täte ihr gut, dann würde sie auch den Knöchel nicht so belasten.

»Wahrscheinlich kommt Schwiegermuttern zu Besuch, und sie holt was von der Schweinehälfte.«

Kurz vorm Ziel hielt Birgit schnaufend inne und presste sich eine Faust unter die Rippen. Eins musste man ihr lassen. Trotz des Knöchels fuhr sie nie mit dem Auto.

»Hallo, Birgit! Kommste das Schwein holen?«

»Tach, Else!« Die Hundert-Kilo-Frau ging seitwärts über den schmalen Bürgersteig und atmete schwer durch den Mund. »Nee, hab Rhabarber geerntet. Aber es ist wie immer zu viel. Habe schon gebacken, und der Rest kommt ins Fach.«

Elsbeth warf einen begehrlichen Blick auf die Plastiktüte. Sie liebte Rhabarberkuchen. »Tauschst du ein Pfund gegen einen Beutel von meinen Himbeeren?«

Per Handschlag wurde das Geschäft besiegelt. Elsbeth prüfte, ob die Fliesen im Gefrierhaus trocken waren. Dann zog sie ihren Schlüssel heraus und öffnete das Fach Nummer fünf, das sie sich mit Wilhelm teilte. Hinter der kleinen rechteckigen Öffnung verbarg sich ein tiefes Gefrierfach, das 263 Liter fasste. In Tüten und Dosen bewahrte Elsbeth dort Fleisch von der letzten Schlachtung und Beeren von ihren Sträuchern auf.

»Ich mag mir gar nicht vorstellen, was ich mache, wenn es mit unserem Gefrierhaus vorbei ist«, meinte Birgit seufzend und nahm die Himbeeren in Empfang. »Wenn das letzte Kühlaggregat den Geist aufgibt. Dann werden wir alles ausräumen müssen.«

Ihr Tonfall ärgerte Elsbeth. »Darüber ist das letzte Wort noch nicht gesprochen!«

»Spätestens Ende des Jahres hat der Techniker gesagt.«

»Also, ich werde nicht einfach so aufgeben!«

Während Birgit ihren Rhabarber in ihrem eigenen Fach verstaute, glitt Elsbeths Blick über die schäbigen Wandfliesen und die genagelten Spanplatten an der Decke. Schon lange wäre eine Renovierung fällig gewesen, aber dem Gefrierverein fehlte das Geld, und jetzt drohte auch noch das letzte Kühlaggregat auszufallen.

Die Zukunft sah düster aus. Von den dreißig Fächer im Haus waren nur zwanzig vermietet. Zwanzig Schultern, um die Lasten und Kosten zu verteilen. Und diese zwanzig wurden älter, und Nachfolger waren nicht in Sicht.

Oft hatte sich Elsbeth um Nachwuchs für ihren kleinen Verein bemüht, doch die jungen Leute hatten kein Verständnis für den Wert des 1961 erbauten Kalthauses. Für gelebte Gemeinschaft und Tradition. Und so würde das letzte Gefriergemeinschaftshaus im Sauerland seine Tore schließen müssen. Wenn nicht ein Wunder geschah.

Elsbeths Blick blieb am Fach Nummer vierzehn hängen, wie so oft in den letzten Wochen. Wenn es nur eine Möglichkeit gäbe, den Gefrierverein zu retten! Als erste Vorsitzende war sie verantwortlich für das Gefrierhaus und auch für die Menschen, die ihrer Gemeinschaft angehörten. »Wenn man Herrn Wohlfeil erreichen könnte«, murmelte sie.

Birgit gab ein Schnauben von sich und drückte Elsbeth die Tüte mit einem halben Dutzend Rhabarberstangen in die Hand.

»Der war doch schon ewig nicht mehr hier! Hat er sein Fach überhaupt je benutzt?«

Elsbeth zog einen Staublappen aus ihrer Tasche und wischte sorgfältig über den oberen Rand der Klappe und über die Klinke von Fach vierzehn. Die schwarze Schmutzschicht auf ihrem Lappen schien Birgits Worte zu bestätigen.

»Ich weiß es nicht. Trotzdem. Vielleicht hat er noch Interesse an unserem Verein. Immerhin hat er damals das Fach bei Klärchen gemietet und uns mit einem großzügigen Mietvorschuss unterstützt. Wenn er erfährt, dass unser Kalthaus schließen muss, wird er uns vielleicht wieder helfen.«

»Das war doch vor über zwanzig Jahren! Steht ihm das Fach überhaupt noch zu?«

»Aber ja. Die Summe, die er damals bezahlt hat, würde auch für die nächsten zwanzig Jahre reichen. Wenn er die erlebt. Wir wissen nicht mal, wie alt er ist.«

»Dann ist er vielleicht jetzt schon tot, Else. Und selbst wenn nicht, glaubst du, er zahlt auch nur einen Cent für dieses heruntergekommene Häuschen?«

Elsbeth ärgerte sich über Birgits Tonfall. »Natürlich! Wir sind die letzte Gefriergemeinschaft im Sauerland! Sicher kann ich ihn bewegen, uns zu unterstützen. Wenn ich nur seine Adresse herausbekommen könnte.«

»Ja, aber wie, Else? Seit Ewigkeiten versuchst du das schon. Wir haben keine Telefonnummer, nicht einmal einen Vornamen. Was willst du denn noch machen?«

Elsbeth riss den abgelaufenen Putzplan von der Wand und knüllte ihn in der Faust zusammen. »Ich finde einen Weg, Birgit. Verlass dich drauf!«

Kapitel 3

Freitag Morgen, 14.06. – Dortmund

Als Oberkommissarin Anne Kirsch ihr Büro in der Polizeiwache Dortmund betrat, fiel ihr sofort der seltsame Gesichtsausdruck auf, mit dem Kriminalassistentin Ulrike sie ansah. »Was ist los?«

Ulrike hob vielsagend die Schultern. »Ich habe keine Ahnung. Direktor Oberan hat eben angerufen. Er will dich sprechen.«

Anne wurde flau. Obwohl sie nicht wusste, worum es in dem Gespräch gehen konnte, hatte sie das Gefühl, etwas falsch gemacht zu haben. In Gedanken spulte sie alles ab, was sie in den letzten Tagen gesagt oder getan hatte. *Was zum Teufel kann er wollen?*

Sie hatte sich zusammengerissen, oder etwa nicht? Selbst Thorsten Seidel war aufgefallen, wie penibel sie die Vorschriften einhielt. Vom impulsiven Sorgenkind der Abteilung war sie zur Streberin geworden. Thorsten bezweifelte, dass ihre Verwandlung echt war. Das hatte er nicht gesagt, doch sie wusste es trotzdem.

»Jetzt mach nicht so ein Gesicht. Er wird dich wohl nicht gleich versetzen!«

Anne schreckte aus ihren Gedanken auf. »Versetzen?«

»Er wird dich wohl nicht versetzen, hab ich gesagt. Was ist denn los mit dir?«

»Ach so.« Anne rieb sich übers Gesicht. »Was kann er wollen?«

»Ich weiß es nicht. Aber Thorsten ist schon seit einer Stunde bei ihm.«

Ein Gespräch zu dritt. Ging es um einen Fall? Warum schaute Ulrike dann so vielsagend drein? Anne kaufte ihr die Unwissenheit nicht ab. »Komm schon! Du weißt irgendwas. Lass mich nicht ins offene Messer rennen.«

Ulrike schmunzelte selbstzufrieden. »Ich hab nur gehört, dass es um eine Personalangelegenheit geht. Vielleicht wird endlich die offene Stelle besetzt.«

Und was habe ich damit zu tun?, dachte Anne, als sie die Treppe emporstieg. Sie stoppte vor der Tür und betrachtete einen Moment das Schild. *Herr Oberan (KD).*

Vor fast vier Jahren war sie in ebendiesem Zimmer gewesen und hatte darum gebeten, trotz eines verstauchten Knöchels in einem Fall ermitteln zu dürfen. Oberan hatte abgelehnt, doch sie war entgegen seiner Anweisung zum Tatort gefahren und hatte sich in der Nachbarschaft eingemietet. Inkognito.

Sie hatte den Fall gelöst und war nicht gefeuert worden, doch seitdem stand ihre Karriere auf wackligen Füßen. Den Kriminaldirektor hatte hauptsächlich die Befehlsverweigerung gestört. Hauptkommissar Thorsten Seidel konnte nicht vergessen, dass sie sich damals in Gefahr gebracht hatte, und beharrte immer noch darauf, dass er sich nicht auf sie verlassen konnte.

Anne atmete tief ein, klopfte und wurde hereingerufen. Zuerst nahm niemand Notiz von ihr. Oberan und Thorsten waren auf einen dritten Mann fokussiert, von dem Anne nur den Rücken sehen konnte. Er war dünn, wirkte aber um die Hüften ein wenig aufgebläht. Die schwarzen Haare trug er militärisch kurz geschoren. Ein Schnitt, den man oft bei Polizeianwärtern sah.

Unschlüssig blieb Anne stehen. Die Stimmung im Raum war seltsam, fast feierlich. Thorsten sah auf. Er sah aus, als erwartete er eine Reaktion von ihr.

»Natürlich bin ich mir sicher«, sagte der Fremde schroff. Seine Stimme ließ Anne aufhorchen.

Sie kannte sie. Es war …

»Nun, es ist Ihre Entscheidung.«

Oberan lächelte säuerlich und legte dem Mann mit einer väterlichen Geste die Hand auf die Schulter. »Wir werden Sie natürlich unterstützen. Mit Frau Kirsch haben Sie eine zuverlässige Mitarbeiterin an Ihrer Seite. Auch wenn ich Bedenken wegen des Außendiensts habe.«

»Außendienst ist kein Problem!« Der Mann drehte den Kopf zu Anne, und sie sah sein Gesicht. *Ihr Gesicht.* Es war Olivia Esterhazy, die vor zwei Jahren wegen Brustkrebs krankgeschrieben worden war.

Anne konnte fühlen, wie ihr das Blut in den Kopf schoss. »Mein Gott, Olivia, ich habe dich gar nicht erkannt.« Sie biss sich auf die Lippen. *Kein guter Einstieg.* Natürlich hatte Olivia sich verändert. Vor allem die nachtschwarzen, schulterlangen Haare fehlten. Bis auf die schwammige Mitte war sie hager geworden, und die Krankheit hatte tiefe Furchen in ihr Gesicht gegraben.

Mit einem Lächeln versuchte Anne, ihre Verlegenheit zu überspielen. »Wie schön, dass du wieder da bist! Wie geht es dir?«

Olivia erwiderte ihr Lächeln nicht.

»Gut«, sagte sie knapp, und Anne begann sich mit ihrem Überschwang fehl am Platz zu fühlen.

Sie verkniff sich ein *Gut siehst du aus* und wiederholte lahm: »Ich freue mich, dass du wieder da bist.« *Wahrscheinlich nervt es, wenn jeder fragt, wie es ihr geht. Aber was soll man sonst fragen?* Die Hauptkommissarin wirkte um zehn Jahre gealtert. Ihre Haut sah gleichzeitig schlaff und aufgedunsen aus. »Machst du jetzt Wiedereingliederung?«

»Die hab ich schon hinter mir. Seit letztem Monat arbeite ich stundenweise in der Personalabteilung. Jetzt möchte ich wieder in meinen alten Job. Herr Oberan hatte mir damals zugesichert, dass ich jederzeit zurückkehren kann.«

Olivia wandte sich zu ihm um, und der Kriminaldirektor nickte. Anne wurde klar, dass er dieses Versprechen bereits bereute, auch wenn er sich bemühte, es nicht zu zeigen.

»Wir möchten Sie bestmöglich unterstützen«, wiederholte er. »Auch wenn ich der Meinung bin, dass eine körperlich weniger anstrengende Tätigkeit für den Einstieg geeigneter wäre. Ohne Außendienst. Um Ihre Gesundheit nicht zu gefährden.«

Olivias Gesicht schien zu versteinern. »Ich habe meine Reha absolviert. Der Krebs ist weg, und ich möchte nicht mit Samthandschuhen angefasst werden. Sie haben mir ein Versprechen gegeben.«

»Natürlich! Der Amtsarzt hat sein Okay gegeben, also können Sie wieder in Ihren alten Einsatzbereich zurück. Aber wenn Sie merken, dass es Ihnen zu viel wird, dann kommen Sie sofort zu mir.«

»Oder zu mir«, sagte Thorsten. »Schön, dich wieder im Team zu haben!«

»Danke!« Olivias Blick fiel auf Anne. Sie wirkte kampfbereit. »Hast du mich vertreten, während ich weg war?«

Thorsten antwortete für sie. »Nein. Das war Janitzki. Deshalb halten wir es für das Beste, wenn Anne und du in den nächsten Monaten zusammenarbeitet.«

Damit JJ keinen Ärger macht, weil er seine Führungsposition verliert, dachte Anne und fragte sich, ob Janitzki schon wusste, dass Olivia wieder da war. Wenn nicht, hätte sie nichts dagegen, ihm die Botschaft zu überbringen.

»In Ordnung.« Olivia nickte Anne zu. Ihre Augen hatten sich nicht verändert. Sie waren noch so dunkel und durchdringend wie eh und je. »Ich bin sicher, wir werden gut miteinander auskommen.«